CADFAEL

10/18

12, AVENUE D'ITALIE. PARIS XIIIe

Du même auteur
aux Éditions 10/18

LE MASQUE DE MORT, n° 3722

Les enquêtes de Frère Cadfael

UN CADAVRE DE TROP, n° 1963
LE CAPUCHON DU MOINE, n° 1993
TRAFIC DE RELIQUES, n° 1994
LA FOIRE DE SAINT-PIERRE, n° 2043
LE LÉPREUX DE SAINT-GILLES, n° 2044
LA VIERGE DANS LA GLACE, n° 2086
LE MOINEAU DU SANCTUAIRE, n° 2087
L'APPRENTI DU DIABLE, n° 2136
LA RANÇON DU MORT, n° 2152
LE PÈLERIN DE LA HAINE, n° 2177
UN INSONDABLE MYSTÈRE, n° 2203
LES AILES DU CORBEAU, n° 2230
UNE ROSE POUR LOYER, n° 2256
L'ERMITE DE LA FORÊT D'EYTON, n° 2290
►LA CONFESSION DE FRÈRE HALUIN, n° 2305
L'HÉRÉTIQUE ET SON COMMIS, n° 2333
LE CHAMP DU POTIER, n° 2386
L'ÉTÉ DES DANOIS, n° 2417
LE VOLEUR DE DIEU, n° 2459
UN BÉNÉDICTIN PAS ORDINAIRE, n° 2515
FRÈRE CADFAEL FAIT PÉNITENCE, n° 2619

Les enquêtes de l'inspecteur Felse

UNE MORT JOYEUSE, n° 2546
LA COLLINE SECRÈTE, n° 2641
PRIS AU PIÈGE, n° 2683
NE TOUCHEZ PAS AUX ÉPITAPHES, n° 2705
UN AIR DE CORNEMUSE, n° 2731
UN CŒUR NOIR, n° 2767
MRS. FELSE JOUE EN SOLO, n° 2831
LA DERNIÈRE MESURE, n° 2862
RAGA MORTEL, n° 2908
MORT AUX PROPRIÉTAIRES !, n° 2927
LA PORTE FATALE, n° 3045
L'ENTERRÉ VIF, n° 3137
LA MORT DE RAINBOW, n° 3295

Trilogie historique sous le nom d'Edith Pargeter

LA PIERRE DE VIE, n° 3432
LE RAMEAU VERT, n° 3433
LA GRAINE ÉCARLATE, n° 3434

ELLIS PETERS

LA CONFESSION DE FRÈRE HALUIN

Traduit de l'anglais
par Serge CHWAT

INÉDIT

10
18

« Grands Détectives »

dirigé par Jean-Claude Zylberstein

Sur l'auteur

Ellis Peters, de son vrai nom Edith Pargeter, est née en 1913, dans le comté du Shropshire, à la lisière du pays de Galles. Pendant la Seconde Guerre mondiale, elle entre au Women's Royal Navy Service. Ses activités au département des communications lui valent la British Empire Medal, qu'elle reçoit des mains du roi George VI.

Elle étudie, par ailleurs, la langue et la littérature tchèques, dont elle traduira plusieurs œuvres majeures en anglais. Après la guerre, elle publie ses premiers livres, sous son vrai nom.

Sa trilogie historique – *La Pierre de vie, Le Rameau vert* et *La Graine écarlate* –, située au temps des bâtisseurs de cathédrales, rencontre un grand succès auprès de la critique et du public. Puis, en 1959, son roman policier mettant en scène l'inspecteur George Felse sera le premier d'une série de douze titres, qu'elle signe alors sous son pseudonyme. Mais c'est en 1977, avec *Trafic de reliques,* première chronique de la série médiévale « Frère Cadfael », qu'elle initie un nouveau genre dans lequel elle va passer maître. Cette série compte aujourd'hui vingt et un volumes.

Décédée en octobre 1995, Ellis Peters a été élevée au rang de OBE (officier de l'ordre de l'Empire britannique) pour services éminents rendus à la littérature.

Titre original :
The Confession of Brother Haluin

ISBN 978-2-264-03341-3

LA CONFESSION DE FRÈRE HALUIN

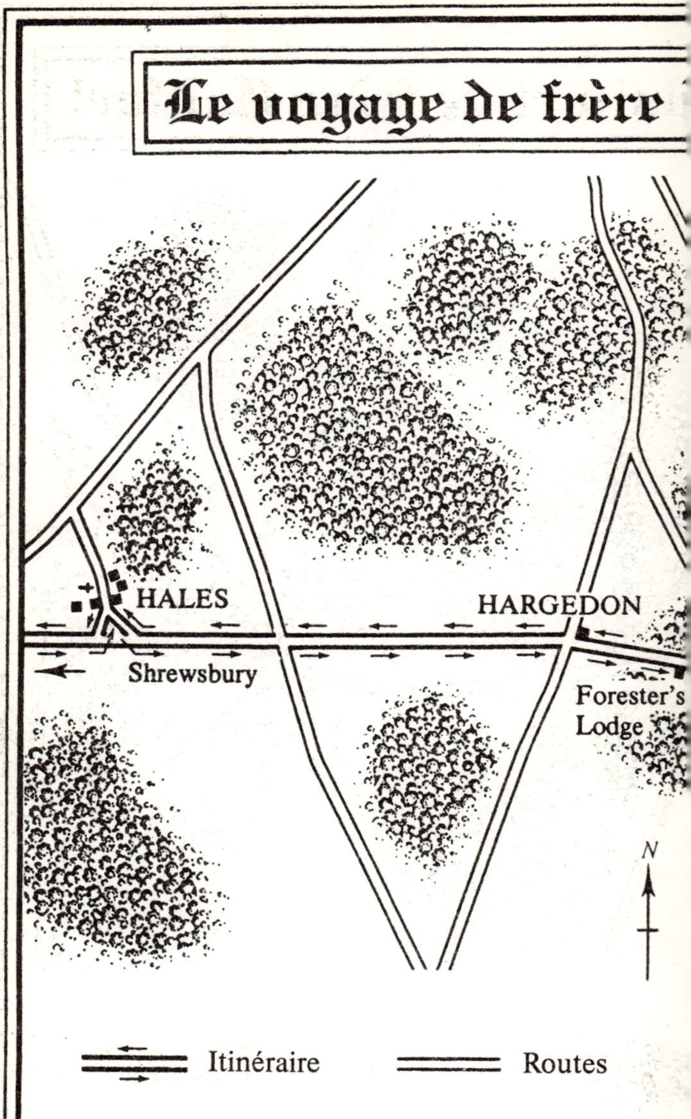

Le voyage de frère
HALES
HARGEDON
Shrewsbury
Forester's
Lodge
N
Itinéraire
Routes

…uin et de frère Cadfael

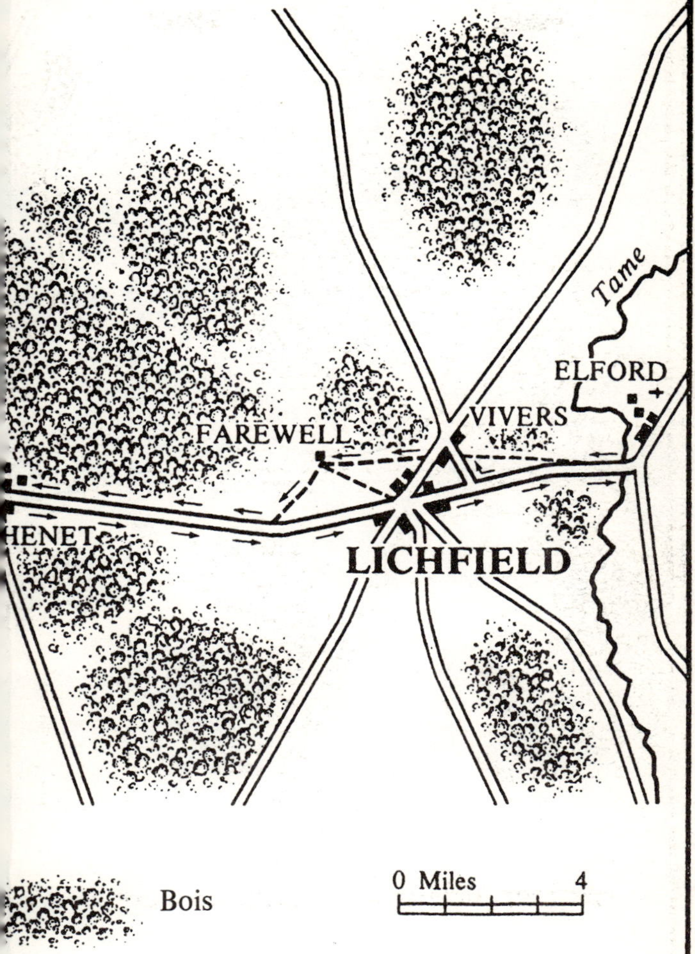

CHAPITRE UN

En l'an de grâce 1142 le plus fort de l'hiver arriva de bonne heure. Après un automne prolongé, doux, élégiaque, la venue de décembre s'accompagna d'un cortège de ciels bas et lourds, de journées courtes s'attardant au ras de la cime des arbres, pesant telles des mains sur un cœur opprimé. Dans le scriptorium la lumière de midi suffisait à peine pour que les scribes forment leurs lettres, et on ne pouvait pas être certain des couleurs qu'on utilisait car le crépuscule incessant, inopportun les rendait invariablement ternes.

Ceux qui s'y entendaient à prévoir le temps annonçaient d'abondantes chutes de neige qui furent au rendez-vous dès le milieu du mois ; il n'y eut pas de tempêtes ni de vents violents mais un rideau aveuglant, silencieux, qui tomba pendant plusieurs jours et plusieurs nuits, transformant le monde en une vaste nappe blanche, enterrant les moutons dans les collines et les cabanes dans les vallées. L'air même entre le ciel et la terre n'était plus qu'un tourbillon opaque, mouvant de flocons gros comme des lys. Quand cela s'arrêta enfin et que les nuages épais commencèrent à se dissiper, la Première Enceinte gisait, à moitié ensevelie, dans cette blancheur parfaitement nivelée qui absorbait pratiquement les ombres sauf à l'endroit où les bâtiments de l'abbaye surgissaient de cette pâleur immaculée ; l'étrange reflet de la lumière ambiante changeait même la nuit en jour alors que la semaine précédente, avec ses lueurs menaçantes, c'était exactement le contraire.

Ces neiges de décembre, qui couvrirent la majeure partie de l'ouest, ne dérangèrent pas simplement la vie des paysans ; certains hameaux isolés se retrouvèrent sans rien à manger, des bergers des collines disparurent avec leurs troupeaux et les voyageurs se virent contraints à rester chez eux, au cœur du silence. La fortune de la guerre s'en trouva bouleversée car les neiges se moquaient bien des préoccupations des grands de ce monde et quand l'année 1143 débuta, l'Histoire était sens dessus dessous.

Elles provoquèrent également une série d'événements fort curieux à l'abbaye des Saints-Pierre-et-Paul de Shrewsbury.

Depuis cinq ans que le roi Étienne et sa cousine, l'impératrice Mathilde, se disputaient la couronne d'Angleterre, le sort des armes avait plus d'une fois oscillé entre eux, tel le balancier d'une horloge, leur présentant alternativement la coupe de la victoire pour la leur arracher avant de leur laisser le loisir d'y tremper les lèvres et l'offrir à l'adversaire pour un moment. Aujourd'hui, sous le couvert de ce manteau hivernal, c'est ce qui se produisit une fois encore, et le destin voulut que l'impératrice échappât aux mains rapaces du roi alors qu'il semblait sur le point de s'emparer de son ennemie. Un miracle en quelque sorte. Le triomphe lui passait sous le nez. Chacun était revenu à l'endroit d'où il était parti ; tout était à recommencer. Oui, mais ces événements se déroulaient à Oxford, bien loin de ces neiges infranchissables, et il coulerait de l'eau sous les ponts avant que ces nouvelles ne parviennent à Shrewsbury.

En comparaison, ce qui se produisit à l'abbaye des Saints-Pierre-et-Paul n'était qu'un incident mineur ; c'est du moins ce que l'on crut au début. Un envoyé de l'évêque, déjà modérément satisfait de se voir arrêté ici de force en attendant que l'on puisse de nouveau prendre la route et qu'on avait installé dans l'une des chambres du haut à l'hôtellerie, eut la surprise désagréable d'être réveillé en pleine nuit par une douche glacée qui lui tomba sur le crâne. Comme il ne manquait pas de voix, il s'arrangea pour que tous ceux qui se trouvaient à portée en fussent informés dans l'instant. Frère Denis, l'hospitalier, se hâta de venir l'apaiser et de le diriger vers un lit sec un peu plus loin, mais dans l'heure qui suivit, il devint clair qu'une fois le gros du désastre épongé, ce qui ne tarda pas, un mince filet coulait sans discontinuer, auquel une demi-douzaine d'autres vinrent sans tarder prêter main-forte, formant un cercle de plusieurs toises de diamètre. Le poids considérable de la neige sur le toit sud de l'hôtellerie avait Dieu sait comment forcé un chemin à travers la couche de plomb et l'eau avait filtré entre les ardoises, en en traversant peut-être quelques-unes au passage. Des poches de neige ayant deviné là une chaleur relative avaient décidé, avec le mauvais vouloir muet des objets inanimés, de rebaptiser l'émissaire du prélat. Quant à la fuite, elle s'accentuait de minute en minute.

Ce matin-là, on se réunit d'urgence au chapitre pour décider de ce que l'on pouvait et devait faire. Avec un temps pareil, il n'était sûrement pas conseillé de se livrer à des travaux périlleux, voire désagréables, sur le toit dans la mesure où on pouvait l'éviter, mais d'autre part, si, pour réparer, on attendait le dégel, les religieux subiraient une inondation en règle et les dégâts, qui étaient limités pour le moment, deviendraient beaucoup plus sérieux.

Plus d'un moine avait déjà joué les maçons quand on avait agrandi la clôture, les granges, les écuries et les magasins ; frère Conradin, qui avait une bonne cinquantaine et qui était fort comme un Turc, avait été l'un des premiers oblats. Tout jeune, il avait travaillé chez les moines de Seez. Amené par le comte qui avait fondé la maison, il avait reçu mission de superviser la construction du couvent. Et dans les cas de ce genre, son avis avait un poids considérable. Ayant examiné l'importance de la fuite à l'hôtellerie, il affirma haut et clair qu'on ne pouvait pas se permettre d'attendre, ou alors il faudrait changer la moitié de la pente sud du toit. Il y avait du bois de charpente, du plomb, des ardoises en suffisance. Cette partie du toit surplombait le canal d'écoulement du bief du moulin, complètement gelé pour le moment, mais il ne serait pas bien compliqué d'y installer un échafaudage. Certes les travaux se dérouleraient par un froid intense, car il faudrait d'abord dégager d'énormes congères afin de libérer la toiture qui pliait sous cette masse, ensuite il faudrait remplacer les ardoises brisées ou déplacées et réparer les chaperons de plomb. Mais si l'on limitait l'intervention à de courtes périodes, et si l'on autorisait à allumer un feu toute la journée dans le chauffoir pendant la durée des travaux, c'était réalisable.

L'abbé Radulphe écouta, opina du chef, toujours aussi vif à comprendre les choses et à prendre une décision :

— Très bien, allons-y !

Dès que cessa cette longue tourmente et que le ciel s'éclaircit, les habitants de la Première Enceinte, qui en avaient vu d'autres, sortirent de chez eux, tout emmitouflés, armés de pelles, de balais et de râteaux à long manche, et se mirent en devoir de dégager leur accès à la grand-route. Tous ensemble, ils ouvrirent un passage jusqu'au pont et à la ville où, très probablement, les robustes bourgeois se livraient au même combat contre leur vieille ennemie saisonnière. Le grand froid perdurait ; jour après jour, il émiettait dans l'atmosphère, mystérieusement, les congères déposées sur le sol, délivrant peu à peu les routes de leur gangue. Quand enfin quelques-unes des chaussées les plus importantes furent praticables, et que des voyageurs téméraires — ou qui n'avaient pas le choix — s'y aventurèrent laborieusement, frère Conradin avait dressé ses échafaudages, monté solidement ses échelles jusqu'à la partie du toit qui posait problème, et chacun se relayait dans la bise coupante afin d'écarter prudemment la lourde couche de neige et parvenir au plomb fracassé et aux ardoises brisées. Une moraine de neige souillée formant un véritable mur s'élevait le long du canal d'écoulement gelé et un religieux imprudent, qui n'avait pas entendu ou qui avait négligé le cri d'avertissement lancé depuis là-haut, fut brièvement enseveli sous une petite avalanche. Il fallut l'en sortir en vitesse et se hâter de l'amener vers le chauffoir pour lui éviter d'attraper la mort.

A ce moment on pouvait circuler entre la ville et la Première Enceinte et les nouvelles, même si elles y mettaient le temps, parvenaient de Winchester jusqu'à Shrewsbury, étaient remises à la garnison du château et au shérif du comté. Il en fut ainsi quelques jours avant Noël.

Aussitôt Hugh Beringar quitta la ville pour informer l'abbé Radulphe. Dans un pays affaibli par cinq ans de guerre civile dont on n'imaginait pas la fin, il était bon que l'État et l'Église travaillent la main dans la main, et lorsque le shérif et l'abbé voyaient les choses de la même façon, ils étaient en mesure d'apporter aux gens un calme relatif et une vie décente tout en les protégeant des horreurs de la guerre.

Hugh se considérait comme l'homme lige du roi Étienne dont il administrait le comté avec une incontestable loyauté, mais c'est à ses habitants qu'il pensait d'abord et avant tout. Il serait ravi que le roi triomphe enfin et il avait attendu tout l'automne cette nouvelle, que l'hiver ne manquerait pas d'apporter. Sa préoccupation constante était pourtant de remettre entre les mains du souverain un pays relativement prospère, satisfait et intact une fois livrée la dernière bataille.

Dès qu'il fut sorti des appartements de l'abbé, il partit à la recherche de frère Cadfael. C'est auprès d'une mixture qu'il touillait dans un pot bouillonnant sur son brasero qu'il trouva son ami, dans son atelier du jardin aux simples. Avec les toux et les rhumes difficilement évitables en hiver, les engelures aux mains et aux pieds, il lui fallait songer à regarnir son armoire à pharmacie de l'infirmerie et, grâce à son indispensable brasero, il était nettement plus agréable de travailler ici que dans les niches du scriptorium.

En entrant, Hugh amena avec lui un grand courant d'air froid et un sentiment d'excitation qui, il faut le reconnaître, aurait échappé à quiconque ne le connaissait pas aussi bien que Cadfael. Seules une certaine exaspération dans ses mouvements et la brusquerie de son salut forcèrent le moine à interrompre son activité et à le regarder bien en face. Les yeux noirs du jeune shérif brillaient plus qu'à l'accoutumée et ses joues palpitaient légèrement.

— Voilà, c'est reparti ! s'exclama Hugh. Tout est à recommencer !

Cadfael ne se donna pas la peine de lui demander où il voulait en venir, puisqu'il allait le savoir d'ici peu. Et puis n'y avait-il pas également dans la voix et les traits du jeune homme un soupçon de malice et de soulagement ? Cadfael ne se serait pas risqué à parier. Il se laissa tomber sur le banc, contre les planches du mur, les mains pendant entre les genoux, en un geste d'impuissance et de résignation.

— Un courrier est arrivé du sud pas plus tard que ce matin, commença le shérif les yeux fixés sur le visage attentif de son ami. Pssst ! Voici la dame envolée ! Elle a échappé au piège du roi et elle a filé rejoindre son frère à Wallingford. Étienne est Gros-Jean comme devant. Il ne lui restait plus qu'à s'emparer d'elle, mais non, il faut qu'il la laisse s'en sortir ! Je me demande, oui, je me demande, poursuivit Hugh, frappé par une idée soudaine, si au dernier moment il n'a pas regardé ailleurs pour lui permettre de partir ! Ouais, ça lui ressemblerait bien. Dieu sait combien il tenait à lui mettre le grappin dessus, mais allez savoir s'il n'a pas pris peur quand il s'est demandé s'il saurait exploiter cet avantage. Je donnerais cher pour pouvoir lui poser la question — mais il ne faut pas rêver ! conclut-il avec un petit sourire en coin.

— Si je comprends bien, avança prudemment Cadfael, l'observant attentivement par-dessus le brasero, l'impératrice a fini par s'échapper d'Oxford ? Mais, aux dernières nouvelles, elle était encerclée par les armées royales, les magasins du château étaient pratiquement vides, non ? Dans un instant vous allez m'expliquer qu'il lui a poussé des ailes, qu'elle a franchi ainsi les lignes d'Étienne et qu'elle a gagné Wallingford par la volonté du Saint-Esprit ! Elle aurait eu quelques difficultés à traverser à pied les fortifications élevées par les assiégeants, en supposant qu'elle ait trouvé un moyen pour sortir du château sans qu'on la remarque.

— Et pourtant, Cadfael, c'est exactement ce qui s'est passé ! Elle est sortie du château sans qu'on la remarque et elle a traversé les lignes ennemies, en tout cas une bonne partie. La meilleure explication qu'on ait fournie, et elle tient beaucoup de la devinette, est qu'on a dû la descendre avec une corde depuis l'arrière de la tour donnant sur la rivière en compagnie de deux ou trois de ses fidèles. Il n'a pas pu y en avoir plus. Ils se sont sûrement habillés tout en blanc pour être invisibles sur la neige. D'après ce qu'on sait, il neigeait à ce moment, ce qui les a protégés d'autant mieux. Ils ont traversé le fleuve qui était gelé et ils ont parcouru environ six milles jusqu'à Abingdon, car c'est là qu'ils ont trouvé des chevaux pour se rendre à Wallingford. Il faut avouer, Cadfael, que cette femme sort de l'ordinaire. A ce qu'il paraît, elle est invivable en période faste, mais tudieu ! je comprends que ses fidèles la suivent quand elle a le dessous.

— Alors elle aura fini par retrouver FitzCount, murmura Cadfael avec un long soupir d'étonnement. Il n'y a pas un mois, il semblait sûr et certain que l'impératrice et son plus sûr allié étaient irrévocablement coupés l'un de l'autre et qu'ils pourraient bien ne jamais se revoir en ce bas monde.

En effet depuis septembre, retranchée dans la forteresse d'Oxford, la souveraine subissait un siège en règle et les armées du roi refermaient leurs tenailles sur elle. Étienne avait pris la ville et il se contentait de ne pas bouger et d'affamer la garnison. Or maintenant, risquant le tout pour le tout par une nuit de neige, elle avait rompu ses chaînes, ce qui la laissait libre de regrouper ses forces et de reprendre le combat sur un pied d'égalité. Les rois qui, comme Étienne, savent aussi brillamment changer une victoire en défaite, n'étaient pas monnaie courante. Mais c'était une qualité qu'ils avaient en commun, lui et elle, qu'ils tenaient de famille peut-être : l'impératrice aussi, alors qu'elle s'était glorieusement installée à Westminster et qu'elle allait être couronnée dans les jours qui venaient, s'était conduite avec tant d'arrogance et de dureté envers les bourgeois têtus de sa bonne ville de Londres qu'ils s'étaient soulevés, furieux, et qu'ils l'avaient chassée. Il fallait croire qu'au moment où l'un des cousins rivaux allait l'emporter, la fortune des armes prenait peur à l'idée de se mettre au service du vainqueur et donc se hâtait de rétablir le statu quo.

— Eh bien, remarqua Cadfael d'un ton calme, plaçant sa préparation qui bouillait sur la grille près du brasero pour l'écumer tranquillement, voilà le dilemme d'Étienne résolu, c'est déjà ça. Il n'a plus besoin de se demander comment la traiter.

— C'est vrai, acquiesça Hugh, un peu désabusé. Il n'aurait jamais eu assez de caractère pour la jeter dans un cul-de-basse-fosse, ce qui ne l'a pas gênée, elle, quand elle l'a emprisonné à Lincoln. De plus elle a démontré qu'il faudrait plus que des murs de pierre pour la retenir. J'inclinerais à croire que cette question lui a empoisonné la vie ces derniers mois et qu'il n'a pensé qu'au moment où elle serait forcée de se rendre. Maintenant il n'a plus à se soucier de toutes les difficultés qui n'auraient fait que commencer le jour où elle serait tombée entre ses mains. Ce qui serait encore mieux, c'est qu'il ne lui laisse aucun espoir et qu'elle soit forcée de retourner en Normandie. Mais on a fini par la connaître, cette dame, reconnut-il à regret. On sait qu'elle ne renonce jamais.

— Et comment le roi Étienne a-t-il pris ce revers ? demanda Cadfael, curieux.

— D'après vous ? Comme on pouvait s'y attendre, répliqua Hugh avec une résignation pleine d'affection. Dès que l'impératrice s'est trouvée assez loin, le château d'Oxford s'est rendu. Comme elle n'était plus là, il a perdu tout intérêt pour les malheureux affamés qui y étaient pris au piège. N'importe qui ou presque se serait payé sur la bête et se serait vengé sur la garnison. Ce qui lui est arrivé une fois, je doute que vous l'ayez oublié, ici même à Shrewsbury, et Dieu sait que ce n'était pas dans sa nature de se laisser ainsi persuader de se conduire aussi cruellement. Il n'est pas près de recommencer. Ce souvenir a peut-être sauvé la vie des soldats d'Oxford. Il les a laissés partir sains et saufs, à la seule condition qu'ils rentrent chez eux. Il a installé au château une bonne garnison avec des provisions en suffisance et il est parti à Winchester avec son frère afin d'y passer Noël. Il y a aussi tous ses shérifs du centre du pays. Cela fait pas mal de temps qu'il n'est pas revenu par là ; je suppose qu'il a envie de nous revoir, histoire de se rafraîchir la mémoire et de s'assurer que ses défenses tiennent bon.

— Maintenant ? s'exclama Cadfael, surpris. A Winchester ? Vous n'y arriverez jamais à temps.

— Mais si, vous verrez. On a quatre jours devant nous et, à ce qu'il paraît, le dégel est bien avancé dans le sud et les routes sont dégagées. Je pars demain.

— Aline restera avec votre fils pour célébrer Noël sans vous ! Et Gilles qui vient juste d'avoir trois ans !

Le fils de Hugh était un enfant de Noël ; il était venu au monde au cours d'un hiver des plus rigoureux, parmi la neige, un froid polaire et de violentes tempêtes. Cadfael, son parrain, comptait parmi ses plus fervents admirateurs.

— Oh ! je doute qu'Étienne nous garde très longtemps ! affirma Hugh. Il tient surtout à ce qu'on reste à notre poste pour surveiller les recettes du comté. Si tout se passe bien, je serai de retour d'ici la fin de l'année. Maintenant Aline vous saura sûrement gré d'aller lui rendre visite pendant mon absence. Le père abbé ne vous refusera pas cette permission et votre grand escogriffe, Winfrid si je ne me trompe, commence à se débrouiller très bien avec les baumes et les médicaments. Il doit pouvoir rester seul une heure ou deux.

— Je serai ravi de vous rendre ce service et de veiller sur votre petite famille pendant que vous vous pavanerez à la cour. Mais quand même, vous nous manquerez. Et puis, quel retournement de situation ! Voilà cinq ans que cela dure et chacun en est toujours au même point. Il est évident qu'avec la nouvelle année, tout va repartir de plus belle. Que d'efforts et quel gâchis, alors que rien n'a changé !

— Oh mais si, il y a quelque chose de changé, enfin pour l'importance que ça a ! répliqua Hugh avec un rire bref. Un nouveau prétendant vient d'apparaître sur la scène. Geoffroi n'a pas pu envoyer plus d'une poignée de chevaliers pour secourir son impériale épouse, mais là il vient de lui expédier quelque chose dont apparemment il n'a pas eu de mal à se séparer. A moins, et ça n'a rien d'invraisemblable, qu'il n'ait pris très exactement la mesure d'Étienne et qu'il soit tout à fait sûr de ne courir aucun risque. Imaginez-vous qu'il a confié leur fils à son oncle Robert, dans le cas où les Anglais se rallieraient plus volontiers à lui qu'à sa mère. Henri Plantagenêt a neuf ans, d'aucuns lui accordent un an de plus. Mais ça ne va pas plus loin. Robert l'a pris avec lui pour se rendre à Wallingford, voir sa mère. J'imagine qu'à l'heure qu'il est, on l'a conduit à Bristol ou à Gloucester, hors de danger. Et quand bien même il tomberait aux mains d'Étienne, le roi n'en serait guère avancé. Pour moi, il le renverrait en France sous bonne garde et il serait encore capable de lui payer son passage.

— Vous m'en direz tant! murmura Cadfael dont l'œil s'ouvrit tout grand sous l'effet de la curiosité et de l'étonnement. Alors comme ça, une nouvelle étoile serait apparue au firmament? Il va falloir compter avec elle! Enfin, je connais quelqu'un qui passera un joyeux Noël. Sa mère n'a-t-elle pas recouvré sa liberté et retrouvé son fils? Je suis persuadé que sa présence lui redonnera du courage. Mais je ne vois pas en quoi il pourra l'aider.

— C'est encore trop tôt! prophétisa Hugh. Voyons d'abord dans quel bois il est taillé. S'il a la bravoure de sa mère et l'intelligence de Geoffroi, d'ici quelques années, il pourrait bien donner du fil à retordre au roi. Je suis d'avis d'utiliser au mieux le temps dont nous disposons et de veiller à ce que le gamin retourne en Anjou et qu'il y reste. Et si sa mère pouvait l'y accompagner, ce serait parfait. Si seulement le fils d'Étienne s'affirmait meilleur que son rival, articula Hugh avec ferveur, avant de se lever en soupirant, nous n'aurions plus à nous soucier de ce que celui de l'impératrice nous réserve.

D'un mouvement impatient de ses épaules minces, il chassa ses doutes.

— Bon, il faut que j'y aille. Je dois me préparer pour la route. Nous partirons dès que le jour sera levé.

Cadfael posa sur le sol de terre battue sa

marmite qui refroidissait et sortit avec son ami dans l'atmosphère calme du jardin clos où ses parterres tout propres passeraient l'hiver au chaud, sous une épaisse couche de neige. Dès qu'ils furent sur le chemin longeant les étangs gelés, les deux hommes distinguèrent dans le lointain, de l'autre côté du miroir d'eau et des grands jardins situés au septentrion, la longue pente de l'hôtellerie surplombant le canal d'écoulement, la sombre cage de bois des échafaudages, les échelles et deux silhouettes emmitouflées travaillant sur les ardoises découvertes.

— Je vois que vous avez aussi vos ennuis, constata Hugh.

— Personne n'y échappe en hiver. Sous le poids de la neige, les ardoises se sont déplacées, certaines se sont cassées et l'eau s'est infiltrée pour venir doucher le chapelain de l'évêque pendant son sommeil. Si on avait attendu le dégel, on aurait été inondés et les réparations auraient été beaucoup plus importantes.

— Et je gage que votre maître bâtisseur est sûr de pouvoir arranger les choses, qu'il gèle ou pas.

Hugh avait reconnu la silhouette musculeuse à mi-hauteur de l'échelle longue occupée à soulever une masse d'ardoises que peu de ses aides plus jeunes seraient parvenus à bouger.

— Cela ne doit pas être agréable de travailler là-haut! remarqua Hugh, observant l'étage le plus élevé de l'échafaudage où s'entassait une pile impressionnante d'ardoises et les deux petites silhouettes qui se déplaçaient précautionneusement sur le toit exposé à tous les vents.

— On travaille par périodes brèves et quand on redescend il y a du feu dans le chauffoir. On laisse les vieux comme moi à l'écart mais la plupart d'entre nous allons donner un coup de main à tour de rôle à l'exception des malades et des infirmes. C'est justice, mais je doute que Conradin apprécie. Ça l'agace que de jeunes casse-cou s'aventurent à ses côtés; il aimerait autant ne travailler qu'avec ceux dont il est sûr, même s'il surveille tout le monde de très près. S'il en voit un pâlir de se trouver si haut, il le ramène en bas sans tarder. Il y a des gens qui souffrent du vertige.

— Et vous, vous êtes monté? s'enquit prudemment Hugh.

— J'ai accompli ma tâche hier avant que la lumière ne commence à tomber. La brièveté des jours n'arrange rien, mais d'ici une semaine, on devrait commencer à en voir la fin.

Hugh plissa les yeux, ébloui par un bref éclat de soleil réfléchi par la blancheur aveuglante.

— Qui se trouve là-haut en ce moment? Celui aux cheveux noirs, c'est frère Urien, non? Mais l'autre?

— Frère Haluin.

La silhouette mince et vive était pratiquement cachée par l'avancée de l'échafaudage, mais frère Cadfael les avait vus tous deux monter à l'échelle moins d'une heure auparavant.

— Quoi? Le meilleur enlumineur d'Anselme? Comment expliquez-vous qu'on demande une chose pareille à un artiste? Il va s'abîmer les mains avec ce froid de loup. Je ne le vois guère reprendre un pinceau fin avant une semaine ou deux quand il aura manié toutes ces ardoises.

— Anselme l'en aurait volontiers dispensé, admit Cadfael, mais Haluin n'a rien voulu savoir. Personne ne lui en aurait voulu car tout le monde se rend compte de la qualité de son travail, mais s'il y a une haire à portée de main Haluin exigera de la porter. Il n'arrête pas de se mettre en pénitence, ce garçon, Dieu sait pour quels péchés imaginaires, car depuis qu'il est entré dans cette maison, je ne l'ai jamais vu contrevenir à la règle, et il est arrivé comme novice ! Quand il a prononcé ses premiers vœux, il n'avait pas plus de dix-huit ans. J'ai peine à croire qu'il ait eu le temps de se comporter aussi mal quand il était dans le siècle. Que voulez-vous, cela facilite peut-être la besogne à certains d'entre nous qui s'accommodent fort bien de leur condition d'êtres humains et non d'anges. Si les pénitences excessives d'Haluin me lavent de quelques-uns de mes défauts, je suppose que cela lui vaudra quelque chose. Et moi, je ne m'en plaindrai pas.

Le temps était trop froid pour permettre de s'attarder dans la neige profonde à observer ceux qui s'activaient précautionneusement sur le toit de l'hôtellerie. Ils repartirent le long des jardins et des viviers recouverts de glace où frère Siméon avait creusé des trous de forme irrégulière pour permettre aux poissons de respirer là-dessous et ils traversèrent, sur une étroite passerelle de bois recouverte d'une fine et glissante pellicule de glace, le canal de dérivation qui se jetait dans l'étang. Maintenant qu'ils étaient plus près, ils virent les étais des échafaudages jaillir du mur sud de l'hôtellerie et franchir le canal d'écoulement; à présent, ceux qui s'activaient sur la toiture étaient invisibles.

— Je l'ai eu avec moi comme apprenti à l'atelier, il y a belle lurette, signala Cadfael cependant qu'ils foulaient les parterres couverts de neige des jardins du haut, juste avant de parvenir à la grande cour. Je parle de Haluin, bien sûr. J'avais moi-même terminé mon noviciat depuis peu. Je suis entré dans la maison à plus de quarante ans, mais lui en avait à peine dix-huit. On me l'avait confié parce qu'il savait ses lettres et qu'il connaissait le latin sur le bout du doigt alors qu'au bout de trois ou quatre ans, j'étais encore à l'apprendre. Sa famille possède des terres et il aurait hérité d'un manoir s'il n'avait pas choisi le couvent. Le domaine appartient à l'un de ses cousins aujourd'hui. Enfant, on l'avait placé dans une noble maison comme c'est la coutume; il était secrétaire et gérait les biens de son seigneur car il était exceptionnellement brillant, écrivait et comptait à la perfection. Je me suis souvent demandé pourquoi il avait ainsi changé d'orientation, mais comme nul ne l'ignore ici, la vocation est pareille au vent, elle souffle où elle veut. Et il est hors de question de ne pas la suivre.

— S'il était si savant, il eût été plus simple de cantonner ce garçon au scriptorium, objecta Hugh, pratique. J'ai eu l'occasion de voir son travail; ce serait du gâchis de l'employer à autre chose.

— Oui, mais sa conscience l'a obligé à suivre

toutes les étapes de la formation commune avant de trouver sa place. Il a travaillé trois ans avec moi au jardin aux simples, puis deux ans à l'hôpital de Saint-Gilles parmi les malades et les infirmes, puis deux encore aux jardins de la Gaye et parmi les bergers de Rhycroesau, avant de se consacrer à ce pour quoi il était fait. Et même maintenant, comme vous pouvez le constater, il ne veut pas être traité à part sous prétexte qu'il est adroit avec une plume et un pinceau. Si d'autres prennent des risques sur un toit glissant, il faut qu'il les partage avec eux. C'est tout à son honneur, notez bien, mais il prend chaque chose trop à cœur, et c'est une attitude que la Règle désapprouve.

Ils traversèrent la grande cour et se dirigèrent vers le portail où Hugh avait attaché sa monture préférée, un grand cheval gris à l'ossature puissante qui aurait pu porter un cavalier deux ou trois fois plus lourd que son poids plume de maître.

— Il ne neigera pas cette nuit, annonça Cadfael, jetant un coup d'œil au ciel voilé et humant le vent léger. D'après moi, ça ne recommencera pas avant plusieurs jours. Je ne pense pas non plus que le grand froid revienne. Avec l'aide de Dieu, ce ne sera pas trop désagréable d'aller vers le sud.

— Nous partirons à l'aube. Dieu veuille qu'on soit de retour pour la nouvelle année ! J'espère que le dégel n'arrivera pas avant que votre toit ne soit de nouveau étanche ! Et n'oubliez pas, Aline compte sur vous !

Il rassembla sa bride, se jucha sur sa haute selle et s'en alla. Les sabots de son cheval sonnèrent sur les pavés et provoquèrent une unique étincelle brillante qui s'éteignit presque avant que le fer de sa monture ait quitté le sol gelé. Cadfael repartit vers l'infirmerie pour vérifier les médicaments que contenait l'armoire à pharmacie de frère Edmond. D'ici une heure, la lumière aurait commencé à décliner car c'était les jours les plus courts de l'année. Frère Urien et frère Haluin seraient les derniers à travailler à la toiture ce jour-là.

Comment cela se produisit au juste, nul ne put jamais l'établir exactement. Frère Urien, qui s'était conformé aux ordres de frère Conradin et était descendu dès qu'il entendit l'appel, suggéra ce qui lui parut l'explication la plus vraisemblable, mais même lui admit qu'il ne pouvait être sûr de rien. Conradin, habitué à ce qu'on lui obéisse sans discuter, conclut, ce qui était le bon sens même, que personne ne souhaiterait s'attarder par un froid pareil. Il s'était contenté de crier ses ordres et était allé enlever les dernières ardoises brisées pour que les couvreurs ne risquent pas de se blesser en descendant. Avec un ouf de soulagement, frère Urien se laissa glisser le long des planches de l'échafaudage et chercha à tâtons les barreaux de la grande échelle afin de reprendre contact avec le sol, trop heureux d'en avoir fini pour cette fois. Il ne manquait ni de force ni de bonne volonté mais son endurance l'emportait sur l'adresse. S'il n'y avait rien à lui reprocher quand il s'attaquait à une tâche, il ne voyait pas pourquoi il en ferait plus que ce qu'on lui demandait. Il s'écarta de quelques toises pour examiner le travail de la journée. A ce moment-là il vit frère Haluin qui, loin de descendre la petite échelle appuyée à la pente du toit de son côté, la remonta sur plusieurs degrés avant de se pencher sur le flanc afin de dégager un autre tas de neige et du même coup de nouvelles ardoises. Il apparut qu'il avait eu raison de soupçonner que les dégâts s'étendaient plus loin dans cette direction et qu'il souhaitait enlever la neige dont le poids pourrait causer d'autres dommages.

La masse blanche accumulée bougea, glissa à grands plis et chut en partie sur l'extrémité des planches et la pile d'ardoises qui attendaient là et en partie sur le sol en dessous. Cette avalanche était certes intentionnelle, mais ce poids de glace cessa de reposer sur la pente d'ardoise et tomba d'un seul bloc, ébranlant l'échafaudage dans sa chute. Haluin s'était trop penché en avant. L'échelle glissa avec la neige qui avait servi à la maintenir ; au lieu de choir avec elle, il la précéda, heurta le bout des planches avec une violence inouïe et percuta sans un cri le canal gelé en dessous. L'échelle et la neige tombèrent sur les planches et s'écrasèrent à sa suite dans une grande gerbe de lourdes ardoises au bord tranchant qui s'enfoncèrent dans sa chair.

Frère Conradin, qui s'activait juste au pied de l'échafaudage, n'eut que le temps de se pousser, ne comprenant rien, à moitié aveuglé, assommé par la chute de cette énorme masse. Frère Urien était assez loin ; il allait crier à son compagnon de ne pas insister car on n'y voyait plus goutte ; au lieu de cela il poussa une clameur pour le prévenir du danger, mais il était trop tard. Il se jeta en avant et l'avalanche l'ensevelit à mi-corps. Se secouant et s'ébrouant, les deux religieux arrivèrent ensemble auprès de frère Haluin.

Ce fut frère Urien, silencieux, la mine sombre, qui vint en hâte quérir frère Cadfael, tandis que Conradin partait dans l'autre sens, en direction de la grande cour, et il envoya le premier moine qu'il rencontra chercher frère Edmond, l'infirmier. Frère Cadfael était dans son atelier. Il couvrait son brasero de terre pour la nuit quand frère Urien surgit sur le pas de la porte avec le visage tendu des porteurs de mauvaises nouvelles.

— Venez vite, mon frère ! Frère Haluin est tombé du toit !

Cadfael, lui aussi économe de ses paroles, se tourna, jeta la dernière motte, et descendit une couverture de laine de l'étagère.

— Il est mort ?

La victime avait fait une chute d'au moins quarante pieds, avec des planches de bois tout du long et de la glace pour finir. Mais si, par bonheur, Haluin était tombé dans de la neige d'autant plus profonde qu'elle venait du toit dégagé, il était peut-être encore vivant.

— Ma foi, il respire encore, mais pour

combien de temps ? Conradin a demandé de l'aide. Edmond doit être au courant à l'heure qu'il est.

— Allons-y ! s'exclama Cadfael, qui sortit en coup de vent et prit sa course vers la passerelle qui traversait le canal, avant de changer d'avis et de filer le long de l'étroite chaussée entre les étangs ; il franchit d'un bond l'extrémité du canal afin de perdre le moins de temps possible pour gagner le lieu où gisait Haluin. Sortant de la grande cour, la lueur de deux flambeaux s'avançait à leur rencontre. C'était frère Edmond accompagné de deux aides portant un brancard, immédiatement précédés de frère Conradin.

Frère Haluin, enterré jusqu'aux genoux sous les lourdes ardoises, était étendu, immobile, au milieu du grand désordre qu'il avait causé.

CHAPITRE DEUX

Malgré les risques qu'il y avait à le déplacer, le laisser ici un moment de plus qu'il n'était nécessaire aurait signifié consentir, voire solliciter, cette mort qui le tenait déjà presque pour sien. Sans souffler mot, on se hâta d'écarter les planches de bois et de fouiller à mains nues parmi les ardoises tranchantes qui écrasaient et lacéraient ses chevilles et ses pieds couverts de sang. Il était complètement inconscient et ne sentit rien du tout quand les autres le sortirent du lit gelé du canal juste assez pour glisser des courroies sous lui afin de pouvoir l'allonger sur son brancard. La procession morne traversa les jardins pour le conduire à l'infirmerie où frère Edmond lui avait préparé un lit dans une petite cellule séparée des vieillards et des infirmes qui passaient là leurs dernières années.

— Il est perdu, souffla Edmond, observant le visage blême, lointain.

C'était aussi le sentiment de Cadfael et de tout le monde en réalité. Pourtant il s'obstinait à respirer, même si son souffle rauque, qui tenait du gémissement, indiquait qu'il était blessé à la tête, irrémédiablement, sans doute. Aussi se penchèrent-ils sur lui comme s'il était destiné à survivre, bien qu'ils fussent intimement persuadés du contraire. Avec d'infinies précautions, ils lui ôtèrent ses vêtements glacés et l'entourèrent de couvertures préalablement réchauffées à des pierres brûlantes cependant que Cadfael le palpait doucement pour voir s'il n'avait rien de cassé. Il remit en place et pansa l'avant-bras gauche qui lui parut réagir anormalement lors de son auscultation sans provoquer la moindre lueur de vie sur le visage figé. Il examina attentivement le crâne de Haluin avant de nettoyer et de bander la blessure qui saignait mais il ne put déterminer s'il y avait ou non fracture. La respiration difficile évoquait un ronflement et semblait indiquer que le crâne n'avait pas résisté, mais pas moyen d'en être sûr. Quant aux chevilles et à ses pieds brisés, Cadfael passa beaucoup de temps à les soigner. Emmitouflé de couvertures, frère Haluin était dressé bien droit, de telle façon qu'il ne risque pas de se blesser en remuant si, par hasard, il retrouvait ses esprits. Mais personne n'y croyait et le mal qu'ils se donnaient ne s'expliquait que par un reste de foi tenace, secrète, qui leur interdisait de s'abandonner au désespoir.

— Il ne pourra jamais remarcher, murmura frère Edmond, regardant en frémissant les pieds broyés que baignait soigneusement Cadfael.

— Pas sans aide, acquiesça sombrement ce dernier. Je suis de votre avis.

Ce qui ne l'empêcha pas de poursuivre sa tâche

et de tenter de réduire au mieux les terribles fractures.

Frère Haluin avait eu des pieds longs, fins, élégants qui convenaient à sa silhouette mince. Les coupures occasionnées par les ardoises étaient si profondes, si sérieuses, qu'elles avaient par endroits touché, voire lésé, l'os. Il fallut longtemps pour nettoyer les fragments ensanglantés et bander chaque pied pour lui rendre une allure normale et se hâter de le glisser dans un chausson de feutre improvisé, bien rembourré à l'intérieur, afin de le maintenir en place et de lui permettre de reprendre sa forme originelle en espérant qu'il guérirait. A supposer, naturellement, qu'une guérison fût possible.

Cependant que frère Haluin se tenait là, avec sa respiration pénible, inconscient, oublieux de ce qui lui était arrivé, immergé dans les eaux d'un sommeil très éloigné des réalités du monde, peu à peu, son souffle s'apaisa progressivement, se changeant en un murmure un peu rauque, comme une feuille qu'agite une brise presque imperceptible, et ils crurent qu'il les avait quittés. Mais la feuille solitaire continuait à vibrer dans le vent, très légèrement.

– S'il revient à lui, ne serait-ce qu'un moment, appelez-moi sur-le-champ, leur intima Radulphe avant de les laisser à leur veille.

Frère Edmond était parti prendre quelque repos. Cadfael resta à le veiller en compagnie de frère Rhunn, qui était le plus jeune et le dernier venu parmi les moines du chœur. Assis de part et d'autre du lit, ils surveillaient attentivement ce sommeil abyssal d'un être consacré à Dieu, béni en son nom, prêt à franchir les portes de la mort.

Il y avait bien des années que frère Haluin avait cessé de dépendre de Cadfael pour se consacrer à des travaux manuels sur la Gaye. Cadfael l'examina de nouveau avec une attention soutenue ; ses traits, qu'il croyait avoir presque oubliés, lui revenaient, à la fois changés et si familiers que c'en était poignant. Sans être grand, frère Haluin était d'une taille au-dessus de la moyenne, avec une ossature longue et fine ; quand il avait pris l'habit, il était à la fois moins musclé et plus enveloppé ; il était encore jeune et n'avait pas fini sa croissance. Il commençait à peine à entrer dans l'âge d'homme. A présent, il devait avoir dans les trente-cinq ans ; mais à l'époque, il en avait à peine dix-huit. Il avait un long visage ovale, avec des joues et une mâchoire au dessin net. Ses sourcils minces, arqués, étaient presque noirs, plus sombres en tout cas que ses épais cheveux châtains dont il avait sacrifié une partie pour recevoir la tonsure. La figure qui se détachait sur l'oreiller était d'une blancheur crayeuse, le creux de ses joues et les orbites profondes de ses yeux clos étaient du même bleu que les ombres sur la neige. Cette nuance bleuâtre, livide, se retrouvait autour de ses lèvres tirées. Aux petites heures de la nuit, quand la vie atteint son degré le plus fragile, il la quitterait ou serait tiré d'affaire.

De l'autre côté du lit, frère Rhunn était agenouillé, attentif ; la mort d'autrui ne l'effrayait pas plus que la sienne propre quand elle se présenterait; même dans la pénombre de cette petite chambre de pierre, la beauté radieuse de Rhunn, l'éclat de la jeunesse qui brillait sur son visage, sa couronne de cheveux blonds très clairs, son regard d'aigue-marine chatoyaient dans la pénombre. Seule une créature dotée de la certitude intacte qui animait Rhunn pouvait être assise au chevet d'un mourant, avec un tel amour du prochain, au-delà de la pitié. Cadfael avait vu d'autres jeunes entrer au couvent avec quelque chose de cette foi enchantée, mais elle finissait par être menacée, ternie, abîmée par leur simple condition d'être humain au fur et à mesure que passaient les années. Voilà ce qui ne se produirait jamais chez Rhunn. Sainte Winifred, qui lui avait accordé la perfection physique qui lui avait fait défaut, ne permettrait jamais qu'un tel don soit réduit à néant par une défaillance de l'esprit.

La nuit passa lentement, sans changement perceptible dans l'immobilité obstinée de frère Haluin. C'est vers l'aube que Rhunn souffla enfin :

— Regardez, il bouge!

Le frémissement infime qui était passé sur la figure livide, les sourcils qui s'étaient rapprochés, les paupières qui s'étaient serrées sur l'onde d'une souffrance lointaine, les lèvres qui s'étaient allongées en une brève grimace de tension et d'inquiétude l'indiquaient assez. Ils commencèrent une attente qui leur parut interminable, forcés de se contenter d'essuyer le front humide et le filet de salive qui coulait du coin de la bouche crispée.

Dans la lumière neigeuse, sombre, qui précède l'aube, Haluin ouvrit des yeux noirs comme l'onyx dans leurs orbites bleues et remua les lèvres pour laisser filtrer un murmure si bas que Rhunn, qui était jeune et avait l'oreille fine, dut se pencher pour parvenir à interpréter ces sons.

— Confession, balbutia-t-il, atteignant le seuil qui sépare la vie et la mort, et pendant un instant ce fut tout.

— Va chercher le père abbé, lança Cadfael.

Rhunn s'exécuta sans perdre de temps, en silence. Haluin luttait pour retrouver ses esprits. A voir son œil s'éclaircir et se fixer sur ce qui l'entourait, il était clair qu'il savait où il était, qui était assis auprès de lui et qu'il rassemblait ce qui lui restait de force et de clarté d'esprit dans une intention bien précise. Cadfael comprit que la douleur revenait, crispant la bouche et la mâchoire; il s'apprêtait à verser entre les lèvres de son patient quelques gouttes de sirop de pavot, mais ce dernier les refusa en détournant la tête. Il voulait garder toute sa conscience, du moins tant qu'il ne se serait pas soulagé de ce qui lui pesait sur le cœur.

— Le père abbé arrive, l'informa Cadfael, tout près de son oreille. Attendez qu'il soit là pour parler.

Radulphe était déjà à la porte et se pencha pour ne pas se cogner au linteau bas. Il prit le tabouret laissé libre par Rhunn et s'inclina vers le blessé. Rhunn était resté dehors, prêt à se rendre utile au cas où on aurait besoin de lui et il avait tiré la porte. Cadfael se disposait à suivre son exemple quand soudain une flamme jaunâtre d'inquiétude surgit dans les yeux creusés de Haluin, un spasme bref le parcourut, lui arrachant un gémissement de souffrance, comme s'il avait voulu lever la main pour empêcher le départ de Cadfael sans avoir pu finir son geste. L'abbé s'inclina plus bas pour être vu aussi bien qu'entendu.

— Je suis là, mon fils, je vous écoute. Qu'est-ce qui vous inquiète ?

Haluin prit sa respiration de façon qu'on pût distinguer ses paroles.

— J'ai péché... et j'ai gardé cela pour moi.

Les mots sortaient lentement, à grand-peine, mais clairement.

— ... contre Cadfael, déjà... Il y a longtemps... Je ne m'en suis jamais confessé...

L'abbé regarda Cadfael, assis en face de lui.

— Restez ! C'est ce qu'il veut !

Puis s'adressant à Haluin qui était trop faible pour lever la main :

— Parlez, nous vous écoutons. Efforcez-vous d'être bref, nous comprendrons.

Haluin s'exprimait d'une voix lointaine, à peine audible.

— Mes vœux... pas valables... aucune vocation... Le désespoir... !

— Beaucoup sont venus pour de mauvaises raisons et sont restés pour les bonnes, objecta l'abbé. Depuis quatre ans que je suis abbé ici, je ne vois pas ce que je pourrais vous reprocher. Votre service a été parfait. Sur ce point, vous n'avez rien à craindre. En vous amenant parmi nous, Dieu avait sans doute ses raisons détournées.

— J'ai servi le seigneur de Clary à Hales, souffla-t-il. Plus exactement sa dame — lui était en Terre sainte à cette époque. Sa fille...

Il mit à profit un long silence pour reprendre ses forces afin de continuer à se délivrer de ce qu'il n'avait pas encore révélé.

— Sa fille... Je l'ai aimée... et j'ai été payé de retour. Mais sa mère... ma demande n'a pas été agréée. Ce qu'on nous refusait, nous l'avons pris...

De nouveau le silence. Plus prolongé. Les paupières mauves s'abaissèrent un instant sur les yeux fiévreux.

— Nous avons couché ensemble, prononça-t-il distinctement. Je me suis confessé de ce péché... sans la nommer. La dame m'a chassé. De désespoir, je suis venu ici... au moins pour ne plus faire de tort. Seulement je n'étais pas au bout de mes peines !

L'abbé referma fermement sa main sur celle sans force qui reposait sur le lit pour que Haluin comprenne qu'il n'était pas seul ; le visage sur l'oreiller était devenu un masque cireux et un long frisson passa dans le corps martyrisé qui le laissa tout contracté et glacé.

— Reposez-vous, glissa Radulphe à l'oreille du blessé. Ne vous épuisez pas ! Dieu entend même ce que l'on ne dit pas.

Cadfael, qui les observait, eut le sentiment que, très faiblement certes, les doigts de Haluin répondirent à cette pression. Il apporta le vin mêlé d'herbes dont il avait humidifié les lèvres de son patient quand il était encore inconscient et il en fit couler quelques gouttes dans la bouche entrouverte ; pour la première fois son offrande fut acceptée et dans un grand effort, le malade s'efforça d'avaler. Son heure n'avait pas encore sonné. Quoi qu'il eût encore à avouer, il n'était pas pressé. On lui donna du vin par petites gorgées et ses traits affaissés reprirent leur aspect normal, malgré sa pâleur et sa faiblesse. Cette fois, quand il s'exprima à nouveau, ce fut d'une voix lointaine et sans ouvrir les yeux.

— Père ? interrogea-t-il, très inquiet.

— Je suis là, je ne vous quitte pas.

— Sa mère est venue… C'est seulement là que j'ai appris. Bertrade attendait un enfant ! La dame avait très peur de la colère de son seigneur et maître quand il rentrerait. Je travaillais alors avec frère Cadfael, j'avais appris… Je connaissais les herbes… J'en ai volé pour les lui donner… de l'hysope, de l'iris… Cadfael sait les utiliser mieux que moi !

C'était l'évidence même ! Mais ce qui pouvait aider à décongestionner la poitrine et à supprimer une mauvaise toux, à petites doses, ou à combattre la jaunisse qui modifiait la couleur de la peau, pouvait aussi mettre un terme à une grossesse. Seulement cette utilisation était honnie par l'Église, voire pouvait s'avérer dangereuse pour la femme qu'elle était censée aider. Et tout cela à cause de la crainte inspirée par la colère d'un père, celle de ce que les gens allaient penser ou bien par la perspective de voir un mariage annulé avec les querelles de famille que cela impliquait. Était-ce la mère qui lui avait demandé ce service ou lui qui l'avait persuadée ? Des années de remords et de pénitence n'avaient pas exorcisé l'horreur qui contractait toujours sa chair et crispait ses traits.

— Ils sont morts, lâcha-t-il d'une voix que la souffrance rendait rauque et forte. Celle que j'aimais et l'enfant. Tous les deux. La mère m'en a tenu informé — morts et enterrés. Une mauvaise fièvre, ce fut l'explication officielle. Elle était morte d'une mauvaise fièvre — plus de crainte à avoir. C'est mon péché, mon péché le plus grave... Dieu sait combien il m'obsède !

— Si on se repent vraiment, émit l'abbé Radulphe, Dieu le sait, j'en suis persuadé. Eh bien voilà, votre faute est enfin avouée. Avez-vous terminé ou avez-vous autre chose à nous confier ?

— J'ai fini. Mais il faut que je demande pardon. A Dieu d'abord, puis à frère Cadfael dont j'ai trahi la confiance en me servant si mal de ses connaissances. Et aussi à la châtelaine de Hales, pour la peine immense que je lui ai causée. Ainsi je mourrais purifié et pardonné.

Maintenant qu'il avait vidé son cœur, il contrôlait mieux son débit et ses paroles, sa voix quelque faible qu'elle fût n'était plus embarrassée, seulement pleine d'une lucidité résignée.

— Frère Cadfael s'exprimera en son nom, répondit l'abbé. Quant à moi je parlerai pour Dieu dans la mesure où il m'en donne la grâce.

— Je vous pardonne bien volontiers, dit Cadfael, choisissant ses mots encore plus soigneusement qu'à l'accoutumée, si vous avez abusé de mon art, c'est qu'une vive inquiétude vous rongeait. Et vous aviez sous la main le moyen d'agir, quelle tentation ! Je n'étais pas là pour vous en dissuader, c'est une responsabilité que je me vois contraint de prendre sur moi. Je vous souhaite de retrouver la paix.

Ce que l'abbé avait à dire au nom de Dieu prit beaucoup plus de temps.

Il y aurait eu de nombreux religieux, songea Cadfael, qui auraient été stupéfaits, voire incrédules, s'ils avaient pu l'entendre et découvrir que l'austérité impressionnante de leur abbé pouvait laisser place à une tendresse si mesurée et utilisée à si bon escient. Soulager sa conscience et mourir en chrétien, Haluin n'en demandait pas plus. Il était trop tard pour exiger une pénitence d'un mourant. Le dernier réconfort n'ayant pas de prix, on ne peut que le donner sans compter.

— Un cœur brisé et contrit, prononça Radulphe, voici le seul sacrifice qu'on attend de vous, il sera reçu comme il le mérite.

Sur ce, il lui administra l'absolution et le bénit solennellement avant de quitter la chambre, emmenant Cadfael à sa suite. Sur le visage de Haluin, le soulagement et la gratitude avaient été remplacés par l'indifférence due à l'épuisement. Le feu qui brillait dans ses yeux, maintenant vitreux (allait-il s'endormir ou s'évanouir ?), n'était plus qu'un souvenir.

Rhunn attendait patiemment dans la pièce de devant. Il s'était un peu écarté pour éviter de surprendre, même par inadvertance, un seul mot de cette confession.

— Allez vous asseoir près de lui, ordonna l'abbé. Il devrait dormir maintenant, sans avoir de cauchemars. Si vous observez le moindre changement, courez avertir frère Edmond. Et si on a besoin de frère Cadfael, qu'on vienne le chercher dans mes appartements.

Dans le parloir de l'abbé, aux murs recouverts de boiseries, les deux personnes qui seraient les seules à connaître les fautes dont s'était accusé Haluin prirent un siège. Il n'y aurait qu'elles qui auraient le droit en privé de s'entretenir de cette confession.

— Je ne suis ici que depuis quatre ans, commença Radulphe sans préambule, et je ne sais rien des circonstances dans lesquelles Haluin est entré dans cette maison. Apparemment il aurait commencé par vous donner un coup de main au jardin aux simples où il a acquis les connaissances dont il s'est servi si mal à propos. Est-il exact que la potion qu'il a préparée pouvait avoir un tel effet ? Ou la jeune femme a-t-elle pu mourir d'une mauvaise fièvre ?

— Si la mère l'a donnée à sa fille, il est peu probable qu'elle se soit trompée, répliqua Cadfael, morose. Oui, c'est vrai que l'hysope est dangereuse. J'ai eu le grand tort d'en conserver parmi mes médicaments, d'autres plantes auraient pu la remplacer avantageusement. Mais, en petite quantité, l'herbe et la racine, séchées et pilées, sont très efficaces contre l'ictère; mélangée au marrube, l'hysope est très utile pour soigner les troubles poitrinaires, bien que l'espèce à fleurs bleues soit plus douce et meilleure dans ces cas-là. J'ai connu des faiseuses d'anges qui s'en servaient pour provoquer des avortements, à forte dose, pour purger complètement. Rien d'étonnant si la pauvre fille y reste aussi à l'occasion.

— Cela a dû se passer pendant son noviciat; il n'était pas ici depuis longtemps si l'enfant était de lui, ainsi qu'il l'affirme. J'imagine qu'il n'était pas bien vieux.

— Dix-huit ans à peine; la fille n'était sûrement pas plus âgée, peut-être même moins. C'est une manière de circonstance atténuante, prononça fermement Cadfael, s'ils vivaient sous le même toit, se voyaient tous les jours, étaient tous les deux bien nés, et prêts à s'ouvrir à l'amour comme tous les enfants. Moi, ce qui m'étonne, poursuivit-il, plus calme, c'est que la demande du garçon ait été rejetée sans la moindre discussion. Il était fils unique, il aurait hérité d'un bon manoir s'il n'avait pas pris l'habit. En outre, il avait un caractère agréable, si mes souvenirs sont exacts, et frappait par sa vivacité d'esprit. Je connais plus d'un chevalier qui aurait été ravi de le voir épouser sa fille.

— Peut-être son père avait-il déjà formé d'autres projets pour elle, suggéra Radulphe. Qui sait s'il ne l'avait pas fiancée à un autre depuis l'enfance? Sa mère ne tenait sûrement pas à donner sa bénédiction à un mariage imprévu en l'absence d'un mari qui lui inspirait une telle crainte.

— Je veux bien, mais quel besoin avait-elle de le refuser aussi sèchement ? Si elle lui avait laissé quelque espoir, je suis persuadé qu'il aurait attendu et il n'aurait pas eu à lui forcer la main en anticipant sur leur mariage éventuel. Remarquez, je suis peut-être injuste à son égard, admit Cadfael. Je suppose qu'il ne s'est pas glissé dans le lit de cette petite par calcul ; c'était plutôt sous l'emprise de l'amour. Haluin n'est pas un calculateur retors.

— Quoi qu'il en soit, répondit Radulphe avec un soupir de lassitude, c'est le passé et nous n'y pouvons plus rien. Il n'est pas le premier et il ne sera sans doute pas le dernier à avoir commis une erreur, et la petite n'a été ni la première ni la dernière à en payer le prix. Enfin, sa réputation est restée intacte, c'est déjà ça. Je comprends aisément sa réticence à se confier, vu la situation, même sous le sceau de la confession. Mais tout cela remonte à si longtemps, dix-huit ans, l'âge qu'il avait à l'époque. Assurons-lui au moins une fin paisible.

De l'avis de chacun c'était ce que l'on pouvait espérer de mieux pour frère Haluin, et dans les prières que l'on récita pour lui, nul ne se risqua à envisager une autre issue, et ce d'autant moins qu'après être brièvement revenu à lui, il sombra rapidement dans une inconscience encore plus profonde. Et pendant sept jours, il demeura ainsi, sans se rendre compte des allées et venues des autres religieux autour de son lit, sans manger ni émettre le moindre son, à l'exception de sa respiration presque inaudible.

Et cependant ce souffle, tout faible qu'il fût, était égal et régulier et à chaque fois qu'on lui présentait du vin mêlé de miel, il l'acceptait ; sa gorge semblait beaucoup moins douloureuse ; il avalait docilement, mais son vaste front glacé et ses paupières obstinément closes ne furent parcourus à aucun moment du moindre frémissement, de la plus légère contraction indiquant que son corps reprenait une vie normale.

– C'est comme si son esprit n'était plus là, murmura frère Edmond d'un ton méditatif, comme s'il attendait ailleurs que la maison ait subi son grand nettoyage de printemps avant de revenir y vivre.

Cadfael jugea que cette analogie biblique exprimait bien la situation. Il était évident que Haluin avait chassé les démons qui l'habitaient et la demeure qu'ils avaient quittée pourrait bien rester inoccupée quelque temps, d'autant plus qu'après tout, il allait peut-être guérir contre toute espérance. Cette absence prolongée avait beau ressembler à la mort, frère Haluin n'allait pas mourir. On serait donc bien inspirés de le veiller de près, pensa Cadfael, de façon à mener cette parabole à son terme heureux et à s'assurer que sept démons, pires que les premiers, n'allaient pas profiter de ce que le propriétaire légitime n'était pas là pour prendre pied chez lui. On continua donc à prier pour Haluin avec autant de ferveur pendant toute la période de Noël et l'ouverture solennelle de la nouvelle année.

Le dégel avait commencé à s'amorcer et même s'il n'était pas rapide, il emportait chaque jour, à petites étapes, un peu des vastes étendues de la neige qui était tombée en si grande quantité. Les travaux sur le toit s'étaient achevés sans autre dommage, on avait retiré les échafaudages et l'hôtellerie ne risquait plus de se transformer en piscine. Tout ce qui demeurait de ce grand remue-ménage, c'était ce témoin immobile, silencieux, seul dans sa petite chambre à l'infirmerie, indécis à la frontière de la vie et de la mort.

Puis, la nuit de l'Épiphanie, frère Haluin ouvrit les yeux et poussa un long soupir, comme tout dormeur qui émerge d'un sommeil tranquille, et il parcourut la pièce étroite d'un regard étonné qui finit par se poser sur frère Cadfael, installé, silencieux et attentif, sur un tabouret à côté de son lit.

— J'ai soif, émit Haluin, confiant comme un enfant, et il s'appuya passivement aux bras de Cadfael pour boire.

On s'attendait à moitié à ce qu'il retombe dans sa léthargie, mais non. S'il bougea peu, il resta conscient toute la journée et, la nuit, il dormit normalement, d'un sommeil peu profond mais calme. Après cela il choisit de vivre et cessa de regarder par-dessus son épaule. Mais s'il quitta le seuil de la mort, ce fut pour retrouver la douleur, et la marque qu'elle imposait à ses lèvres tirées et à son front plissé ; il la supporta toutefois sans une plainte. Son bras cassé s'était remis pendant la période où il n'avait pas conscience de ses blessures et il n'en avait gardé que les démangeaisons des plaies qui se referment. Cadfael et Edmond eurent tous deux le sentiment que le choc à la tête n'avait pas laissé de trace et que l'ancien agonisant avait trouvé sa guérison dans le sommeil et le repos. Car il avait l'esprit clair. Il se rappelait le toit verglacé, sa chute, et, une fois qu'il fut seul avec Cadfael, il lui montra qu'il n'avait rien oublié de sa confession, car voici ce qu'il lui dit après un long moment de réflexion silencieuse :

— Je me suis conduit d'une façon honteuse envers vous, il y a longtemps, Cadfael, et maintenant voilà que vous vous occupez de moi et que vous me soignez, et je ne m'en suis pas excusé.

— Je ne vous le demande pas, répliqua d'un ton égal Cadfael qui commença patiemment à retirer le bandage d'un des pieds pour refaire le pansement qu'il avait renouvelé chaque soir et chaque matin depuis le début.

— Mais il faut que je paie mes dettes, sinon je ne serai jamais purifié.

— Vous vous êtes confessé, objecta Cadfael avec bon sens, vous avez reçu l'absolution du père abbé, réclamer davantage serait de la présomption.

— Mais où est ma pénitence ? Une absolution obtenue aussi aisément ne me lave de rien, soupira Haluin.

Cadfael avait laissé le pied gauche, celui qui avait le plus souffert, à l'air libre. Les coupures et les blessures superficielles s'étaient arrangées, mais le dommage subi par le réseau compliqué de petits os était irréparable ; il s'était formé une protubérance assez laide, couturée de cicatrices et la peau avait tourné au rouge sombre, comme un visage furieux. Pourtant elle s'était reformée et avait recouvert le tout.

— En ce cas, rétorqua carrément Cadfael, il me paraît juste de payer vos dettes par une souffrance que vous garderez pour le restant de vos jours. Vous voyez cela ? Vous ne pourrez jamais reposer le talon fermement à terre. Je ne sais pas si vous marcherez de nouveau.

— Oh si ! affirma Haluin, regardant par la lucarne le ciel hivernal qui s'assombrissait. Je remarcherai, je vous le garantis. Si Dieu le permet, je retrouverai l'usage de mes deux pieds, même si je dois emprunter des béquilles pour m'aider à les utiliser. Et si le père abbé m'en donne la permission, quand j'aurai appris à m'en servir, j'irai personnellement à Hales pour demander pardon à Adélaïde de Clary et veiller une nuit sur la tombe de Bertrade.

Cadfael se demanda en son for intérieur si la décision qu'avait prise Haluin, même si elle partait d'un bon sentiment, serait vraiment de nature à réconforter les vivants et les morts, à moins qu'on ne l'ait complètement oublié au cours de ces dix-huit années. Mais si cette pieuse intention lui rendait le courage et la volonté de vivre, éclairait la situation d'un jour positif, pourquoi l'en décourager ?

— Ouais, commençons par réparer ce qui peut l'être en vous remettant du sang dans les veines, parce que, dans l'état où vous êtes, vous n'irez pas bien loin.

Puis, contemplant le pied droit qui ressemblait encore quelque peu à un pied humain et dont l'os de la cheville était intact et reconnaissable, il poursuivit, méditatif :

— On pourrait à la rigueur vous fabriquer de grosses bottes en feutre, bien rembourrées à l'intérieur. Vous aurez certes besoin de béquilles, mais il y a un pied que vous pouvez poser par terre. Ah non, pas encore, c'est une question de semaines, plus probablement de mois. Mais on va prendre vos mesures et voir s'il y a moyen de trouver une solution.

Après réflexion, Cadfael pensa qu'il ne serait pas mauvais d'avertir l'abbé de l'expiation que Haluin avait en tête. Il s'en occupa dès la fin du chapitre dans l'intimité du parloir de Radulphe.

— Après avoir soulagé sa conscience, commença simplement Cadfael, il serait mort content, s'il avait eu la bonne fortune de mourir. Seulement il va vivre. Il a les idées claires, beaucoup de volonté et, s'il est maigre, il ne manque pas de force, croyez-moi. Maintenant qu'il a compris qu'il avait du temps devant lui, il ne se contentera pas d'échapper à ses remords à la sauvette, grâce à une absolution facile à obtenir. S'il prenait les choses plus à la légère, on pourrait l'amener à oublier cette résolution au fur et à mesure qu'il guérirait, et pour ma part, je ne l'en blâmerais pas, bien au contraire. Mais un repentir sans pénitence, voilà qui ne satisfera jamais Haluin. Je le retiendrai aussi longtemps que possible, mais je vous garantis qu'on n'a pas fini d'en entendre parler; dès qu'il se sentira en état de risquer l'entreprise, il reviendra à la charge.

— Je me vois mal lui refuser d'accomplir un vœu aussi justifié, avança l'abbé, logique, mais je peux exiger qu'il attende d'être complètement rétabli pour partir. Si cela doit lui rendre la paix de l'esprit, je n'ai pas le droit de me mettre en travers de son chemin. Peut-être apportera-t-il quelque réconfort, bien qu'un peu tard, à cette malheureuse femme dont la fille a connu une si triste fin. Je ne connais pas très bien le manoir de Hales, ajouta Radulphe, pesant le pour et le contre de ce pèlerinage, mais j'ai déjà entendu prononcer ce nom de Clary. Vous savez où se trouve leur domaine?

— Vers la marche orientale du comté, père, à une vingtaine de milles de Shrewsbury, vingt-cinq maximum.

— Et ce seigneur qui était parti en Terre sainte, il est très possible qu'on lui ait caché la véritable raison de la mort de sa fille, si son épouse avait une telle peur de lui. Tout cela remonte à longtemps, mais s'il est encore vivant, cette visite ne me paraît pas envisageable. Il ne serait pas juste que frère Haluin mette en danger la châtelaine de Hales, ni recommence à lui causer des ennuis. Qu'elle ait commis des erreurs, je veux bien, mais elle les a payées.

— Pour autant que je sache, père, rétorqua Cadfael, peut-être sont-ils morts l'un et l'autre depuis des années. Je suis passé dans les parages, une fois, un jour où j'avais été envoyé à Lichfield par l'abbé Héribert, votre prédécesseur, mais je n'ai aucun renseignement sur ces gens-là.

— On interrogera Hugh Beringar, décida l'abbé, plein de confiance. Il connaît toute la noblesse du comté sur le bout du doigt. Quand il rentrera de Winchester, on lui en touchera un mot. Rien ne presse. Même si Haluin tient à sa pénitence, ça n'est pas pour tout de suite, et pour cause. Avant qu'il ne se lève, il passera de l'eau sous le pont.

CHAPITRE TROIS

Hugh et son escorte furent de retour quatre jours après l'Épiphanie. La plus grande partie de la neige avait fondu, le ciel était gris, les jours brefs et sombres ; les nuits passaient sans qu'il gèle sérieusement, si bien que le dégel continuait son bonhomme de chemin sans provoquer d'inondation. Après d'aussi abondantes chutes de neige une fonte rapide aurait provoqué l'arrivée d'énormes masses d'eau dans la rivière, venues de partout ; la Severn aurait rejoint la Meole et recouvert la partie inférieure des champs, même si dans la clôture on ne risquait pas grand-chose. Cette année, ces ennuis leur seraient épargnés et Hugh, après avoir retiré ses bottes et s'être débarrassé de son manteau dans sa maison qu'il venait de regagner, soupira d'aise quand son épouse lui apporta ses chaussons fourrés. Son rejeton s'accrochait au ceinturon qui supportait son épée en piaillant pour que son père admire comme il le méritait son chevalier tout neuf en bois peint. Hugh s'exécuta puis relata son voyage, sans problème malgré la saison. En outre il avait été bien reçu à la cour.

— Je doute cependant que cette trêve dure très longtemps, confia-t-il ultérieurement à Cadfael, quand il eut informé l'abbé de ce qui se passait à Winchester.

« Il a assez bien pris son échec à Oxford, ajouta-t-il, mais il est sur les dents et brûle de se venger. Hiver ou pas, il ne va pas rester éternellement à se tourner les pouces. Il aspire à reprendre Wareham, bien que la ville ne manque pas de provisions et que la garnison soit nombreuse. Étienne n'a en général pas la patience requise pour entreprendre un siège. Il aimerait avoir une forteresse un peu plus à l'ouest afin de porter la guerre chez Robert en personne. Maintenant ne me demandez pas par quoi il compte débuter. Mais il ne veut ni de moi ni de mes hommes là-bas dans le sud, il se méfie beaucoup trop du comte de Chester pour me laisser longtemps loin de mon comté. Et c'est tant mieux, ajouta gaiement Hugh, parce que c'est aussi mon opinion. Et vous? Comment se sont passés ces quelques jours? J'ai été désolé d'apprendre que votre meilleur enlumineur était tombé et qu'il avait failli y rester. Le père abbé m'a tout raconté. Je ne devais pas être parti depuis une heure quand ça s'est passé. C'est vrai qu'il est en bonne voie de guérison?

— Mieux certes que nous pouvions l'espérer, à commencer par la victime elle-même, car il ne pensait qu'à confesser ses péchés avant de mourir. Mais il est tiré d'affaire à présent et, d'ici un jour ou deux, il pourra quitter son lit. Mais il restera infirme pour le restant de ses jours, les ardoises lui ont lacéré les pieds. Frère Luc lui prépare des béquilles à sa mesure. Dites-moi, Hugh, demanda Cadfael sans y aller par quatre chemins, savez-vous quel de Clary tient le manoir de Hales ? L'un d'eux s'était croisé il y a une vingtaine d'années. Je ne l'ai pas connu ; j'étais déjà revenu d'Orient. Il est toujours de ce monde ?

— Bertrand de Clary, répondit Hugh du tac au tac, et il dévisagea son ami d'un œil très intéressé. Pourquoi cette question ? Il est mort il y a déjà un certain temps, une dizaine d'années environ. C'est son fils qui lui a succédé. Je n'ai pas eu l'occasion d'avoir affaire à eux, Hales est le seul manoir qu'ils possèdent dans la région, l'essentiel de leurs terres et de leurs biens se trouve dans le Staffordshire. Et en quoi de Clary vous intéresse-t-il ?

— C'est surtout Haluin qu'il intéresse. Il a été à leur service avant de prendre l'habit. Il semble qu'il ait laissé une dette impayée à leur égard. Il y a repensé quand il s'est confessé sur ce qu'il croyait être son lit de mort. Apparemment il les aurait offensés, et cela pèse sur sa conscience.

Il lui était difficile de se montrer plus explicite, même envers Hugh ; le secret de la confession est inviolable et si la conversation s'arrêtait là, Hugh ne chercherait pas à en savoir plus. Ce qui ne l'empêcherait pas de réfléchir à ce qu'on lui avait caché.

— Il s'est mis en tête d'entreprendre le voyage pour se racheter quand il sera en état de marcher. Je me demandais... Si la veuve de Bertrand a également quitté cette vallée de larmes, autant que Haluin en soit informé et qu'il se sorte tout cela de l'esprit.

Hugh adressa à son ami un regard perspicace et un sourire plein de sagesse.

– Et vous, vous ne tenez pas à ce qu'il s'inquiète physiquement ou moralement. Ce que vous voulez, c'est qu'il revienne le plus vite possible parmi les vivants. Je ne peux rien pour vous, Cadfael. La veuve est toujours de ce monde. Elle vit là-bas, à Hales, elle a payé ses redevances à la Saint-Michel. Son fils a épousé une fille du Staffordshire et il a un garçon pour lui succéder ; à ce qu'on raconte, la mère n'est pas du genre à partager une maison avec une autre femme sans fourrer son nez partout. Hales est sa résidence préférée, c'est elle qui a choisi de s'y installer ; elle laisse son fils garder la haute main sur ce qui lui appartient et pas question d'empiéter sur son territoire à elle. Il semble que cet arrangement satisfasse tout le monde. Je n'aurais d'ailleurs jamais été aussi bien informé, ajouta Hugh à titre d'explication, si je n'étais pas revenu de Winchester, seulement pendant quelques milles, avec une compagnie d'hommes de de Clary qui avaient participé au siège d'Oxford. Le châtelain, je ne l'ai jamais vu. On le retenait encore à la cour quand je suis parti à l'heure qu'il est, il devrait être sur le chemin du retour, sauf si Étienne le garde avec lui pour ce qu'il compte entreprendre.

Cadfael écouta ces renseignements avec philosophie mais sans plaisir excessif. Ainsi donc cette femme qui, croyant aider sa fille, l'avait poussée à avorter, opération à laquelle elle n'avait pas survécu, était toujours vivante. Certes, ce genre de chose était déjà arrivé et arriverait encore. Mais le désespoir et le sentiment de culpabilité de cette mère étaient faciles à imaginer et il devait lui en rester des souvenirs amers, même si dix-huit ans s'étaient écoulés depuis. Ne valait-il pas mieux éviter de remuer les cendres du passé? Oui, mais voilà, la conscience de Haluin le tourmentait, ainsi que le salut de son âme. Cela aussi comptait. Après tout, à l'époque, il n'avait que dix-huit ans. La femme qui s'était opposée à l'amour qu'il portait à sa fille devait avoir le double de son âge. Elle aurait quand même pu prendre la précaution de voir comment les choses tournaient entre les deux adolescents, songea Cadfael avec un sentiment proche de l'indignation, et s'arranger pour que le temps adoucisse leur séparation.

— Cela vous est-il jamais venu à l'idée, Hugh, demanda Cadfael, non sans tristesse, qu'il était peut-être préférable de ne pas intervenir dans une situation délicate, de peur de provoquer quelque chose de pire? Enfin, il n'a pas encore essayé ses béquilles. Qui sait les changements que peut apporter un répit de quelques semaines.

A la mi-janvier, on souleva frère Haluin de son lit, on lui trouva un coin près du feu de l'infirmerie, puisque contrairement aux autres il ne pouvait pas bouger comme il voulait pour combattre le froid, et on enduisit son corps, ankylosé d'être resté si longtemps allongé, d'huile, enfin on le massa pour redonner de la souplesse à ses muscles. Afin de lui occuper les mains et l'esprit, on lui apporta ses couleurs et on lui donna un petit bureau pour y travailler ainsi qu'une page toute simple à décorer en attendant que ses doigts retrouvent leur adresse et leur fermeté coutumières. Ses pieds lacérés avaient guéri et s'étaient ressoudés mais ils étaient très déformés et incapables de le maintenir debout sans un appui quelconque. En revanche, Cadfael le laissa essayer les béquilles que frère Luc lui avait préparées et qui le soutiendraient de part et d'autre. Il s'accoutumerait ainsi à un nouvel équilibre et, comme le haut était bien rembourré et à la forme de ses aisselles, il se sentirait plus à l'aise. S'il ne devait jamais retrouver l'usage de ses pieds, même les béquilles ne lui serviraient à rien, mais Edmond et Cadfael s'accordaient à penser qu'avec un peu de chance, et si on lui accordait du temps, son pied droit fonctionnerait un jour de nouveau et aussi le gauche, jusqu'à un certain point seulement, à condition de ne pas manquer d'imagination pour chausser l'invalide.

A cet effet, vers la fin du mois, Cadfael pria le petit Philippe Corvisart, le fils du prévôt, de passer. Ils réfléchirent ensemble au problème et à eux deux, ils élaborèrent une paire de bottes dont chaque élément se ressemblait aussi peu que les pieds qu'elles étaient censées protéger mais elles n'en étaient pas moins parfaitement adaptées à la situation et fourniraient le meilleur appui possible. Elles étaient taillées dans un feutre épais muni d'une semelle de cuir ; elles montaient bien au-dessus des chevilles et avaient des lanières de cuir pour protéger la chair lésée et permettre à l'infirme de se servir de ses tibias qui étaient intacts. Philippe était satisfait de son travail, mais avant de se laisser complimenter, il préféra attendre de voir ce que ces souliers donnaient à l'usage. Apparemment le blessé les portait sans difficulté d'autant plus qu'ils lui tenaient chaud par ce temps d'hiver.

Frère Haluin acceptait avec une reconnaissance mêlée d'humilité tout geste susceptible de l'aider et continuait obstinément à utiliser ses bleus et ses rouges ainsi que ses filigranes d'or pour ses enluminures ; manifestement il récupérait sa sûreté de main et son coup d'œil. Mais, dès qu'il avait un moment de loisir, il se soulevait précautionneusement de son banc de coin, calé sur ses béquilles, prêt à s'aider de son siège ou du mur si son équilibre risquait de se rompre. Il lui fallut du temps pour que ses muscles reprennent leur vigueur dans ses jambes atrophiées, mais au début février, il put poser fermement son pied droit sur le sol, voire même se tenir debout tout seul un court instant. C'est à partir de là qu'il commença à s'exercer chaque jour sur ses béquilles et à en maîtriser le maniement. On le vit derechef, ponctuel et discipliné, dans sa stalle, au chapitre et dans le chœur à chaque office. A la fin février, il alla jusqu'à poser le bout de sa botte gauche par terre afin de s'aider à maintenir son équilibre. Il avait toutefois beau ne pas peser lourd, ce pied ne pourrait plus jamais porter son poids.

Il avait cependant de la chance dans son malheur, car après ces abondantes chutes de neige, l'hiver s'avéra plutôt clément. Il y eut encore des périodes de gel mais elles ne durèrent pas et, quand janvier fut terminé, il ne neigea pratiquement plus. Quand il eut appris à se tenir debout et se fut habitué à sa nouvelle démarche, il exerça ses talents aussi bien au-dedans qu'au-dehors, et ne tarda pas à y exceller, ne craignant qu'une chose, glisser sur les pavés les jours où il gelait.

Au début mars, la nuit raccourcit et le printemps commença à montrer le bout de son nez prudemment, sans enthousiasme. Un soir, frère Haluin se leva au chapitre, quand on eut terminé l'examen des questions importantes, et demanda humblement mais fermement l'autorisation de s'absenter, ce que l'abbé et Cadfael furent seuls à comprendre.

— Père, murmura-t-il sans quitter de ses yeux sombres le visage de Radulphe, vous savez pourquoi j'ai voulu entreprendre certain pèlerinage si, par la grâce de Dieu, je guérissais. Le Seigneur m'a amplement témoigné sa bonté et, si vous m'en donnez la permission, j'aimerais tenir ma promesse, maintenant que j'en suis capable. Je vous prie donc de m'accorder votre bénédiction et, avec les prières de mes frères, je respecterai ma parole et reviendrai apaisé.

Radulphe dévisagea le suppliant un long moment, dans un silence pesant, sans montrer ni approbation ni désapprobation, mais sous son regard fixe, le sang monta aux joues creuses de Haluin.

— Venez me parler après le chapitre, répondit enfin l'abbé, et vous m'expliquerez vos intentions. Je verrai alors si vous êtes en état d'entreprendre ce voyage.

Dans le parloir de Radulphe, Haluin réitéra ouvertement sa demande car il s'adressait à des gens devant qui il n'avait rien à cacher. Cadfael, pour sa part, savait pourquoi il était là. Il y avait en réalité deux raisons à cela : d'abord il était le second témoin de la confession de Haluin et, en tant que médecin, il avait son avis à donner sur la condition physique de son patient. Il y avait une troisième raison qui lui avait échappé, mais en suivant la conversation, il se sentait assez mal à l'aise.

— Je ne veux ni ne dois être un obstacle à ce dont vous avez besoin pour le salut de votre âme, déclara l'abbé, mais à mon avis, vous allez trop vite en besogne. Vous n'avez pas recouvré toutes vos forces. Et puis le printemps n'est pas encore là, même si le temps a été clément ces dernières semaines, il peut sérieusement se gâter. Il n'y a guère, vous étiez à l'article de la mort, songez-y. Alors pourquoi vous infliger de telles épreuves tant que vous n'êtes pas complètement rétabli ?

— Père, répliqua Haluin avec ferveur, c'est précisément pour cela que je ne veux pas repousser plus avant. Et si la mort venait me chercher avant que j'aie expié mes péchés ? Je sais maintenant qu'elle peut étendre sa main sur quiconque en un moment, en un clin d'œil. J'ai pris cela pour un avertissement que je n'ai pas le droit de négliger. Si je meurs en accomplissant ma pénitence, je l'accepterai sans barguigner. Mais mourir avant, je me le reprocherai éternellement. Père, poursuivit-il, et dans sa voix brûlait comme un feu mal éteint, j'ai vraiment aimé cette femme et je ne demandais qu'à l'épouser ; je l'aurais aimée ma vie durant. Et je l'ai amenée à sa perte. J'ai tu mes péchés trop longtemps ; maintenant que je m'en suis confessé, je veux en finir.

— Avez-vous pensé à toute la distance que vous aurez à parcourir à l'aller et au retour ? Comptez-vous voyager à cheval ?

— Je me suis promis, père, et je n'en démordrai pas, dussé-je répéter ce serment au pied de l'autel, répliqua Haluin, en hochant vigoureusement la tête, que j'irais par mes propres moyens jusqu'à sa tombe et que je reviendrais de la même manière. Sur ces jambes qui ont amené ma chute et auxquelles je dois d'avoir pu affronter cette vérité que je refusais. Je m'en sens capable. J'ai appris à marcher comme les infirmes qui n'ont lésé personne. Alors pourquoi moi, qui ai tant à me faire pardonner, ne pourrais-je les imiter ? J'y arriverai, frère Cadfael le sait.

Ce rôle de témoin plaisait médiocrement à ce dernier, pas plus que ne l'enthousiasmait la perspective d'avoir à donner son avis à propos d'une entreprise qui tournait à l'obsession. Seulement il ne voyait pas d'autre solution pour que son malheureux collègue se tranquillise enfin.

— Il en a la volonté et le courage, confirma-t-il. Qu'il en ait la force, c'est une autre paire de manches. Et je ne me permettrai pas de juger s'il a ou non le droit de mourir d'épuisement dans l'aventure sous prétexte de purifier son âme.

Radulphe réfléchit quelques instants dans un lourd silence. Il regardait le suppliant d'un œil fixe sous lequel il se serait mis à trembler s'il n'avait pas été parfaitement sincère ou s'il y avait eu de la présomption dans son attitude. Mais Haluin soutint son regard avec ardeur.

— Mieux vaut tard que jamais et je prends bonne note de votre désir de pénitence, déclara enfin l'abbé, et puis il faut avouer que vous avez pâti de ce long retard. Soit, je ne m'oppose pas à votre vœu. Mais je ne saurais vous laisser partir seul. Il doit y avoir quelqu'un à vos côtés au cas où vous flancheriez et si cela se produisait, vous devrez l'autoriser à prendre les mesures qu'il jugera les meilleures pour votre sécurité. Si vous supportez bien le trajet, il n'aura nul besoin de vous barrer la route, mais si votre corps vous trahit, il me représentera et vous devrez lui obéir comme vous m'obéissez à moi.

— Père, protesta Haluin, inquiet, mon péché me concerne seul et ma confession est secrète et sacrée. Comment puis-je laisser quiconque m'approcher d'aussi près sans en rompre le sceau ? Si l'on se bornait à s'interroger à mon sujet, ce serait déjà très grave.

— Aussi vais-je vous donner un compagnon qui n'aura pas à s'interroger puisqu'il est déjà au courant, grâce à vous. Frère Cadfael vous accompagnera. Sa compagnie et ses prières ne pourront que vous aider et vous soutenir. Votre confiance et le souvenir de cette jeune fille sont en de bonnes mains et il est parfaitement qualifié pour veiller sur vous au long de la route. Acceptez-vous cette responsabilité ? ajouta-t-il, se tournant vers Cadfael. Je ne le crois pas capable de partir seul.

« Je n'ai guère le choix », songea Cadfael, à qui cependant cette demande ne déplaisait pas vraiment. Tout au fond de lui-même, il y avait encore quelque chose de l'aventurier qui avait parcouru le monde du pays de Galles à Jérusalem avant de revenir en Normandie à quarante ans pour s'en remettre à la stabilité de la vie conventuelle. Une expédition que sanctionnait, voire qu'ordonnait, l'autorité ne pouvait qu'être une bénédiction qui lui éviterait de résister à la tentation.

— Si c'est ce que vous souhaitez, père, bien volontiers.

— Ce voyage prendra plusieurs jours. Je suppose que frère Winfrid saura dispenser les remèdes qu'il nous faudra peut-être, avec l'assistance de frère Edmond pour le guider dans sa tâche ?

— Sur une courte période, acquiesça Cadfael, ils se débrouilleront sans difficulté. J'ai rempli l'armoire à pharmacie pas plus tard qu'hier et à l'atelier il y a tout ce dont on peut avoir besoin en hiver. S'il se présentait un problème imprévu, on pourrait demander à frère Oswin de revenir de Saint-Gilles pour donner un petit coup de main.

— Bien ! En ce cas, Haluin, mon fils, allez vous préparer à partir dès que vous le voudrez, demain si cela vous agrée. Mais vous devrez vous en remettre à frère Cadfael si les forces viennent à vous manquer et vous suivrez ses directives aussi scrupuleusement que, dans cette clôture, vous vous conformez aux miennes.

— Comptez sur moi, père, s'exclama le pénitent d'une voix fervente.

A l'autel de sainte Winifred il prononça un serment solennel ce même soir pour s'interdire toute échappatoire. Sa véhémence et sa pâleur indiquèrent à Cadfael, qui lui servit de témoin en cette circonstance, qu'au plus profond de lui-même son implacable pénitent se rendait très bien compte des peines et souffrances qu'il s'infligeait et qu'il les redoutait, mais il les accueillit avec une résolution passionnée que Cadfael aurait mieux aimé voir employée à des fins plus pratiques et plus fructueuses. Car enfin, à qui ce voyage profiterait-il, même s'il se passait au mieux, sinon à Haluin lui-même, qui retrouverait partiellement, du coup, le respect de soi qu'il avait perdu ? La malheureuse, dont le seul péché avait été d'aimer avec trop de fougue et qui devait être en état de grâce depuis des lustres, n'avait rien à y gagner. Ni sa mère qui avait dû laisser derrière elle ce mauvais rêve des années auparavant et qui après tout ce temps allait y être de nouveau confrontée. D'ailleurs Cadfael n'était nullement persuadé que la chose la plus importante au monde fût de sauver son âme. Les âmes en peine, ça n'était pas ce qui manquait, ni les corps souffrants, qu'il importait de ramener à la santé.

Mais chacun voit midi à sa porte. Toutes ces

années de silence, d'amers secrets et reproches avaient marqué Haluin qui éprouvait le besoin de s'en guérir.

— Sur ces très saintes reliques, scanda Haluin, appuyant sa paume à la draperie qui couvrait le reliquaire, je prononce mon vœu pénitentiel, à savoir que je ne prendrai pas de repos avant de m'être rendu à pied sur la tombe où repose Bertrade de Clary, d'y passer une nuit à prier pour le salut de son âme et de rentrer de la même manière au couvent où je me suis consacré à Dieu. Et si je manque à ma parole, que je vive honni de tous et que je meure sans pardon divin.

Ils prirent la route après prime, le 4 mars, franchirent le portail, remontèrent la Première Enceinte en direction de Saint-Gilles avant d'emprunter la chaussée qui menait vers l'est. Le temps était nuageux mais calme et l'air plutôt clément pour la saison. Cadfael avait réfléchi au meilleur itinéraire et choisi le moins redoutable. Ils laisseraient les collines de l'ouest derrière eux, et mille après mille, le chemin de l'orient s'aplanirait progressivement et déboucherait sur une plaine verdoyante. La route était sèche car il n'avait pas plu récemment et, dans le ciel, la couverture de nuages était haute, pâle, dépourvue de caractère menaçant ; il y avait de la bonne herbe sur la bordure, comme on n'en trouve que sur les chaussées royales, couvrant une certaine largeur, ce qui permettait même à un infirme de marcher assez aisément. Les deux ou trois premiers milles ne poseraient guère de difficultés, mais après cela les efforts répétés produiraient leur effet. Ce serait à Cadfael de juger quand il faudrait s'arrêter parce que Haluin était du genre à serrer les dents et à continuer jusqu'à ce qu'il s'écroule. Quelque part pas loin de la Wrekin, ils dénicheraient un abri pour la nuit. Il y avait, parmi les fermiers, des tenanciers de l'abbaye et il n'était pas de maison qui leur refuserait l'hospitalité au long de la route et une place au coin du feu à midi. De la nourriture, il y en avait dans la besace que portait Cadfael.

Dans l'air vif, agréable du matin, Haluin débordait d'énergie et d'enthousiasme ; ils avancèrent à bonne allure et le repos qu'ils prirent chez le curé de la paroisse d'Attingham fut le bienvenu. Mais durant l'après-midi leur pas se ralentit quelque peu et la fatigue commença à peser sur les épaules de Haluin, soumises à rude épreuve et que le poids qu'elles portaient constamment et les efforts incessants qu'elles devaient fournir rendaient douloureuses. Quand le soir tomba, ses mains s'engourdirent sur les béquilles, malgré ses moufles de grosse laine. Dès que la lumière se mit à décliner en ce crépuscule de mars dénué de vent, Cadfael décréta une halte dans cette atmosphère grise qui abolissait les distances. Ils entrèrent donc dans le village d'Uppington afin d'y demander au manoir un lit pour la nuit.

Dans sa volonté à ne gâcher ni son souffle ni ses forces, ne pensant qu'à avancer, Haluin se montra particulièrement taciturne, ce dont Cadfael ne se formalisa pas. Après avoir mangé et s'être reposé, plus tard, dans la soirée, il s'attarda à dévisager Cadfael, continuant à se taire pendant un moment encore.

— J'apprécie beaucoup que vous soyez venu avec moi accomplir ce pèlerinage, articula-t-il enfin. Vous êtes le seul à qui je puisse ouvertement parler de cette vieille histoire, et avant que nous soyons de retour à Shrewsbury peut-être le besoin de m'en ouvrir à vous s'en fera-t-il cruellement sentir. Le pire, vous le connaissez déjà et je ne tenterai jamais de me trouver des excuses. Mais en dix-huit ans, c'est la première fois que je prononce son nom à voix haute et rien que cela, pour moi, c'est comme une gorgée d'eau lorsque l'on meurt de soif.

— Parlez ou gardez le silence, comme cela vous arrange et je vous écouterai ou n'entendrai rien, c'est vous qui déciderez. Mais pour cette nuit, je vous engage à vous reposer, on a parcouru un bon tiers du chemin et demain, mieux vaut vous prévenir, vous aurez des courbatures dont pour l'instant vous n'avez aucune idée avec tout le mal que vous vous êtes donné aujourd'hui.

— Je suis fatigué, je l'avoue, reconnut Haluin avec un sourire soudain et singulièrement touchant, aussi bref que doux. Alors vous pensez qu'on pourra atteindre Hales demain ?

— N'y comptez pas ! Non, on s'arrêtera chez les chanoines augustiniens de Wombridge, où nous passerons notre seconde nuit. Et si nous arrivons jusque-là, vous aurez lieu d'être satisfait. S'il le faut, n'hésitez pas à prendre un jour de plus.

— C'est à vous de décider, souffla Haluin d'un ton soumis, et il s'étendit pour dormir avec la simplicité confiante d'un enfant sous le charme et la protection de ses prières.

Le jour suivant s'avéra moins facile car il y eut une petite pluie intermittente à laquelle se mêlait parfois de la neige fondue. Un vent assez froid s'éleva du nord-est dont la longue masse verte et rocheuse de la Wrekin, que la route contournait vers le nord, les protégea imparfaitement. Mais ils atteignirent le prieuré avant la tombée du jour, bien qu'à ce moment Haluin ait déjà serré les mâchoires dans sa détermination. L'épuisement tirait la peau de ses pommettes livides et Cadfael fut heureux de le voir au chaud. S'armant de sa lotion, il lui massa les muscles des bras et des épaules ainsi que les cuisses qui l'avaient si bravement porté toute la sainte journée.

Le troisième jour, au début de l'après-midi, ils parvinrent au manoir de Hales.

Le manoir était situé un peu à l'écart du village et l'église, construite en bois sur une crypte de pierre, s'élevait au milieu de champs plats, bien irrigués, derrière lesquels on distinguait la pente douce des collines. A l'intérieur de la palissade de bois, les écuries, la grange et le fournil étaient disposés le long de la clôture toute propre et soigneusement entretenue. Frère Haluin s'arrêta devant le portail ouvert et regarda longuement le lieu où il avait servi jadis. Ses traits étaient figés, immobiles, seuls ses yeux qui trahissaient la souffrance semblaient vivants.

— J'ai tenu les rôles du château pendant quatre ans. Bertrand de Clary était le suzerain de mon père. Je n'avais pas quatorze ans quand on m'a envoyé ici pour être le page de la châtelaine. C'est difficile à croire, mais je n'ai jamais rencontré son époux. Il était déjà parti pour la Terre sainte avant mon arrivée. Ce manoir est le seul que la famille possède dans les parages, mais son fils avait déjà pris sa place et dirigeait tout depuis le Staffordshire. La dame, elle, a toujours eu un faible pour Hales, elle a laissé son fils là-bas et elle s'est installée dans ce château où je suis venu moi-même. Il aurait mieux valu et de beaucoup que je ne pénètre jamais dans cette maison. C'eût été bien préférable pour Bertrade !

— Il est trop tard pour vouloir changer quoi que ce soit au passé, objecta doucement Cadfael. Aujourd'hui, vous êtes là pour tenir votre serment et pour cela, il n'est pas trop tard. Vous vous sentirez peut-être plus à l'aise si je vous attends dehors.

— Non. Venez avec moi ! J'ai besoin de votre témoignage, je sais qu'il sera impartial.

Un jeune homme aux cheveux filasse sortit de l'écurie, une fourche à la main, projetant son souffle tiède dans l'air froid. Quand il vit ces deux bénédictins en habit noir, il s'avança aimablement vers eux d'un pas tranquille.

— S'il vous faut un lit et un repas, mes frères, entrez donc, les religieux sont toujours les bienvenus chez nous. On vous couchera confortablement au grenier et si vous prenez la peine d'entrer, on vous servira à manger à la cuisine.

— Je me rappelle, murmura Haluin, les yeux encore tournés vers un passé lointain, votre châtelaine s'est toujours montrée hospitalière envers les voyageurs. Mais non, ce n'est pas d'un lit pour cette nuit dont nous avons besoin. Si elle consent à m'accorder un moment, je désirerais m'entretenir avec Adélaïde de Clary en personne. Quelques minutes, je n'en demande pas plus.

Le garçon haussa les épaules, posa sur eux des yeux gris, impénétrables de Saxon, et leur indiqua les marches de pierre menant à la porte de la grande salle.

— Adressez-vous donc à Gerta, sa suivante, elle verra si sa maîtresse accepte de vous recevoir.

Il resta à les regarder tandis qu'ils traversaient la cour puis il retourna s'occuper de ses chevaux.

Un domestique sortait de la cuisine quand ils franchirent la grande porte. Il vint s'enquérir de ce qu'ils désiraient et, dès qu'il eut la réponse, il envoya un petit marmiton en informer la femme de chambre de la châtelaine ; presque aussitôt cette dernière vint elle-même à la rencontre de ces hôtes inattendus. Elle avait dans les quarante ans, était vive, soignée de sa personne, portait des vêtements très simples et son visage, marqué par la petite vérole, ne sortait pas de l'ordinaire. Mais la confiance qu'elle avait dans ses capacités était évidente. Elle examina les moines sous toutes les coutures et écouta sans l'ombre d'un sourire Haluin formuler humblement sa requête ; manifestement elle n'était pas pressée d'ouvrir une porte dont elle se savait la gardienne privilégiée.

— Alors comme ça, vous venez de l'abbaye de Shrewsbury ? C'est l'abbé qui vous envoie, j'imagine.

— Il a approuvé notre visite, précisa Haluin.

— Permettez, ce n'est pas la même chose, riposta Gerta, d'un ton pincé. Si vous n'êtes pas en mission pour le compte de l'abbé, je ne comprends pas la raison de votre venue. Si cette affaire concerne ma maîtresse, il vaudrait mieux qu'elle sache qui vous êtes.

Haluin s'appuya plus lourdement sur ses béquilles, évitant de lever les yeux vers le visage revêche de la femme.

— Expliquez-lui que frère Haluin, de l'abbaye bénédictine de Shrewsbury, la supplie de bien vouloir lui accorder un entretien.

Ce nom ne lui évoquait rien. Il était clair qu'elle n'était pas au service d'Adélaïde de Clary dix-huit ans auparavant ou tout au moins qu'elle n'était pas assez proche d'elle pour recevoir ses confidences ou avoir la moindre idée de ses préoccupations. Une autre femme, approximativement du même âge que la dame, peut-être, remplissait alors ce rôle délicat. Il arrive que des servantes, qui sont toujours avec leur maîtresse, deviennent leur confidente et leur gardent une loyauté indéfectible, emportant leurs secrets jusque dans la tombe. « Il y avait sûrement une femme, songea Cadfael, qui au bruit de ce nom aurait tressailli silencieusement et ouvert de grands yeux, même si elle n'avait pas reconnu tout de suite ce visage fatigué et creusé par le temps. »

— Attendez, je vais voir, dit la dame d'atour avec, dans la voix, une touche de condescendance et, traversant la grande salle, elle disparut derrière une tenture de cuir qui dissimulait la porte à l'autre extrémité.

Il s'écoula quelques minutes avant qu'elle ne réapparaisse. Elle écarta la tenture et, sans se donner la peine d'approcher, les appela depuis le seuil, les informant que la dame consentait à les voir.

Le cabinet privé où ils pénétrèrent était petit et sombre car du côté au vent les deux fenêtres étaient barricadées afin de protéger contre le mauvais temps et les tapisseries accrochées aux murs étaient vieilles, de couleurs encore riches et soutenues. Il n'y avait pas de cheminée mais un âtre de pierre, disposé dans le coin le mieux abrité, supportait un brasero. Entre le feu et l'unique fenêtre laissant passer la lumière, une femme était assise sur un tabouret muni d'un coussin, devant le cadre d'une petite broderie. Ils distinguèrent sa haute silhouette très droite, ses vêtements foncés, cependant que l'éclat du brasero projetait des lueurs cuivrées sur son visage plongé dans l'ombre. Elle avait laissé son aiguille dans le canevas tendu. Ses mains se crispaient sur les accoudoirs surélevés de son siège et son regard ne quittait pas le seuil de la porte par laquelle entra frère Haluin lourdement appuyé sur ses béquilles. Le pied qui fonctionnait encore était fatigué par un long et douloureux usage ; il n'offrait qu'un médiocre appui et la pointe gauche touchait à peine le sol, ce qui n'aidait guère l'infirme à garder l'équilibre. A force d'adopter cette position, ses épaules s'étaient creusées et il avait le dos voûté. Quand elle avait entendu son nom la dame avait dû s'attendre à voir quelqu'un qui ressemblât au jeune homme avenant, plein de vie, qu'elle avait jeté dehors des années auparavant. Elle avait peine à le reconnaître derrière ce masque épuisé.

A son entrée elle se dressa debout, droite comme un I, et s'adressa d'abord à sa camériste, qui se disposait à les suivre.

— Laissez-nous, lui intima Adélaïde de Clary.

Puis se tournant vers Haluin alors que retombait le lourd rideau de cuir séparant le cabinet de la grande salle :

— Mais qu'est-ce que c'est que ça ? Que vous a-t-on fait ?

CHAPITRE QUATRE

A première vue Cadfael, qui s'habituait aux jeux d'ombre et de lumière de la petite salle, lui donnait une dizaine d'années de moins que lui, mais elle paraissait plus jeune. Il n'y avait pratiquement aucun fil gris dans les cheveux noirs enroulés en lourdes tresses de part et d'autre de sa tête et l'ossature fine, impérieuse, de son visage avait conservé son élégance d'antan, même si la peau qui la couvrait était aujourd'hui un peu fanée et abîmée. Son corps aussi était devenu plus maigre, anguleux, quand la sève de la jeunesse s'était tarie. Ses mains étaient encore belles mais avec leurs phalanges gonflées et leurs veines noueuses, elles trahissaient le poids des ans ; la peau pâle de sa gorge et de ses poignets s'était relâchée. En dépit des rides, le visage ovale, les lèvres longues, résolues, et les grands yeux au fond de leurs orbites révélaient les traces d'une grande beauté. Non, le terme était impropre, c'était quelque chose de plus vivant, qui était bien là, et qui brûlait comme le charbon au cœur du brasero.

— Approchez-vous !

Quand Haluin se tint devant elle, la figure éclairée par la lumière pâle et froide qui venait de la fenêtre et rougie par le feu, elle s'exclama :

— C'est bien vous ! Je me demandais... Que vous est-il arrivé ?

Elle avait une voix basse, pleine, autoritaire, mais son intonation ne trahissait plus l'effarement ni l'inquiétude. Elle le couvrait d'un regard dénué de compassion et de sévérité, avec une sorte d'indifférence mêlée de détachement. Si curiosité il y avait, elle n'allait pas bien loin.

— Pour mon état, je suis seul à blâmer, expliqua Haluin. C'est sans importance. Je n'ai que ce que je mérite. Je suis tombé d'un toit mais par la grâce de Dieu, je suis toujours vivant, alors que j'aurais dû mourir dix fois. J'ai ouvert mon âme à Dieu et à mon confesseur à qui j'ai confié tous mes péchés, et de la même manière je suis venu vous demander de me pardonner.

— Était-ce bien nécessaire ? s'étonna-t-elle. Après toutes ces années, venir d'aussi loin...

— C'était indispensable. J'ai grand besoin de vous entendre dire que vous me pardonnez le tort que je vous ai causé et aussi le chagrin que je vous ai valu. Il ne saurait y avoir de repos pour moi tant qu'il restera la moindre tache sur mon passé.

— Et vous avez repris tous les vieux comptes, constata la châtelaine, non sans amertume, tous ces secrets honteux, j'imagine. Pour les livrer à votre confesseur, n'est-ce pas ? Et à qui d'autre ? A ce bon frère qui vous tient compagnie ? A toute la communauté du chapitre ? C'était trop vous demander de rester dans le péché au lieu de divulguer sur la place publique le nom de ma fille, qui est morte depuis si longtemps ? Moi j'aurais mieux aimé expier mes péchés au purgatoire !

– Moi aussi, que croyez-vous donc ? s'écria Haluin, piqué au vif. Ce n'est pas ça du tout. Frère Cadfael est avec moi parce qu'il est le seul à être au courant, à l'exception de l'abbé Radulphe, qui m'a entendu en confession. Et nous garderons le silence là-dessus. J'ai, par mes actes, causé beaucoup de tort à frère Cadfael qui avait le droit de m'accorder ou de me refuser son pardon. C'est lui qui m'avait appris les vertus des plantes et c'est son magasin que j'ai dévalisé pour vous apporter les remèdes que je vous ai donnés.

Elle tourna son regard vers frère Cadfael qu'elle dévisagea longuement, intensément, et son visage, nettement visible pour une fois, était figé.

– Oh ! murmura-t-elle, retombant dans son indifférence, il y a si longtemps maintenant ! Qui se souvient encore de tout cela ? Et puis je ne suis pas encore à l'article de la mort. Est-ce que je sais ? Moi aussi j'aurai besoin d'un prêtre, un jour. Peut-être vous répondrai-je mieux à ce moment-là. Bien, finissons-en... Je vous accorde ce que vous me demandez, je vous pardonne. Je m'en voudrais d'ajouter à vos souffrances. Retournez en paix à votre couvent. Je vous pardonne comme j'espère que l'on me pardonnera un jour.

Il n'y avait aucune passion dans ces mots ; son sursaut de colère s'était éteint tout de suite. L'absoudre ne lui coûta aucun effort, elle s'en acquitta avec une parfaite neutralité, selon toute apparence, aussi peu concernée que si elle donnait de quoi manger à un mendiant. Pour une dame bien née comme elle il était normal d'entendre implorer la charité, et l'accorder avec une certaine largesse faisait partie des rites nobiliaires. Mais les mots qu'elle prononça négligemment furent pain bénit pour Haluin. Ses épaules se détendirent ainsi que ses mains crispées. Il baissa humblement la tête devant elle et la remercia d'une voix basse, saccadée, comme s'il ne savait plus où il en était momentanément.

— Votre pitié, madame, me soulage d'un grand poids et je vous en suis reconnaissant du fond du cœur.

— Retournez à la vie que vous avez choisie et aux devoirs qui sont désormais les vôtres, déclara-t-elle en se rasseyant, mais sans toutefois reprendre son aiguille. Ne pensez plus à ce qui est arrivé il y a longtemps. Votre vie, paraît-il, a été épargnée. Utilisez-la au mieux comme je m'y efforcerai moi-même.

C'était mettre un terme à cet entretien, Haluin ne s'y trompa pas, il s'inclina profondément et pivota précautionneusement sur ses béquilles. Cadfael tendit la main pour l'aider à garder son équilibre. Elle ne les avait même pas priés de s'asseoir, trop frappée peut-être par cette visite aussi inopinée que troublante, mais elle les rappela brusquement alors qu'ils arrivaient à la porte :

— S'il vous plaît de rester, reposez-vous et soupez ici. Mes serviteurs vous donneront tout ce dont vous aurez besoin.

— Merci, madame, répondit Haluin, mais maintenant que j'ai terminé mon pèlerinage en ces lieux, nous devons repartir sur-le-champ.

— Dieu vous accorde un bon retour, conclut Adélaïde de Clary qui reprit son aiguille d'une main ferme.

L'église n'était qu'à deux pas du manoir ; deux routes y bifurquaient et les maisons du village se serraient autour du mur d'enceinte.

— La tombe est à l'intérieur, expliqua Haluin cependant qu'ils pénétraient dans l'édifice. On ne l'a jamais ouverte pendant que j'étais là, mais le père de Bertrand est enterré ici. Je suppose qu'on l'a ouverte pour Bertrade. C'est à cet endroit qu'elle est morte. Je suis désolé d'avoir refusé une hospitalité que vous auriez pu accepter. J'y ai pensé trop tard. Moi, je n'aurai pas besoin de lit cette nuit.

— Vous n'en avez pas soufflé mot à la dame, observa Cadfael.

— C'est exact. Je ne sais pas pourquoi. Quand je l'ai revue j'ai pensé que j'avais tort de reparaître devant elle en lui rappelant sa peine d'antan. Ma seule présence lui était une offense. Elle ne m'en a pas moins pardonné. Je me sens bien mieux grâce à elle qui ne doit pas en éprouver de rancœur. Mais vous auriez pu avoir une bonne nuit de sommeil. Il n'est nul besoin qu'on veille à deux.

— Je suis pourtant plus apte que vous à passer une nuit à genoux, riposta Cadfael. Et je ne suis pas sûr que l'accueil aurait été très chaleureux. Elle voulait qu'on parte. Non, c'est beaucoup mieux comme ça. Elle doit nous croire sur le chemin du retour, hors de ses terres, et s'en laver les mains.

Haluin s'arrêta une seconde, les doigts sur le

lourd loquet de fer de la porte de l'église, le visage dans l'ombre. Le vantail grinça en s'ouvrant tout grand et l'infirme s'accrocha à ses béquilles pour descendre les deux marches larges menant à la nef. L'intérieur était très sombre et glacial. Cadfael attendit un moment jusqu'à ce que ses yeux s'habituent au manque de lumière mais Haluin se dirigea aussitôt vers l'autel. Rien n'avait vraiment changé en dix-huit ans et il n'avait rien oublié. Même les bords irréguliers des dalles sur le sol lui étaient familiers. Il alla vers le mur de droite, accompagné du claquement sourd de ses béquilles, et Cadfael qui le suivait le rejoignit près d'une pierre funéraire située entre deux piliers. L'image sculptée du gisant le montrait vêtu d'une grossière cotte de mailles, l'une de ses jambes passée sur l'autre, la main posée sur la poignée de son épée. Encore un croisé, le père de Bertrand, probablement, que son fils avait à son tour suivi en Terre sainte. Après un calcul rapide, Cadfael en conclut qu'il avait très bien pu participer, en même temps que lui, à la prise de Jérusalem dans l'armée de Robert de Normandie. Les de Clary étaient manifestement très fiers de leurs exploits militaires en Orient.

Un homme sortit de la sacristie et voyant deux bénédictins, on ne pouvait guère s'y tromper, il s'avança aimablement dans leur direction. La quarantaine, vêtu d'une vieille soutane noire, son visage exprimant une curiosité courtoise et pleine de sympathie, il arbora un sourire de bienvenue. Il avait beau marcher sans bruit, Haluin entendit son pas et se tourna aussitôt, heureux de retrouver un visage de connaissance, mais s'interrompit immédiatement en découvrant un étranger.

— Bonjour, mes frères! Dieu soit avec vous! s'exclama le curé de Hales. Ma maison est toujours ouverte à des voyageurs vêtus comme vous l'êtes, tout comme la maison de Dieu. Vous venez de loin?

— De Shrewsbury, répondit Haluin, contrôlant son émotion. Pardonnez-moi ma surprise, mon père. Je m'étais attendu à voir le père Wulfnoth. Ce qui, en vérité, était stupide de ma part car je n'étais pas revenu dans la région depuis des années et quand je l'ai connu, il grisonnait déjà, seulement j'étais jeune et il me semblait qu'il en serait éternellement ainsi. Maintenant j'ose à peine poser la question.

— Le père Wulfnoth nous a quittés voici sept ans, il me semble, expliqua le curé. Moi, je suis arrivé il y a dix ans, après qu'une attaque l'eut cloué au lit. Je me suis occupé de lui pendant les trois ans qui ont précédé sa mort. J'étais un jeune prêtre à l'époque. Wulfnoth m'a beaucoup appris, il avait l'esprit très clair si son corps l'avait trahi. Si je comprends bien, vous connaissez cette église et le manoir. Vous êtes originaire de cet endroit?

— Non, ce n'est pas cela. Mais pendant quelques années j'ai servi dame Adélaïde au château. J'ai bien connu l'église et le village avant de prendre l'habit à Shrewsbury. Maintenant, poursuivit Haluin avec décision, se rendant compte de l'attention dont il était l'objet et sentant le besoin d'expliquer son retour, j'ai grand besoin de rendre grâce pour avoir échappé à un accident qui aurait pu me coûter la vie. J'ai décidé de soulager mon âme, dans la mesure du possible, de tout ce qui pèse sur elle. Et c'est l'une des raisons de ma présence sur cette tombe. Il y avait une dame chez les de Clary à qui je portais une affection particulière et qui est morte avant son temps. J'aimerais passer la nuit à l'endroit où elle est enterrée et prier pour elle. Cela s'est passé longtemps avant votre arrivée, il y a dix-huit ans. Verriez-vous une objection à ce que je reste sur place cette nuit ?

— Mais pas du tout, je vous en prie, s'exclama chaleureusement le curé. Je vous allumerai une torchère, si vous voulez, ça vous aidera à lutter contre le froid. Cependant, mon frère, je crains que vous ne fassiez erreur. Certes, les événements en question se sont produits avant mon arrivée mais le père Wulfnoth m'a beaucoup parlé de l'église et du manoir, il avait été toute sa vie au service des seigneurs de Hales. Ils lui avaient payé ses études et procuré cette cure. Personne n'a été enterré ici depuis la mort du père de Bertrand, celui dont l'effigie est gravée sur ce tombeau. Et ça remonte à plus de trente ans, c'est son petit-fils qui a pris la relève aujourd'hui. Il s'agirait d'une dame de la famille ? Morte jeune ?

— Oui, oui, confirma Haluin, à voix basse, troublé, fixant cette pierre tombale intacte depuis trente ans. Elle est morte au manoir ; j'aurais cru qu'elle reposerait là.

Il évita de la nommer ou d'en révéler plus que nécessaire sur lui-même ou ses motivations même à cet excellent homme. Cadfael se tint à l'écart, se contentant de les observer sans souffler mot.

— Il y aurait dix-huit ans, pas plus ? Alors je vous assure qu'elle n'est pas là, mon frère. Vous connaissiez le père Wulfnoth, vous savez donc qu'on pouvait avoir toute confiance en lui. Et croyez-moi, il a gardé toute sa tête, jusqu'à sa mort.

— Je n'en doute pas, répondit Haluin, qui se mit à trembler sous le coup de la déception. Il n'aurait pas commis pareille erreur. Donc — donc, elle n'est pas là !

— Mais ce n'est pas le manoir principal de la famille, remarqua doucement le prêtre, non, il se trouve à Elford, dans le Staffordshire. Le seigneur Audemar, le chef de la famille, y a emmené son père pour son enterrement. Ils ont un grand caveau là-bas. Si un proche est mort ces dernières années, c'est là qu'il repose. Je suis persuadé que la dame dont vous parlez y a été enterrée afin de dormir parmi les siens.

Haluin s'empara avidement de cette éventualité.

— Mais oui... C'est très possible. C'est sûrement ça. Oui, c'est là que je la trouverai.

— J'en suis convaincu, répondit le curé. Mais si vous voyagez à pied, ce n'est pas la porte à côté.

Il avait bien saisi un emportement qui n'entendrait pas facilement raison et il s'employa de son mieux à le tempérer.

— Si vous voulez y aller maintenant, je vous conseillerais de trouver des montures ou d'attendre que le temps s'améliore ou que les jours rallongent. Venez au moins chez moi partager mon repas et vous reposer cette nuit.

Comme Cadfael l'avait déjà compris, Haluin ne voulut pas en entendre parler. Tant qu'il resterait une heure de clarté et qu'on pourrait encore voir par la fenêtre, tant qu'il aurait assez de force pour marcher un mille, il continuerait. Un peu honteux, il bredouilla une excuse et, assez mal à l'aise, prit congé du brave homme, qui les regarda partir en se posant des questions jusqu'à ce qu'ils arrivent aux marches menant au porche et tirent la porte derrière eux.

— Il n'en est pas question ! articula fermement Cadfael, dès qu'ils eurent quitté l'enceinte de l'église pour prendre le chemin qui desservait les maisons du village et menait à la grand-route. Je considère que vous n'en êtes pas capable.

— Si, je le peux et je le dois ! répondit frère Haluin, tout aussi résolu. Qu'est-ce qui m'en empêche ?

— Pour commencer, vous ne savez pas à quelle distance nous sommes d'Elford. Le trajet est une fois et demie plus long que celui-ci. Et dois-je vous rappeler les efforts que vous avez déjà fournis ? Deuxièmement, la permission de venir vous a été accordée parce qu'il semblait évident que c'est ici que le voyage s'arrêterait et qu'ensuite on retournerait au couvent. Ce qui me paraît la meilleure solution. Inutile de secouer la tête, c'est tout ce qu'envisageait le père abbé. Sinon il ne vous aurait jamais donné son autorisation. Je suis d'avis de rebrousser chemin.

Haluin était d'un calme implacable. Il savait exactement ce qu'il avait à faire et était prêt à discuter le temps qu'il faudrait.

— Mais ça n'est pas possible, déclara-t-il. Si je tourne les talons, je manque à ma parole. J'ai promis d'accomplir un vœu et je ne m'en serais pas acquitté. C'est un être méprisable et condamnable qui reviendrait à Shrewsbury. Ce n'est pas ce que souhaitait le père abbé, même s'il pensait que ma pénitence serait plus courte. Ce qu'il m'a accordé c'est, je le répète, d'accomplir un vœu. S'il était là, maintenant, je suis sûr qu'il serait d'accord avec moi. Vous savez très bien ce que j'ai promis et qui reste en souffrance.

— Vous n'y êtes pour rien, objecta Cadfael, tenace.

— En quoi est-ce une excuse ? Si je dois marcher deux fois plus longtemps, c'est que je le mérite. Et si je manque à ma parole j'ai juré de mourir relaps et ce, sur l'autel de sainte Winifred qui s'est montrée si bonne envers nous. J'aimerais mieux finir sur la route en essayant de respecter mon vœu que de me déshonorer et rentrer ainsi la honte au cœur.

Cadfael se demanda qui parlait de cette façon : le moine respectueux de ses devoirs ou le fils d'une bonne maison normande dont les origines étaient aussi anciennes que celles de Guillaume le Conquérant quand il était parti à la conquête de la couronne d'Angleterre, sans être entachées de bâtardise qui plus est. L'orgueil est certes un péché, mais le moyen de s'en débarrasser complètement quand on est de famille noble ?

Haluin s'était rendu compte de son arrogance et il en rougit tout en refusant de céder. Il s'arrêta net, oscilla sur ses béquilles et s'empressa de saisir Cadfael par le poignet :

— Ne m'en veuillez pas ! Je sais très bien, et ça se lit sur votre visage, que vous auriez pu vous montrer sévère, et que vous vous en êtes abstenu. Je suis comme ça. Ah ! Cadfael, je connais tous les arguments que vous pourriez m'opposer, à juste titre ; j'y ai songé, j'y songe encore, mais, voyez-vous, je me sens lié. Si mon abbé me juge rebelle et désobéissant et si mon abbaye me rejette, tant pis, je dois courir le risque. Je ne veux pas, je n'ose pas rompre mon vœu. Je ne puis supporter de revenir sur ce que j'ai promis à Bertrade.

Cela lui allait très bien, ce sang qui lui montait aux joues, il paraissait moins émacié, en meilleure santé et même plus jeune. Immobile, il put changer de position et, pesant sur ses béquilles, il se redressa. Aucun argument ne l'ébranlerait, mieux valait s'incliner.

— Mais vous, Cadfael, reprit-il, ce serment ne vous concerne pas, vous n'êtes tenu à rien. Vous avez rempli votre mission, rien ne vous oblige à aller plus loin. Laissez-moi et servez-moi d'avocat auprès du père abbé.

— Mon petit, répliqua ce dernier, partagé entre la sympathie et l'exaspération, nous sommes tous les deux dans la même galère et vous le savez mieux que personne. J'ai pour mission de vous accompagner au cas où vous vous effondreriez et, si cela se produit, de prendre soin de vous. Vous avez vos affaires qui vous appellent et moi, celles de l'abbé. Si je ne puis vous ramener avec moi, je ne peux pas rentrer seul.

— Mais... votre travail, protesta Haluin, effaré mais inébranlable. Le mien peut attendre, mais vous, on aura besoin de vos services. Comment pourra-t-on s'arranger si vous êtes parti trop longtemps ?

— Ils se débrouilleront. Les cimetières sont pleins de gens indispensables, répliqua Cadfael sans ambages. Et si vous voulez mon avis, c'est aussi bien comme ça. Non, n'insistez pas. Vous avez pris votre décision, eh bien, moi aussi. Là où vous irez, j'irai. Et puisqu'il reste encore une heure de jour et que vous ne tenez pas, j'imagine, à coucher à Hales, nous avons intérêt à nous mettre tranquillement en route et à chercher un abri en chemin.

Adélaïde de Clary se leva le matin et se rendit à la messe, comme elle en avait l'habitude. Elle ne prenait pas la religion à la légère et continuait la tradition de son mari en ce qui concernait les aumônes. Si, en cette circonstance, elle paraissait un peu froide, distante, on savait qu'elle ne manquait jamais à ce devoir. A chaque fois que le curé de la paroisse était confronté à un cas exigeant des secours, il en appelait invariablement à la châtelaine.

Après l'office, il la raccompagna jusqu'à la porte, s'empressant à ses côtés.

— J'ai eu la visite de deux bénédictins, hier, signala-t-il comme elle se drapait dans son manteau pour se protéger du vent de mars qui fraîchissait. Deux moines de Shrewsbury.

— Ah bon ? Et que vous voulaient-ils ?

— L'un d'eux marchait en s'aidant de béquilles. Il paraît qu'il était à votre service avant de prendre l'habit. Il se souvenait du père Wulfnoth. J'ai pensé qu'ils étaient venus vous présenter leurs respects. C'est bien cela ?

Elle ne lui répondit pas directement, les yeux fixés dans le lointain, comme si elle ne s'intéressait qu'à moitié à la conversation.

— Oui, je m'en souviens. J'ai en effet eu un secrétaire qui est entré à l'abbaye de Shrewsbury. Qu'est-ce qui l'amenait dans votre église ?

— Il m'a raconté que la mort l'avait épargné et qu'il voulait laver son âme de ses péchés pour mieux se préparer. Je l'ai trouvé près de la tombe du père de votre époux. Ils pensaient qu'une femme de votre maison y avait été enterrée il y a dix-huit ans. Je les ai détrompés. Celui qui boitait avait l'intention de passer la nuit à prier pour elle.

— Tiens, c'est curieux, laissa tomber Adélaïde, toujours aussi peu intéressée. Mais si vous l'avez détrompé…

— Je lui ai expliqué que je n'étais pas là à l'époque mais que je savais par le père Wulfnoth que cette tombe n'avait pas été ouverte depuis une éternité et que les suppositions de ce jeune moine étaient erronées. Je lui ai précisé que tous les membres de votre famille étaient enterrés à Elford, où vous aviez votre manoir principal.

— C'est un voyage long et pénible pour un infirme, qui est à pied, de surcroît, remarqua Adélaïde, compatissante. J'espère qu'il n'avait pas l'intention d'aller là-bas.

— J'en ai bien l'impression, au contraire, madame. Je leur ai proposé de partager mon repas et de passer la nuit à la maison, mais ils ont refusé et ils sont partis tout de suite. Le plus jeune était sûr de trouver celle qu'il cherchait à cet endroit. Oui, je suis certain qu'en arrivant à la grand-route, ils auront pris vers l'est. C'est vrai qu'il aura bien du mal à y arriver, mais ce n'est pas la volonté qui lui manque.

Ses relations avec la châtelaine étaient suffisamment bonnes pour qu'il puisse se permettre de lui demander directement si le jeune moine serait récompensé de ses peines à Elford.

— C'est très possible, répondit Adélaïde qui marchait d'un pas tranquille à ses côtés. Dix-huit ans, ça ne date pas d'hier, et je ne sais pas ce qu'il a en tête. J'étais plus jeune à l'époque, il y avait plus de monde au château, des cousins et cousines dont certains n'avaient pas un sou. Mon époux veillait comme un père sur toute sa famille. Et moi aussi en son absence ; c'était mon devoir.

Ils allèrent jusqu'à la porte du cimetière où ils s'arrêtèrent. L'air était doux, grisâtre, très calme toutefois et la couverture de nuages planait, basse et lourde.

— On pourrait bien avoir de la neige, remarqua le curé, si le temps ne tourne pas à la pluie, avant d'ajouter, sans penser à mal : Dix-huit ans ! Allez savoir si ce jeune bénédictin n'a pas été attiré par une de ces petites cousines — ça arrive souvent chez les jeunes — dont la mort prématurée lui a causé beaucoup plus de chagrin qu'il n'a laissé paraître auprès de vous.

— Cela se peut, répondit Adélaïde, distante, avant de tirer le capuchon de son manteau sur sa tête pour se protéger de la neige fondue qui tombait dans l'air immobile et lui piquait la joue. Au revoir, père !

— Je prierai pour que son pèlerinage lui apporte un réconfort à lui qui est en vie et à la dame qui nous a quittés.

— Excellente idée, père, répliqua Adélaïde sans se retourner. Et ne manquez pas d'ajouter une prière pour moi et toutes les femmes de ma maison, afin que le temps ne nous pèse pas trop quand notre heure aura sonné.

Cadfael resta éveillé dans le grenier à foin d'un forestier de la forêt royale de Chenet, à écouter le souffle mesuré de son compagnon, dont le rythme trop constant et tendu indiquait qu'il ne dormait pas. C'était la seconde nuit depuis leur départ de Hales. La première, ils l'avaient passée chez un fermier solitaire et sa femme à environ un mille après le hameau de Weston ; le jour suivant avait été long et pénible et ce second abri, près de l'orée de la forêt, avait été le bienvenu, avec la chaleur qu'il leur offrait. Ils n'avaient pas tardé à gagner leurs couches au grenier car Haluin — c'est lui qui avait tant insisté pour qu'ils continuent si avant dans la soirée — était au bord de l'épuisement. Cadfael remarqua qu'il n'avait pas eu de mal à s'endormir paisiblement, ce qui était heureux pour cette âme tellement tourmentée dès qu'il s'éveillait. Dieu a plus d'une façon de soulager le fardeau des pécheurs. Chaque matin, Haluin se levait revigoré et décidé.

Il n'y avait pas encore de lumière et il n'y en

aurait sûrement pas avant une heure. Il n'y avait aucun mouvement, pas le moindre bruit dans le foin du côté où reposait Haluin, mais Cadfael savait qu'il ne dormait plus ; cette immobilité était une bonne chose car elle indiquait qu'il était calme alors qu'il avait si souvent tendance à s'agiter.

— Cadfael ? murmura une voix lointaine dans l'obscurité. Vous dormez ?

— Non, répondit ce dernier, tout aussi doucement.

— Vous ne m'avez jamais rien demandé. Sur ce qui s'est passé jadis. Sur elle...

— Cela ne me paraît pas nécessaire, déclara Cadfael. Si vous avez envie de parler, je n'aurai pas besoin de vous poser des questions.

— Je n'ai jamais eu le loisir de parler d'elle, reprit Haluin, avant aujourd'hui. Et à présent je ne peux m'adresser qu'à vous, qui êtes au courant.

Il y eut un silence. Les mots coulaient lentement, malaisément, comme souvent chez les solitaires.

— Elle n'était pas aussi belle que sa mère, poursuivit-il au bout d'un moment, à voix basse. Elle n'avait pas cet éclat sombre, mais plus de bonté dans le regard. Il n'y avait rien d'obscur ni de secret en elle. Elle avait un air ouvert, lumineux, comme une fleur. Elle n'avait peur de rien, enfin au début. Elle avait confiance en tout le monde. Personne ne l'avait encore trahie — pas encore. Ça ne lui est arrivé qu'une fois et elle en est morte.

Il y eut un autre silence, plus prolongé, et cette fois le foin se mit à bruire doucement, comme un soupir.

— Cadfael, insista une voix timide, vous avez

passé la moitié de votre vie dans le siècle, avez-vous jamais aimé une femme ?

— Oui, répliqua-il. C'est un sentiment que je connais.

— Alors vous comprenez ce qui s'est passé entre nous. Car nous nous sommes aimés, elle et moi, vous savez, affirma frère Haluin se souvenant d'un passé douloureux, à la fois surpris et résigné. C'est quand on est jeune qu'on souffre le plus. On n'a nulle part où se cacher, pas de bouclier pour se protéger. Ah, la voir chaque jour... et savoir qu'elle éprouvait la même chose que moi...

Il avait eu beau mettre cet épisode au second plan pendant toutes ces années, consacrer ses mains, son esprit, son âme au service qu'il avait choisi de son propre chef, dans son angoisse, il n'avait rien oublié ; tout était là, prêt à revivre au moindre souffle, comme un feu qui se rallume au premier courant d'air. Maintenant au moins, il pouvait se laisser aller ouvertement, s'adresser au monde de tous les hommes qui connaissaient bien ces souffrances, manifester sa compassion et recevoir celle des autres. De la part de Cadfael, ce n'était pas de mots dont il avait besoin, mais simplement de savoir qu'il avait un compagnon à l'oreille compatissante et qu'il pouvait en être sûr.

Haluin s'endormit, une phrase inachevée sur les lèvres, presque inaudible après ces silences prolongés. Il aurait pu s'agir de son nom, Bertrade, ou d'un son voisin. Quelle importance ? Ce qui importait, c'est qu'il l'avait prononcé juste avant de glisser dans le sommeil et qu'il allait dormir comme un loir après s'être tellement fatigué sur la route, peut-être bien après le lever du jour. Eh bien, tant mieux ! Un jour de plus passé à son pèlerinage pourrait tourmenter son esprit impatient mais bénéficierait certainement au corps, qu'il menait à la dure.

Cadfael se leva pratiquement sans bruit, laissant son compagnon profondément endormi et virtuellement prisonnier dans son grenier puisqu'il lui faudrait de l'aide pour se remettre debout et descendre l'échelle. Par la trappe ouverte, on entendrait aisément s'agiter le dormeur, mais à en juger par son corps détendu et son visage maigre soulagé de ses tensions, il n'était pas près de se réveiller.

Cadfael sortit dans le matin clair et frais afin de humer l'air calme où s'attardaient encore les parfums de la forêt hivernale à moitié assoupie. Depuis le petit essart du forestier on apercevait la route grise dégagée à travers l'échappée des troncs chenus qui poussaient avec une vigueur suffisante pour ne laisser à peu près aucune place aux buissons. Une charrette à bras cheminait sur la route, chargée de petit bois trouvé parmi les branches mortes tombées pendant l'automne. L'envol bruyant des oiseaux dérangés l'accompagnait dans une lueur de branches frissonnantes et de feuilles tourbillonnantes. Le forestier était déjà debout, accaparé par ses tâches de la matinée ; la vache arriva pesamment pour la traite, un chien gambadant sur ses talons. C'était une journée sans pluie, le ciel était couvert mais le plafond était haut et la lumière agréable, conditions idéales pour les voyageurs. A la nuit tombée, ils auraient atteint Chenet et au manoir, qui était sur les terres du roi, on les hébergerait. Demain, Lichfield et là, Cadfael insisterait pour que la nuit leur ménage un long repos, quels que soient les arguments que Haluin pourrait avancer afin d'arriver au plus vite à Elford. Après avoir bien dormi à Lichfield, Haluin serait en meilleure condition pour passer, comme il l'avait juré, une nuit à prier pour la mémoire de Bertrade et envisager le trajet du retour, pendant lequel, Dieu soit loué, il n'y aurait nul besoin de se presser ni de peiner jusqu'à épuisement.

Sur la terre battue du sentier, les sons parvenaient étouffés, mais Cadfael perçut plutôt la vibration des sabots d'un cheval que leur impact. Des chevaux arrivaient de l'ouest à vive allure, deux pour être exact, qui marchaient en contrepoint, à un trot soutenu après avoir passé une bonne nuit tranquille à l'écurie et prêts à mener grand train. Sans doute s'agissait-il de voyageurs se rendant à Lichfield, qui avaient dormi au manoir de Stratton, à deux milles de là. Cadfael s'arrêta pour les regarder passer.

Deux hommes surgirent vêtus de couleur sombre, en manteaux de cuir, qui se tenaient bien en selle. Leur assiette et leur façon de conduire leurs montures étaient si semblables qu'ils avaient dû apprendre l'équitation ensemble quand ils étaient enfants, à moins que l'un n'ait servi de professeur à l'autre. En vérité l'un d'eux était deux fois plus gros que l'autre ; peut-être y avait-il entre eux une génération d'écart. Bien qu'ils fussent trop loin et qu'ils soient passés trop vite pour qu'on les voie nettement, il ne fallait pas être grand clerc pour comprendre qu'ils étaient parents. Deux palefreniers privilégiés appartenant à une noble maison et portant chacun une dame en croupe ? Probable. Les femmes chaudement vêtues pour voyager se ressemblent fort ; cependant Cadfael observa la première avec une attention soutenue sans la quitter des yeux jusqu'à ce que chevaux et cavaliers aient disparu le long de la route et que le claquement des sabots se soit évanoui dans le lointain.

Elle n'avait pas quitté sa pensée quand il retourna vers l'endroit où on entreposait le foin, fouillant dans sa mémoire, certain qu'il était, ce qui paraissait absurde, de l'avoir déjà vue et que, s'il se donnait la peine d'y réfléchir, il saurait où.

Qu'il ait raison ou non, que cela soit ou non de bon augure, il n'y pouvait pas grand-chose. Il haussa les épaules et repoussa cette idée au second plan, entrant pour guetter le moment où Haluin s'éveillerait et aurait besoin de lui.

Ils traversèrent quelques bosquets et atteignirent une grande étendue de prairies à l'herbe un peu blanchie et grise pour l'instant dans l'air froid. Cette terre, fertile toutefois et bien cultivée, évoquait un îlot de richesse dans un comté par ailleurs en assez piteux état suite à la pacification brutale qui remontait à cinquante ans. Devant eux, il y avait les méandres de la Tame, le toit en pente raide d'un moulin et la masse toute proche des maisons d'Elford, de l'autre côté de la rivière.

Les clercs de Lichfield, témoignant d'un sens chaleureux de l'hospitalité, leur avaient offert une nuit de repos, et ils leur avaient indiqué le plus court itinéraire pour se rendre à Elford. Aux premières lueurs de l'aube, ils avaient attaqué les quatre derniers milles de ce pèlerinage pénitentiel dont le but se trouvait devant eux, presque à portée de la main, simplement séparé par quelques champs paisibles et une passerelle de bois au-delà de laquelle attendait l'absolution. C'était un endroit attirant, alors que tant d'autres affichaient leur pauvreté. Ici, au bord de l'eau, se dressaient non pas un moulin mais deux, car il y en avait un second en amont, entouré de vastes prairies et d'un sol riche où les terres arables se détachaient des autres, où l'on respirait une paix de l'esprit qui était la bienvenue après le mal que les voyageurs s'étaient donné.

Le fil pâle du sentier les emmenait droit devant eux et les toits d'Elford apparurent dans leur champ de vision ainsi que des buissons encore nus et noirs à cette distance et dont les bourgeons n'étaient pas encore assez avancés pour laisser pointer leur première nuance de vert. Ils traversèrent le pont dont les planches inégales forcèrent Haluin à poser précautionneusement ses béquilles pour ne pas tomber, puis ils parvinrent à la rue entre les maisons. C'était un village bien entretenu; ménagères et cultivateurs vaquaient gaiement, sans crainte, à leurs occupations quotidiennes; ils avaient remarqué la présence d'étrangers tout en restant courtois et accueillants envers ces deux bénédictins. Ils les saluèrent le long de la route et Haluin, qui trouvait une satisfaction profonde dans le fait qu'il avait pu mener son projet à terme, commença à rougir de plaisir en se voyant ainsi accepté spontanément.

Inutile de demander comment se rendre à l'église, ils en avaient aperçu le clocher bas avant de traverser le pont. Elle avait été construite depuis la venue des Normands, solide bâtisse de pierre grise, avec un grand cimetière nanti d'une bonne palissade derrière laquelle on pouvait se réfugier en cas de besoin et planté de beaux arbres qui ne dataient pas d'hier. Ils entrèrent sous la voûte ronde du porche qui menait à la pénombre fraîche, et sonore des lieux saints ; il y régnait une vague odeur de poussière, de cierges de cire et surtout, tellement rassurante pour eux, l'atmosphère de ce foyer qu'ils avaient délibérément choisi.

Haluin s'était arrêté sur les dalles de la nef silencieuse afin de s'orienter. L'endroit était dépourvu d'une chapelle pour y loger la tombe d'un bienfaiteur entre les autels ; les seigneurs d'Elford devaient reposer sur les bas-côtés, logés dans les pierres des murs qu'ils avaient érigés. L'œil rouge d'une lueur provenant de la lampe d'autel indiqua où était la tombe qu'ils cherchaient ; une grande dalle tabulaire en pierre occupait en effet une niche du mur droit. Un de Clary défunt, le premier peut-être à avoir accompagné le roi Guillaume et qui en avait été récompensé plus tard, était représenté en gisant sur le dessus du tombeau. Haluin s'était dirigé vers lui pour s'arrêter presque immédiatement et reculer au premier écho de son pas, car une femme agenouillée était là en prière.

Ils ne voyaient d'elle qu'une silhouette dans l'ombre, son manteau gris avait la même couleur que la pierre, et s'ils purent reconnaître une femme, c'est que le capuchon qu'elle avait repoussé sur ses épaules révélait une coiffe de toile blanche recouverte d'un voile de gaze. Ils se seraient retirés sous le porche pour la laisser terminer ses prières, mais elle avait entendu le bruit des béquilles sur le carrelage et elle tourna vivement la tête dans leur direction. D'un seul mouvement vif, gracieux, elle sauta sur ses pieds et, se portant à leur rencontre, elle se plaça sous la lumière d'une fenêtre, leur révélant ainsi le beau visage fier et ciselé par l'âge d'Adélaïde de Clary.

CHAPITRE CINQ

— Vous ! s'exclama-t-elle, les yeux grands ouverts, les dévisageant tour à tour, stupéfaite, cherchant, semblait-il, une quelconque logique dans cette vision inattendue.

Sa voix était neutre, ni accueillante ni glaciale.

— Je n'aurais jamais cru vous revoir si tôt. Y a-t-il quelque chose que vous ayez oublié de me demander, Haluin, et qui vous ait poussé à me suivre jusqu'ici ? Il vous suffira de m'interroger. Je vous ai déjà pardonné, je crois.

— Mais, madame, répondit Haluin, secoué par l'apparition de la dame qu'il avait servie jadis et qu'il ne s'attendait pas à croiser en cet endroit, nous ne vous avons pas suivie. Je n'aurais en vérité jamais pensé vous trouver en ces lieux. Je vous suis reconnaissant de votre mansuétude et je n'aurais pas voulu vous déranger encore pour tout l'or du monde. Si je suis ici, c'est pour accomplir un vœu. Je comptais passer une nuit en prière à Hales, persuadé que j'étais que c'est là qu'était enterrée madame votre fille mais le curé nous a dit que ça n'était pas le cas. Elle repose à Elford, dans le caveau de ses ancêtres. J'ai donc continué jusqu'ici. La seule chose que j'ai à vous demander est de m'autoriser à veiller près de cette tombe la nuit prochaine, et ce afin de tenir ma promesse. Ensuite nous prendrons congé et nous ne vous ennuierons plus.

— J'aurais mauvaise grâce à nier, commença-t-elle, d'une voix plus douce, que je serai heureuse de vous voir partir. Oh ! je ne vous en veux pas ! Mais cette blessure que vous avez rouverte, je souhaiterais qu'elle se referme sans témoin. A cause de votre présence, voilà qu'elle saigne de nouveau. Croyez-vous que j'aurais sauté à cheval et couru ici si vite si vous ne m'aviez pas forcé à me remémorer cette très ancienne histoire ?

— J'espère, madame, répondit Haluin, troublé, d'une voix basse, qu'avec votre pardon, la plaie n'est plus infectée. Dans mes prières à votre intention, cette fois, j'intercéderai pour que la guérison soit douce et complète.

— Et pour vous ? interrogea-t-elle sèchement, se détournant un peu de lui avec un geste de la main qui lui interdit de répondre. Douce et complète ! Vous ne manquez pas d'audace. Je vous trouve bien exigeant envers Dieu et plus encore envers moi, articula-t-elle et, dans la lumière oblique du vitrail, son visage était dur et triste. Vous avez appris à parler comme un moine. Enfin, tout cela remonte à si longtemps ! Vous aviez la voix plus légère autrefois, et la démarche aussi. Je vous accorde au moins cela, vous n'avez pas dû vous amuser pour venir jusqu'ici. Ne me refusez pas la grâce de vous offrir un repas et un lit, cette fois. Je possède une maison en ces lieux, dans l'enceinte du manoir de mon fils. Venez vous y reposer au moins jusqu'à vêpres, si vous tenez à mortifier votre chair sur ces pierres froides toute la nuit.

— Ainsi, je disposerai de ma nuit pour veiller? demanda Haluin bouleversé.

— Pourquoi non? Ne m'avez-vous pas vu supplier Dieu pour la même raison? Je vous ai vu blessé. Je ne voudrais pas que vous vous parjuriez. Oui, je vous accorde votre veille pénitentielle, mais venez d'abord vous restaurer chez moi. J'enverrais mes gens vous chercher quand vous aurez terminé vos oraisons.

Elle était presque à la porte, ne prêtant aucune attention aux remerciements hésitants d'Haluin, le privant de la moindre occasion de refuser son hospitalité, quand elle s'arrêta soudain et se tourna de nouveau vers eux, très insistante.

— Mais pas un mot à qui ce que soit sur ce qui vous amène en ce village. Le nom et la réputation de ma fille sont en sûreté sous cette pierre; qu'ils y reposent en paix. Je n'aimerais pas que vous rafraîchissiez la mémoire à quiconque comme vous me l'avez rafraîchie à moi. Que cela reste entre nous et ce bon frère qui vous tient compagnie.

— Je ne m'en ouvrirai à personne qu'à l'un de vous deux, répliqua Haluin dévotement, ni maintenant ni jamais, ni ici ni en d'autres lieux.

— Vous m'ôtez un grand poids, souffla-t-elle.

L'instant d'après, elle était partie en tirant doucement la porte derrière elle.

Haluin étant incapable de s'agenouiller sans

quelque chose de ferme sur quoi s'appuyer, le bras de Cadfael lui soutint la taille pour soulager son poids et éviter qu'il ne pèse trop sur son bon pied. Ils offrirent leurs prières comme il convient, côte à côte devant l'autel, et Cadfael, très attentif quand Haluin se mit à genoux, étudia non sans sollicitude les traits épuisés du jeune homme. Il avait supporté ce long trajet à pied, mais la souffrance l'avait marqué. La nuit dans la nef serait froide, pénible, interminable, n'empêche, il tenait par-dessus tout à subir ce dernier châtiment qu'il avait cru bon de s'infliger. Et après cela, il faudrait songer à repartir. Ce ne serait pas plus mal si la châtelaine pouvait le décider à rester au moins une nuit de plus, comme s'il lui accordait une faveur maintenant que, dans une certaine mesure, ils avaient réussi à s'entendre sur le passé commun qui les hantait.

Il n'y avait en vérité rien d'impossible à ce que la visite inopinée d'Haluin l'ait décidée à partir également en pèlerinage pour réfléchir à ses propres responsabilités dans cette ancienne tragédie. Elle était passée au trot soutenu devant le petit essart d'un forestier près de Chenet, suivie seulement d'une servante et de deux domestiques, ranimant un vague souvenir dans la mémoire de Cadfael. Oui, cela n'avait rien d'impossible. L'élan du repentir pouvait être contagieux et l'on sentait de la hâte dans cette démarche. Cadfael revit les deux chevaux et leur double charge dans le petit matin, l'allure décidée qu'ils avaient adoptée. Se hâtait-elle d'aller payer une dette à moitié oubliée dans laquelle l'affection le disputait au remords? Ou tenait-elle à arriver avant quelqu'un d'autre afin d'être prête et armée pour le recevoir ? Elle voulait qu'ils partent satisfaits. Mais c'était assez naturel. Ils s'en étaient pris à sa tranquillité d'esprit, levant devant son beau visage un vieux miroir imparfait.

— Aidez-moi à me relever ! s'exclama Haluin, qui tendit les bras comme un enfant pour qu'on le remette sur ses pieds.

C'était la première fois qu'il formulait pareille demande, avant qu'on ne lui propose un coup de main pour lequel ses remerciements témoignaient de résignation et d'humilité plus encore que de gratitude.

— Vous n'avez même pas ouvert la bouche, remarqua-t-il soudain, tout étonné, comme ils se dirigeaient vers la porte de l'église.

— C'est que je n'en ai pas éprouvé le besoin, répliqua Cadfael, mais ça n'a pas été le cas de tout le monde. Même vos silences n'étaient pas totalement dénués de sens.

Le serviteur d'Adélaïde de Clary les attendait sous le porche, comme elle l'avait promis, indolemment appuyé de l'épaule au chambranle de la porte, à croire qu'il était là depuis un moment déjà, mais montrant une patience immuable. L'apparition de ce garçon confirma tout ce que Cadfael s'était permis d'imaginer en voyant les cavaliers passer brièvement entre les arbres. Le plus jeune des deux avait dans les trente ans, il était solide, râblé, doté d'un cou de taureau, incontestablement bâti sur le modèle normand. La troisième ou la quatrième génération, peut-être, d'un géniteur qui était venu comme homme d'armes avec le premier de Clary. La souche originelle était encore vivace bien que des mariages avec des femmes anglaises aient transformé la chevelure blonde en une nuance châtain clair et un tant soit peu modéré l'agressivité de l'ossature du visage. Il avait toujours les cheveux coupés très court, à la mode normande, une mâchoire puissante, rasée de près et les yeux clairs, brillants, impénétrables, des gens du Nord. Quand ils approchèrent, il sauta sur ses pieds, plus à l'aise en mouvement qu'au repos.

— Ma dame m'envoie vous montrer le chemin.

Il avait une voix pincée, dépourvue d'intonation. Sans attendre de réponse, il se dirigea vers la sortie du cimetière à un rythme fort difficile à suivre pour Haluin. A la porte il se retourna et attendit; ensuite, il ralentit le pas, mais il était visible que cela ne lui plaisait pas. Il choisit de garder le silence et répondit brièvement mais courtoisement aux questions qu'on lui posait ou aux formules de politesse. Oui, Elford était un beau domaine dont la terre était bonne et le propriétaire également. Il reconnut assez indifféremment qu'Audemar le gérait fort bien; c'est à la mère qu'allait sa fidélité et non au fils. Oui, son père travaillait pour la même famille et le père de son père avant lui. Envers les deux religieux, il ne manifesta aucune curiosité, ce qui n'aurait rien eu d'anormal. Ses yeux gris pâle, lointains, gardaient tout pour eux, à moins qu'ils ne suggèrent une absence totale de réflexion.

Par un chemin herbeux, il les conduisit au portail de l'enclos du manoir, qui était muré et spacieux.

La demeure d'Audemar de Clary, massive, était installée en son mitan, l'étage d'habitation, surélevé, reposant sur une crypte de pierre. A en juger par les deux petites fenêtres à l'étage, il devait au moins y avoir deux chambres supplémentaires au-dessus du cabinet particulier. Quant à la vaste cour, elle s'étendait autour d'autres pièces habitables, aussi bien que des indispensables écuries, sans oublier l'armurerie, le fournil, la brasserie, les magasins, les ateliers ; on s'y affairait comme dans toutes les grandes maisons à l'activité débordante.

L'homme les guida vers une petite chambre en bois sous le mur de protection.

— Ma dame a ordonné qu'on prépare ce logement à votre intention. Utilisez-le comme il vous plaira, ce sont ses propres termes ; le portier veillera à ce que vous puissiez circuler librement et aller à l'église.

Ils se rendirent compte que cette hospitalité était parfaite mais lointaine, impersonnelle. La dame leur avait fourni de l'eau pour leurs ablutions, des paillasses confortables pour s'y reposer, envoyé des mets de sa propre table et elle avait donné des ordres pour qu'ils n'hésitent pas à réclamer tout ce dont ils pourraient avoir besoin ou qu'on aurait pu oublier de leur apporter, mais elle ne les reçut pas personnellement. Son pardon n'allait peut-être pas jusqu'à trouver agréable la présence d'un Haluin bourrelé de remords. Ce ne furent pas non plus ses propres serviteurs qui les servirent mais les deux palefreniers qui l'avaient accompagnée depuis Hales. Ce fut le plus âgé des deux qui leur apporta la viande, le pain, le fromage et la petite bière de l'office. Cadfael avait vu juste dans leurs relations ; les hommes étaient manifestement père et fils. L'aîné avait une bonne cinquantaine trapue ; il était aussi taciturne que son fils, avec des épaules plus larges et les jambes plus arquées d'avoir passé plus de temps à cheval que debout. Il avait le même regard froid, méfiant, les mêmes mâchoires rasées de près, au dessin hardi, mais il avait le teint bronzé comme Cadfael, qui reconnut là un être qui avait longtemps vécu loin de l'Angleterre. Son maître s'était croisé ; il y avait gros à parier qu'il l'avait accompagné en Terre sainte et que c'est là-bas qu'il avait acquis son bronzage, sous le soleil violent de l'Orient.

L'aîné des palefreniers revint plus tard dans l'après-midi, porteur d'un message destiné non pas à Haluin mais à Cadfael. Par bonheur, Haluin dormait sur sa paillasse et, avec sa démarche silencieuse comme celle d'un chat, malgré son poids, l'homme ne troubla pas son repos, ce dont Cadfael lui fut reconnaissant. Ils avaient devant eux une longue nuit de veille. D'un geste, Cadfael pria le messager d'attendre et le suivit dans la cour, refermant sans bruit la porte derrière lui.

— Laissons-le se reposer. Une nuit pénible l'attend.

— Ma maîtresse nous a expliqué comment il entend la passer, répondit l'homme. C'est vous qu'elle tient à voir, si vous voulez bien me suivre. Votre compagnon n'a qu'à rester dormir, parce que, d'après elle, il a failli mourir. Je reconnais qu'il ne manque pas de cran. Sinon, il ne serait jamais venu jusqu'ici dans cet état. Accompagnez-moi, mon frère !

La maison qui lui appartenait par droit d'héritage était bâtie dans un coin du mur de protection, à l'abri des vents dominants ; elle était petite mais cela suffisait pour les visites occasionnelles qu'Adélaïde rendait à son fils : une pièce principale étroite, une chambre et une cuisine adossée au mur extérieur. Le serviteur entra à grands pas et traversa la pièce d'habitation simplement, sans hésitation, comme s'il en avait le privilège — ce qui était sûrement le cas —, et approcha sa maîtresse comme s'il était son fils ou son frère ; manifestement, la confiance était réciproque. Adélaïde de Clary avait de bons serviteurs, dépourvus de bassesse.

— Voici frère Cadfael, de l'abbaye de Shrewsbury, madame. L'autre religieux dort.

Adélaïde était assise devant une quenouille portant un écheveau d'une laine d'un bleu très soutenu ; elle maniait le fuseau de la main gauche mais, quand ils entrèrent, elle cessa de le tourner et le déposa soigneusement au pied de la quenouille pour éviter que la laine ne s'emmêle.

— Bien ! C'est exactement ce qu'il lui faut. Laisse-nous à présent, Lothaire. Je gage que notre hôte saura retrouver son chemin. Mon fils est-il rentré ?

— Pas encore. J'irai le chercher dès qu'il sera là.

— Il a Roscelin avec lui, murmura-t-elle, et les chiens. Quand ils auront regagné le chenil et que les chevaux seront à l'écurie, tu t'occuperas comme tu veux, tu l'auras mérité.

Il acquiesça d'un simple signe de la tête et se retira, aussi calme et réservé qu'à l'ordinaire. Et cependant il y avait dans leurs brefs échanges une totale assurance mutuelle, solide comme un roc. Adélaïde n'ouvrit pas la bouche avant que la porte de sa chambre ne se soit refermée derrière son domestique. Elle observait Cadfael, silencieuse, attentive, avec, sur les lèvres, l'ombre d'un sourire.

— Oui, confirma-t-elle, répondant à la question qu'il n'avait pas formulée. Lothaire est plus qu'un vieux serviteur. Il était avec mon époux pendant tout le temps qu'il a passé en Palestine. Plus d'une fois il a rendu à Bertrand un signalé service, le maintenir en vie, par exemple. C'est une manière d'allégeance qui n'a rien à voir avec ce qu'on peut attendre d'un valet. Il lui était fidèle comme un chevalier à son suzerain. Il représente l'héritage de mon mari, si vous voulez. Il se nomme Lothaire et son fils, Luc. Ils sont tous les deux bâtis sur le même modèle. Vous avez vu comme ils se ressemblent. Dieu sait qu'il est difficile de ne pas s'en apercevoir.

— Certes. Et j'avais deviné aussi où votre homme avait acquis ce teint hâlé.

— Vraiment ?

Elle l'étudiait avec un intérêt accru maintenant qu'elle s'était donné la peine de le regarder de près pour la première fois.

— J'ai moi-même passé quelques années en Orient, avant la venue de ce garçon, expliqua Cadfael. S'il vit assez longtemps, son bronzage pâlira tout comme le mien, mais cela prendra des mois et des mois.

— Tiens donc ! Ainsi vous n'êtes pas entré au couvent en bas âge ? Il me semblait bien que vous n'aviez pas l'air innocent de ces êtres vierges, murmura Adélaïde.

— J'y suis venu de mon plein gré, quand l'heure a sonné pour moi.

— Oh ! lui aussi il y est allé de son plein gré, mais je doute qu'il ait choisi le moment opportun ! répliqua-t-elle en soupirant et en s'agitant. Je voulais simplement savoir si vous aviez tout ce qu'il vous faut et si mes gens se sont bien occupés de vous.

— Mais... absolument. Et nous vous sommes profondément reconnaissants, ainsi qu'à eux également, de cette hospitalité.

— Je voulais aussi vous demander — à propos de Haluin... J'ai vu dans quel triste état il est. Un jour se portera-t-il mieux, à votre avis?

— Il ne remarchera jamais comme avant, mais avec le temps ses muscles reprendront des forces et ça s'arrangera. Il a cru qu'il allait mourir, ce que nous pensions tous d'ailleurs, mais il est vivant et il s'apercevra que cela a du bon une fois qu'il aura retrouvé la paix de l'esprit.

— Vous pensez qu'il ira mieux sur ce point après cette nuit? Est-ce cela dont il a besoin?

— Oui, je le crois.

— En ce cas, il a ma bénédiction. Et après? Vous le ramenez à Shrewsbury? Je peux vous fournir des chevaux pour le voyage du retour. Lothaire les récupérera à Hales quand nous rentrerons chez nous.

— Je doute qu'il accepte cette proposition généreuse. Il a juré d'accomplir sa pénitence à pied du début jusqu'à la fin.

Elle acquiesça d'un hochement de tête.

— Je lui en parlerai quand même. Bon — c'est tout, mon frère. S'il refuse, je ne discuterai pas. Attendez, il y a autre chose! Je vais à vêpres ce soir, je verrai le curé et je m'assurerai que personne — je dis bien personne! — n'interroge ni ne dérange ce pauvre garçon pendant sa veillée. Vous comprenez, strictement rien ne doit filtrer, sauf auprès de ceux qui sont déjà au courant. Vous l'en informerez? Ce qui reste ne concerne que lui et Dieu.

Le maître de céans passait le portail à cheval au moment où Cadfael regagnait le logement où Haluin dormait encore. Le tintement du harnachement, le claquement des sabots et le bruit des voix précédèrent les arrivants et cette animation attira dehors serviteurs et palefreniers, comme des abeilles qu'on vient de déranger. Aussitôt ils s'occupèrent de leur seigneur. Audemar de Clary montait un grand bai clair. C'était un homme solide, vêtu d'une tenue toute simple de cavalier, dépourvue d'ornements, mais il n'en avait pas besoin pour montrer qu'il détenait l'autorité en ces lieux. Il était nu-tête, le capuchon de son manteau court rejeté sur ses épaules. Il avait l'épaisse chevelure noire de sa mère mais la puissante ossature de son visage, son nez très droit, ses pommettes saillantes et son grand front venaient sûrement de son croisé de père.

Cadfael n'hésita pas à lui donner moins de quarante ans. La vigueur de ses mouvements quand il descendit de cheval, son pas élastique quand il fut à terre et jusqu'à sa façon de se déganter, tout indiquait la jeunesse. Mais les traits impressionnants de sa figure, la domination de soi qui éclatait dans toute sa personnalité, l'efficacité avec laquelle il administrait ses domaines, le service rapide et compétent qu'il attendait et obtenait de ses gens lui donnaient l'air plus âgé qu'il ne l'était en réalité. Il avait tout dirigé, se rappela Cadfael, pendant la longue absence de son père. Il avait dû commencer tôt, avant d'avoir eu vingt ans, et les terres des de Clary étaient vastes autant que dispersées. Il avait bien appris son métier. Et ce n'était pas le genre de personnage qu'il fallait contrarier à la légère ; personne, cependant, ne le craignait. On l'approchait joyeusement et on lui parlait hardiment. Il ne se mettrait en colère que pour une bonne raison, mais alors il serait terrible, voire dangereux.

Tout près de lui chevauchait un jeune page, ou un écuyer, dans les dix-sept ou dix-huit ans, avec un visage frais auquel le grand air et l'exercice avaient donné des couleurs et derrière eux deux valets de chenil suivaient à pied, tenant en laisse les chiens qui venaient de courir. Audemar confia sa bride au palefrenier qui arrivait au pas de course et secoua la poussière de ses bottes en laissant son manteau au jeune homme qui tendait les mains. En quelques minutes, cette brève période d'activité s'était apaisée, on emmenait les chevaux aux écuries, les chiens au chenil. Luc, le jeune valet d'écurie, alla glisser un mot à Audemar, un message de la part d'Adélaïde apparemment car aussitôt Audemar regarda vers les appartements de sa mère en faisant oui de la tête et il se dirigea vers la porte à grandes enjambées. Son regard tomba sur Cadfael qui était, par discrétion, resté à l'écart, et il s'arrêta un instant comme s'il allait lui adresser la parole, mais il changea d'avis, poursuivit son chemin et s'engouffra sous le porche profond.

A en juger par l'heure où elle était passée dans la forêt avec sa suivante et ses palefreniers, l'avant-veille, Cadfael calcula qu'elle avait dû arriver le jour même. Ils n'avaient eu nul besoin de passer la nuit à Chenet ; à cheval, la distance était minime pour rejoindre Elford. Ce qui supposait qu'elle avait déjà vu son fils et qu'elle lui avait parlé. Ce qu'elle avait à lui communiquer maintenant, alors qu'il venait de rentrer, avait certainement trait à ce qui était encore nouveau pour lui au manoir d'Elford. Et qu'est-ce qui pouvait l'être, sinon l'arrivée de deux religieux de l'abbaye de Shrewsbury et la raison pour laquelle ils étaient là, raison à laquelle elle donnerait probablement une interprétation édulcorée ? Il s'était certainement trouvé à Elford quand sa sœur était — soi-disant — morte des fièvres, ce qu'il devait croire lui aussi. C'était probablement tout ce qu'il savait ; une mort triste, toute simple, comme cela arrive dans toutes les familles, même en pleine jeunesse. Non, cette femme forte et décidée n'aurait jamais mis son fils dans la confidence. A la rigueur, elle se serait livrée à une vieille servante à la foi éprouvée — il y avait bien dû s'en trouver une, morte peut-être à l'heure qu'il est. Mais son fils cadet, impossible.

Si Cadfael voyait juste, il ne fallait pas s'étonner qu'Adélaïde se donnât tout ce mal pour faciliter les choses à Haluin de façon à se débarrasser de lui dans les meilleurs délais et à éviter toute curiosité déplacée, y compris de la part du curé. Elle leur avait même offert des chevaux pour hâter leur départ et demandé aux deux pèlerins de jurer de ne rien révéler du passé à âme qui vive, de ne pas souffler mot sur ce qui les amenait en ces lieux et de ne pas mentionner le nom de Bertrade.

Cadfael eut le sentiment qu'il commençait à y voir plus clair. Où que nous allions, songea-t-il, Adélaïde est là et s'interpose entre tous les autres et nous. Elle nous loge, nous nourrit, c'est le plus loyal de ses serviteurs qui est chargé de prendre soin de nous et pas un membre de la maisonnée de son fils. Qu'avait-elle dit déjà ? « Le nom et la réputation de ma fille sont en sûreté sous cette pierre, qu'ils y reposent en paix. » On pouvait difficilement lui reprocher de veiller à ce que cela reste ainsi ni s'étonner de la hâte avec laquelle elle avait quitté Hales pour arriver ici la première et être prête à les recevoir.

Eh bien, pensa-t-il, si l'état de Haluin le permet, on sera partis demain et elle aura tous ses apaisements. Si nécessaire, on trouvera un endroit où se reposer à un ou deux milles et elle pourra rayer Haluin de ses pensées.

Le jeune écuyer était resté immobile, suivant des yeux son maître qui se rendait chez sa mère ; il avait jeté le manteau d'Audemar sur son épaule et ses cheveux paraissaient presque blancs sur cette étoffe sombre. Il avait encore la grâce anguleuse d'un jeune poulain, propre à la jeunesse. D'ici un an ou deux, sa charpente mince s'étofferait et il serait à la fois fort et avenant, capable de contrôler chacun de ses mouvements, mais pour l'instant il avait encore l'air incertain, vulnérable d'un enfant. Il regarda Audemar s'éloigner, l'air surpris, méditatif et dévisagea Cadfael d'un œil candide et curieux avant de porter ses pas vers l'entrée de la demeure de son seigneur.

Il devait s'agir de ce Roscelin dont Adélaïde avait parlé, songea Cadfael, étudiant la silhouette qui s'éloignait. D'après sa stature et son teint, il ne devait pas être de la maison, mais ça n'était pas un domestique non plus. Sans doute un fils de l'un des vassaux d'Audemar envoyé chez son suzerain pour se former aux armes et prendre les manières d'une petite cour afin de se préparer à entrer dans le vaste monde. Ce genre de jeunes gens fourmillait chez tous les grands barons. Pourquoi les de Clary n'en auraient-ils pas un ou deux à domicile ?

La fraîcheur était tombée en ce début de soirée et un vent mordant s'était levé auquel se mêlaient quelques aiguilles d'une fine neige fondue qui piquaient la peau. On serait bientôt rendu à vêpres. Cadfael fut heureux d'échapper au froid ; en entrant, il trouva Haluin éveillé qui l'attendait, silencieux, tendu, maintenant que l'heure de l'accomplissement allait sonner.

Il était patent qu'Adélaïde avait soigneusement pris ses dispositions. Personne ne s'immisça dans leur intimité, ne leur posa la moindre question, ne manifesta la moindre curiosité. Avant vêpres, le petit Luc leur apporta à manger et, à la fin de l'office, on les laissa seuls dans l'église conduire leur veillée à leur guise. Il est peu probable qu'un membre de la maisonnée s'interrogeât sur leur présence. Ils étaient accoutumés à toutes sortes de visiteurs de passage, avec des besoins différents, et les dévotions de deux bénédictins itinérants ne surprirent personne. Si des moines de l'abbaye de Saint-Pierre avaient décidé de passer la nuit en prière dans une église dédiée à saint Pierre, il n'y avait pas de quoi s'en étonner et puis ça ne les regardait pas.

Ainsi donc, frère Haluin avait obtenu le droit d'accomplir son vœu. Il n'aurait rien pour rendre la pierre moins dure, pas de manteau supplémentaire pour combattre le froid de la nuit, bref, rien pour adoucir les rigueurs de sa pénitence. Cadfael l'aida à s'agenouiller, à portée de l'appui solide de la tombe de façon à éviter de tomber trop brutalement s'il était pris de faiblesse ou de vertige. Ses béquilles furent disposées au pied de la pierre tombale. Il ne permettrait à personne de s'immiscer plus avant dans ses affaires. Mais Cadfael se mit à genoux avec lui, dissimulé dans l'ombre pour le laisser seul avec sa Bertrade et Dieu qui ne manquerait pas de lui prêter une oreille compatissante.

La nuit fut longue et froide. La lampe d'autel était comme un œil lumineux dans la pénombre et rappelait la couleur du feu à défaut d'en avoir la chaleur. Les heures défilaient l'une après l'autre dans le silence, comme portées par une vague infinitésimale ; le souffle de Haluin s'élevait, régulier et un murmure constant s'échappait de ses lèvres que l'on sentait dans son sang et au plus profond de soi-même plutôt que par l'oreille. De son cœur débordant montait un flot inépuisable de mots à l'adresse de celle qu'il avait aimée et qui était morte. Il était si passionné, tendu, qu'il ne sentait plus la douleur, qui n'en reprit pas moins ses droits avant minuit et ne le quitta plus jusqu'à l'aube qui marqua la fin de son épreuve et l'arracha à cette sorte d'état de grâce.

Quand il ouvrit enfin les yeux sur la vive lumière d'un matin nimbé de givre et qu'il écarta laborieusement ses mains jointes glacées, les bruits ordinaires des activités propres à la matinée étaient déjà nettement audibles au-dehors. Haluin, hébété, cligna des paupières ; on aurait cru qu'il revenait d'un très lointain voyage intérieur. Il tenta de bouger, d'agripper le rebord de la tombe mais ses doigts étaient si gourds qu'ils ne sentaient plus leur prise et ses bras si ankylosés qu'il ne put prendre appui sur eux pour se relever. Cadfael lui tendit une main secourable pour l'aider à se redresser, mais Haluin ne parvint pas à déplier ses genoux pour poser sur le sol son bon pied et il s'appuya lourdement sur son compagnon. Il y eut soudain des pas légers, précipités, et un autre bras, jeune et fort, le prit de l'autre côté ; une tête blonde s'inclina vers l'épaule de l'infirme qui, entre ces deux vivants piliers, put reprendre contact avec le sol, mais il évita de bouger tant que son sang ne recommençait pas à circuler normalement dans ses jambes qui lui refusaient tout service.

– Pour l'amour de Dieu, monsieur, s'écria le petit Roscelin, est-il bien indispensable que vous vous infligiez pareille épreuve alors que vous en avez déjà bien assez comme ça à supporter ?

Haluin était trop stupéfait et il n'avait pas encore suffisamment repris contact avec la réalité pour être capable de comprendre ce dont il s'agissait, et encore moins de répondre. Et si, en son for intérieur, Cadfael trouva la question marquée au coin du bon sens, il se contenta de suggérer au jeune homme de ne pas relâcher son soutien pendant que lui ramassait ses béquilles.

— Dieu vous bénisse, dit-il, vous êtes arrivé à point nommé. Mais évitez de le gronder, vous perdriez votre temps. Il a prononcé un serment.

— En voilà un serment! s'exclama le garçon, avec l'arrogante certitude propre à la jeunesse. Qui s'en portera mieux pour autant?

Mais, malgré sa désapprobation, il n'abandonna pas Haluin pour autant tout en le regardant avec une expression où il entrait au moins autant d'inquiétude que d'exaspération.

— Lui, pour commencer, répliqua Cadfael, glissant les béquilles sous les aisselles de Haluin dont il s'efforça de réchauffer les mains glacées, encore incapables d'en saisir les poignées. C'est difficile à croire, mais c'est pourtant comme ça. Bon, laissez-le s'appuyer dessus, à présent, mais ne le lâchez pas encore. C'est bien beau à votre âge, on a le sommeil facile, rien à regretter ni à se faire pardonner. Oh ! mais j'y songe, comment êtes-vous arrivé exactement au bon moment? demanda-t-il, observant le jeune homme qui témoignait d'un intérêt tout particulier. On vous a envoyé?

Il n'était en effet guère vraisemblable qu'Adélaïde se fût servie de ce garçon, trop jeune, trop peu diplomate, trop innocent, pour conduire ses hôtes encombrants loin d'Elford.

— Non, répondit Roscelin d'un ton sec, avant d'ajouter de meilleure grâce : J'étais curieux.

— C'est humain, admit Cadfael, reconnaissant là son péché mignon.

— Et ce matin, Audemar n'a pas besoin de moi dans l'immédiat; il a du travail avec son intendant. Ne vaudrait-il pas mieux ramener votre collègue dans sa chambre, où il sera au chaud? Comment va-t-on s'y prendre? Je peux aller chercher un cheval si vous êtes capable de le mettre en selle.

Haluin reprit contact avec la réalité pour se rendre compte qu'on s'occupait de lui et qu'on s'entretenait à son sujet comme s'il était incapable de prendre soin de lui-même et qu'il ignorait où il se trouvait. Il se raidit d'instinct devant cet outrage.

— Non, inutile, je vous remercie; ça va maintenant. Vous vous êtes montrés déjà bien assez bons pour moi.

Là-dessus, il empoigna ses béquilles de ses doigts qui s'étaient assouplis et il s'éloigna à pas prudents de la tombe de Bertrade.

Ils le suivirent de près, chacun d'un côté, au cas où il trébucherait, Roscelin le précédant dans l'escalier aux marches peu élevées pour le retenir s'il partait en avant et Cadfael juste sur ses talons pour le soutenir s'il tombait en arrière. Mais ils n'eurent pas à intervenir, Haluin avait retrouvé ses forces, et la volonté de se débrouiller seul, quel que soit le prix à payer pour cet effort. Et puis, rien ne pressait. Quand il en sentirait le besoin, il pourrait s'appuyer sur ses béquilles pour reprendre souffle, ce qui se produisit trois fois avant d'atteindre la cour d'Audemar, déjà pleine de gens qui s'affairaient au fournil, aux écuries, au puits alimenté par une source. Cadfael songea que c'était très révélateur quant à la délicatesse et à la vivacité de Roscelin, cette manière d'attendre sans commentaire ni impatience que Haluin reprenne sa marche et de s'abstenir de l'aider sans en avoir été prié. C'est ainsi que Haluin, comme il le souhaitait, retrouva son logis d'occasion, chez Audemar, boitillant sur ses pieds déformés, et qu'il put s'accorder un repos qu'il jugeait ne pas avoir volé.

Roscelin continua à les suivre, toujours curieux et apparemment pas pressé de vaquer à ses propres occupations.

— Alors, c'est tout? demanda-t-il, regardant Haluin s'étendre avec un soulagement manifeste et tirer sur ses membres las une couverture de laine. Où irez-vous quand vous nous quitterez? Quand comptez-vous partir? Aujourd'hui même? Je pense que non.

— Nous retournerons à Shrewsbury, répondit Cadfael. Aujourd'hui, j'en doute. Il serait sage de prendre une journée de repos.

A en juger par le visage fatigué mais détendu de Haluin et sa façon de s'abstraire, il était évident qu'il n'allait pas tarder à dormir. Ce serait un sommeil béni, le meilleur sûrement depuis sa confession.

— Je vous ai vu rentrer hier avec le seigneur Audemar, mentionna Cadfael, étudiant le jeune visage qu'il avait sous les yeux. La châtelaine a parlé de vous. Vous êtes de la famille?

— Non, répondit le garçon, avec un signe de dénégation. Mon père est l'un de ses locataires et son vassal aussi. Ils sont amis depuis toujours, et ils se sont alliés par mariage il y a déjà un bout de temps. Non, mon père m'a ordonné de venir ici me mettre au service d'Audemar.

— Mais vous n'y teniez pas, observa Cadfael, se fondant sur son intonation plus que sur ses propos.

— Ah non alors ! L'idée ne vient pas de moi ! répliqua sèchement Roscelin qui se mit à fixer le plancher, les sourcils froncés.

— Cependant, selon toute apparence, il eût été difficile de trouver meilleur maître, suggéra doucement Cadfael. Vous auriez pu tomber sur bien pire.

— Oh ! il n'est pas mal ! admit le garçon, beau joueur. Je n'ai pas à me plaindre de lui. C'est à mon père que j'en veux de m'avoir envoyé ici pour se débarrasser de moi, et ça, c'est la vérité.

— Ah bon ? Et pourquoi un père tiendrait-il à ce que vous vidiez les lieux ? s'étonna Cadfael, plein de curiosité mais sans l'interroger directement.

Car enfin, ce garçon était incontestablement un fils très présentable, de belle prestance, bien élevé et décidément très avenant avec ses cheveux blonds, ses belles joues lisses. Quel père n'aurait pas été fier de le présenter à son entourage ? Même boudeur, il avait un visage attirant et il ne fallait pas être grand clerc pour voir que son service ne l'enthousiasmait pas.

— Il a ses raisons, répliqua-t-il, morose. Vous aussi, vous les trouveriez bonnes, je le sais. Et je ne me reconnais pas le droit de lui refuser l'obéissance qui lui est due. Me voici donc ici, et j'ai promis d'y rester tant que mon seigneur et mon père ne m'autoriseraient pas à m'en aller. Et puis, je suis forcé d'admettre que l'endroit ne manque pas d'agréments. Alors autant que j'en profite pendant que j'y suis.

Il semblait s'être mis à penser à quelque chose de plus sérieux, car il resta assis un moment, silencieux, fixant ses mains crispées, plissant le front ; puis il releva la tête, jaugeant Cadfael, dont il contempla longuement l'habit noir et la tonsure.

— Je me suis posé la question, mon frère, commença-t-il de but en blanc, de temps en temps... la vie monastique... Il y a des gens qui l'ont adoptée, n'est-ce pas ? parce que ce à quoi ils tenaient le plus était hors d'atteinte ! C'est vrai, non ? Est-ce que cela peut donner un sens à la vie... si la vie qu'on désire est hors de portée ?

— Oui, répondit doucement frère Haluin comme s'il sortait d'un rêve éveillé très proche du sommeil. Oui, c'est possible.

— Je ne conseillerais à personne d'entrer au couvent faute de mieux, objecta fermement Cadfael.

C'était cependant la solution qu'avait adoptée Haluin, longtemps auparavant, et celui-ci parlait maintenant comme un être qui se rappelle une révélation, l'instant où s'ouvre le regard intérieur, alors même que ses yeux lourds de sommeil allaient se fermer.

— Cela pourrait être long, reprit Haluin, animé d'une certitude calme, mais à la fin il ne s'agirait plus d'un « faute de mieux ».

Il aspira profondément et, tournant la tête de l'autre côté sur l'oreiller, poussa un grand soupir. Ils l'observaient si intensément, dubitatifs, un peu interloqués, qu'ils n'entendirent ni l'un ni l'autre quelqu'un approcher vivement, au-dehors, et ils se tournèrent, tout surpris, quand la porte s'ouvrit à la volée pour livrer passage à Lothaire qui apportait un panier de nourriture et un pichet de petite bière pour les occupants. En voyant Roscelin assis familièrement sur la paillasse de Cadfael et apparemment en bons termes avec les deux religieux, le visage tanné du palefrenier se durcit soudain, presque dangereusement et, pendant un instant, une flamme sombre dansa dans ses yeux pâles avant de disparaître.

— Qu'est-ce que tu fabriques ici ? demanda-t-il sans ménagement, comme un égal, avec l'autorité sans ambiguïté de l'âge. Maître Roger te cherche et le seigneur Audemar veut que tu le rejoignes dès qu'il aura déjeuné. Si j'étais toi, je filerais, et sans demander mon reste, encore.

Affirmer que Roscelin prit mal cet avertissement ou manifesta la moindre inquiétude eût été excessif ; il se contenta d'un sourire amusé et ne se formalisa pas du ton sur lequel on lui adressait la parole. Toutefois il se leva aussitôt et avec un signe de tête et un mot en guise d'au revoir il s'éloigna sans discuter, mais sans hâte. Plissant les yeux, Lothaire le regarda s'en aller depuis l'encadrement de la porte, et il n'entra franchement dans la pièce avec son chargement que quand le garçon fut arrivé à l'escalier menant au logis.

« Notre chien de garde, songea Cadfael *in petto*, a reçu l'ordre d'éloigner quiconque s'approcherait d'un peu trop près mais il n'avait pas compté avec le jeune Roscelin. N'empêche, je voudrais bien savoir pourquoi sa présence le dérangeait à ce point. Car c'est la première fois que je vois s'émouvoir ce bonhomme impassible. »

CHAPITRE SIX

Adélaïde en personne vint leur rendre une visite de politesse après la messe, s'enquérant, pleine de sollicitude, de la santé et du bien-être des deux bénédictins qu'elle hébergeait. Cadfael envisagea comme probable que Lothaire lui ait rapporté la visite aussi gênante qu'indésirable du petit Roscelin dans un domaine où elle ne voulait introduire personne. Elle apparut à la porte de leur petite chambre, un livre de prières à la main, seule, après avoir renvoyé sa suivante à ses appartements. Haluin était réveillé et il voulut se lever de sa paillasse par courtoisie respectueuse envers leur hôtesse ; il tendit hâtivement le bras vers ses béquilles, mais d'un geste de la main elle lui indiqua de se rasseoir.

– Je vous en prie, ne bougez pas ! Pas de cérémonie entre nous. Alors, comment vous portez-vous, maintenant que votre vœu est accompli ? J'espère que vous avez trouvé la grâce et que vous pourrez regagner votre cloître en paix. C'est ce que je vous souhaite de tout cœur. Un bon voyage et un retour sans histoire !

« Et surtout, ajouta Cadfael en lui-même, de partir au plus vite. Ce qu'on ne saurait lui reprocher. Moi aussi, c'est ce que je souhaite, sans parler de Haluin. Qu'on en finisse avec toute cette histoire, proprement, sans causer de tort à personne, qu'on s'accorde un pardon mutuel et qu'il n'en soit plus jamais question. »

— Vous ne vous êtes pas beaucoup reposés et la route est longue d'ici à Shrewsbury. A la cuisine on vous fournira de la nourriture pour les premières étapes du voyage. Mais je pense que vous devriez accepter qu'on vous prête des chevaux. J'en ai déjà touché un mot à frère Cadfael. Il y a tout ce qu'il faut aux écuries, mais je me répète. Toujours est-il que vous ne devriez pas entreprendre ce trajet à pied.

— Nous vous sommes reconnaissants pour cette offre et pour toutes vos bontés, se hâta de protester Haluin, mais je ne saurais accepter. J'ai promis d'aller et de revenir à pied et je me dois de tenir ma parole. C'est un acte de foi ; je ne vais pas si mal que je ne puisse plus être d'aucune utilité à Dieu ni aux hommes ; vous ne voudriez pas que je revienne ayant renié mon serment.

Devant cette obstination, elle secoua la tête, apparemment résignée.

— Votre collègue m'avait prévenue et je m'attendais à votre réponse mais j'espérais que vous seriez capable d'entendre raison. J'imagine que vous êtes tenus de regagner votre abbaye dès que possible. Cet argument serait-il de nature à vous convaincre ? Si vous tenez tellement à repartir à pied, cependant, vous ne pouvez pas vous mettre en route avant demain matin. Songez à la nuit éprouvante que vous avez passée sur les pierres dans l'église.

Haluin vit sans doute dans ces propos une véritable sollicitude et une invitation à rester jusqu'à ce qu'il se soit complètement reposé ; mais pour Cadfael, cela sonnait comme une manière délicate de les mettre à la porte.

— Je n'ai jamais pensé qu'il me serait facile de tenir ma parole ni que cela devrait l'être. Il convient qu'une épreuve impose des difficultés et je suis parfaitement capable d'affronter les miennes. Vous avez raison, je dois à mon abbé et à mes frères de reprendre mes tâches aussi vite que possible. Il faut que nous partions aujourd'hui. La nuit ne tombera pas avant plusieurs heures, ne perdons pas de temps.

Force était de rendre justice à Adélaïde, elle parut stupéfaite de le voir agir exactement comme elle le souhaitait, même si elle n'avait pas exprimé franchement sa pensée. Elle insista, sans aucune chaleur, sur le besoin qu'avait Haluin de se reposer, mais céda aisément devant son entêtement. Les choses s'étaient déroulées conformément à ses désirs ; elle pouvait se permettre un bref mouvement de regret et de pitié.

— Qu'il en soit ainsi, si c'est ce que vous voulez. Luc vous apportera à boire et à manger avant votre départ et remplira votre besace. Quant à moi, je suis pleine de bonne volonté à votre égard. Maintenant et à jamais je forme des vœux pour votre bonheur.

Quand elle fut sortie, Haluin resta un moment

silencieux, frissonnant un peu dans son coin à présent que les choses en étaient arrivées là. C'est ce qu'il avait espéré, mais il n'en était pas moins bouleversé.

— Je vous ai inutilement compliqué la vie, se désola-t-il. Vous êtes sans doute aussi fatigué que moi et je vous ai forcé à partir ainsi, sans dormir. Elle voulait nous voir quitter les lieux et moi aussi, je l'avoue. Plus tôt nous lèverons le camp et mieux ce sera.

— Je suis entièrement d'accord, déclara Cadfael. Une fois sortis d'ici, inutile d'aller bien loin, vous en êtes incapable aujourd'hui. Mais ce que nous voulons, c'est nous en aller.

Ils franchirent les portes du manoir d'Audemar de Clary sous un ciel lourd parcouru de nuages gris et prirent à l'ouest, le long du sentier qui traversait Elford. Un vent froid, insidieux, leur soufflait au visage. Mais le plus dur était terminé. A partir de maintenant, chaque pas les ramenait à une vie normale, aux horaires monastiques et à la ronde rassurante du travail, de l'adoration et de la prière.

Depuis la grand-route, Cadfael regarda une fois derrière lui et vit les deux palefreniers, près du portail, qui les suivaient des yeux. Deux silhouettes solides, robustes, taciturnes, indéchiffrables, qui fixaient les intrus en train de s'éloigner du regard clair, farouche, des gens du Nord. Cadfael songea qu'ils s'assuraient que les ennuis que la visite avait causés à la châtelaine disparaissaient eux aussi sans laisser de traces.

Les moines ne regardèrent pas deux fois en arrière. Il importait maintenant de mettre au moins un bon mille entre eux et la demeure d'Elford par mesure de précaution ; après cela, ils pourraient de bonne heure se mettre en quête d'un abri pour la nuit car il était clair que, nonobstant ses résolutions, Haluin était épuisé, gris de fatigue et qu'il n'irait pas loin sans risquer de s'écrouler. Sur son visage se lisait sa détermination, il avançait d'un bon pas mais s'appuyait lourdement sur ses béquilles ; dans ses orbites profondes ses yeux étaient noirs et dilatés. On pouvait même se demander s'il jouissait de cette paix de l'esprit qu'il aurait dû trouver auprès de la tombe de Bertrade. Peut-être n'était-ce pas Bertrade qui continuait à le hanter…

– Je ne la reverrai jamais, souffla Haluin s'adressant à Dieu, à lui-même ou au crépuscule qui approchait, plus qu'à Cadfael.

Et il était difficile de savoir s'il y avait dans cette phrase plus de soulagement que de regret, comme s'il laissait derrière lui quelque chose d'inachevé.

La première neige d'un mois de mars fantasque leur tomba dessus à l'improviste ; le ciel était bas et ils étaient à quelque deux milles d'Elford. Il y avait du givre dans l'air. Il n'allait pas neiger longtemps ; en attendant, les flocons étaient épais, aveuglants, leur piquant le visage et les empêchant de distinguer la route. Le soir se referma prématurément sur eux, presque sans qu'ils s'y attendent. Au sein de cette obscurité, les tourbillons de neige les égaraient, leur dissimulant les repères sur ce terrain dégagé, battu par les vents, sans arbres de part et d'autre.

Haluin avait commencé à trébucher, gêné par les flocons qui lui fouettaient la face, incapable, et pour cause, de libérer une de ses mains pour resserrer autour de lui les pans de son manteau et se protéger de la violence des éléments. Deux fois il enfonça sa béquille hors du sentier et faillit choir. Cadfael s'arrêta et resta tout près, le dos au vent, afin de donner à son compagnon le temps de respirer et l'abriter un instant, tout en essayant de se repérer, d'après ce qu'il se rappelait de la topographie des lieux à l'aller. N'importe quelle habitation, si modeste soit-elle, serait la bienvenue tant que la tempête se prolongerait. Il crut se souvenir qu'il y avait dans les parages un sentier qui bifurquait vers le nord et semblait conduire à un petit hameau resserré sur lui-même et à la longue palissade d'une clôture de manoir, seul signe de vie que l'on pouvait apercevoir de la route.

Il ne s'était pas trompé. Passant prudemment le premier, suivi de près par Haluin, il atteignit un groupe isolé de buissons et d'arbustes bas qu'il se rappelait fort bien dans cette plaine aux arbres rares, et, un peu plus loin, débouchait le chemin. Ils virent même la lueur fugitive d'une torche dans la tourmente de neige, lueur qui les aida à se diriger vers cette maison lointaine. Si le seigneur des lieux allumait un flambeau pour les voyageurs égarés, ceux-ci étaient fondés à s'attendre à un accueil chaleureux.

Cela leur prit plus de temps pour parvenir au

petit village que Cadfael ne l'avait prévu, car Haluin marchait de plus en plus mal et il leur fallait aller très lentement. Cadfael devait constamment revenir en arrière pour éviter de le distancer. Çà et là, un arbre solitaire se détachait soudain de cette blancheur tourbillonnante, tant à gauche qu'à droite, pour s'évanouir tout aussi brusquement. Les flocons avaient encore grossi, se chargeant d'humidité et l'atmosphère se réchauffait. Cette chute de neige ne durerait sûrement pas au-delà du matin. Au-dessus de leur tête, le vent violent déchirait les nuages, découvrant des étoiles dispersées.

La lumière de la torche avait disparu, dissimulée derrière la palissade du manoir. L'encadrement en bois massif du portail se détacha dans l'obscurité, prolongé à main gauche par la haute clôture. La porte, elle, était grande ouverte sur la droite. Soudain, le flambeau reparut, à l'autre bout d'une vaste cour, fiché dans une torchère placée au-dessous des auvents afin d'éclairer l'escalier de l'entrée. Le long de la palissade, il y avait la succession habituelle des bâtiments de service. En arrivant, Cadfael poussa un grand cri, et un homme qui sortait des écuries et cherchait son chemin dans la tourmente lui répondit, appelant d'autres gens à la rescousse. En haut des marches, la porte de la maison s'ouvrit sur la vision réconfortante d'un feu.

Cadfael prit Haluin sous le bras pour l'aider à s'approcher et un autre bras se tendit afin de lui porter assistance, l'attirant vigoureusement derrière la haie où ils trouvèrent un abri relatif. Une voix puissante s'éleva, claironnante, dans la tempête :

— Eh bien, mes frères, quelle drôle d'idée d'être dehors par une nuit pareille ! Tenez bon, vos ennuis sont terminés ; notre porte n'est jamais fermée à des gens vêtus comme vous l'êtes.

On sortait alors de partout pour accueillir les voyageurs de l'hiver ; un jeune homme surgit d'une cave voûtée en se protégeant la tête et les épaules d'un sac. Un autre, plus âgé, barbu portant une robe, descendit la moitié des marches pour se précipiter vers eux. On porta pratiquement Haluin depuis la raide volée d'escalier jusque dans la grande salle où le maître de céans quitta hâtivement son cabinet privé afin de saluer ses hôtes.

Il était blond, avec une longue ossature, sans trop de chair pour la recouvrir ; il avait une courte barbe de la couleur des chaumes et une épaisse chevelure d'une nuance similaire. Cadfael lui donna un peu moins de quarante ans ; un visage coloré, franc, dans lequel ses yeux bleus de Saxon brillaient d'un éclat remarquable, pleins de candeur et d'inquiétude.

— Entrez, entrez, mes frères ! Dieu soit loué, vous nous avez trouvés ! Vous autres, amenez-les par ici, près du feu.

Il avait tout de suite reconnu des bénédictins, dont l'habit était plein de neige qui fondait en sifflant au contact du feu dans la cheminée placée au centre de la grande salle. Il constata que le plus jeune des deux moines était infirme, qu'il semblait à bout de forces, qui plus est, à en juger par son teint grisâtre.

— Edgytha, tu veilleras à ce qu'on prépare des lits dans la chambre du fond et tu demanderas à

Edwin de nous apporter un supplément de vin chaud.

Il avait une voix forte, sympathique, pleine de sollicitude. Sans hâte apparente, il dépêcha ses serviteurs où il voulait qu'ils aillent afin d'exécuter ses ordres et il s'occupa lui-même d'installer Haluin sur un banc, contre le mur, où la chaleur du feu le revigorerait.

— Votre jeune frère est plutôt mal en point, glissa-t-il en aparté à Cadfael. Parcourir ainsi les routes si loin de chez lui, a-t-on idée ! Il n'y a aucune maison de votre ordre dans la région, à l'exception des sœurs de Farewell, la nouvelle fondation de l'évêque. D'où venez-vous au juste ?

— De Shrewsbury, l'informa Cadfael, tout en appuyant les béquilles d'Haluin sur le banc, afin qu'il puisse s'en servir quand il le désirerait.

Ce dernier était assis, les yeux fermés, ses joues ternes reprenant un peu de couleurs, maintenant qu'il pouvait se reposer.

— Vraiment ? Votre abbé n'aurait-il pas pu envoyer un homme valide s'il avait des affaires à traiter dans un autre comté ?

— C'est Haluin qui avait des affaires à traiter. Personne d'autre que lui n'aurait pu les régler. Maintenant, nous sommes sur le chemin du retour et nous rentrerons chez nous par étapes, toujours avec l'aide d'âmes charitables comme vous. Puis-je vous demander comment s'appelle cet endroit ? La région ne m'est pas très familière.

— Mon nom est Cenred Vivier ; je le tiens de ce manoir. Je connais à présent celui de votre ami, mais le vôtre ?

— Cadfael. Je suis né gallois et j'ai été élevé de part et d'autre des marches. Je suis entré à l'abbaye de Shrewsbury il y a plus de vingt ans. Si je me trouve ici, c'est pour tenir compagnie à Haluin et veiller à ce qu'il arrive sain et sauf où il voulait aller et qu'il revienne de même.

— Pas facile, blessé comme il est, admit Cenred, à voix basse, observant tristement les pieds de Haluin. Mais comment cela lui est-il arrivé ?

— Il est tombé d'un toit. Avec le mauvais temps que nous avons eu, il y avait des réparations à effectuer. Ce sont les ardoises qui sont tombées après lui qui l'ont littéralement lacéré. Encore heureux qu'il ait survécu.

Ils parlaient de l'infirme à mi-voix, un peu à l'écart, et cependant Haluin était aussi immobile et détendu que s'il s'était endormi, les yeux fermés, ses longs cils ombrageant ses joues creuses. Autour d'eux, la pièce s'était vidée, les domestiques ayant porté leurs activités ailleurs, se chargeant des oreillers et couvertures, s'affairant à la cuisine.

— Je trouve qu'ils tardent avec le vin, observa Cenred, et vous avez sûrement besoin de vous réchauffer tous les deux. Si vous voulez m'excuser, mon frère, je vais accélérer les choses à l'office.

Il s'éloigna vivement et, à son passage, les paupières de Haluin frémirent. Au bout d'un moment il les souleva et regarda lentement, hébété, autour de lui, enregistrant la pénombre tiède de la grande salle au plafond élevé, le feu rougeoyant, les lourdes tentures qui dissimulaient aux regards deux alcôves et la porte entrebâillée du cabinet d'où était sorti Cenred. A l'intérieur, on distinguait la pâle lueur droite d'un chandelier.

— Ai-je rêvé ? interrogea Haluin, tout ébahi. Comment sommes-nous arrivés là ? Quelle est cette maison ?

— Ne vous mettez pas en peine, nous sommes venus sur nos deux jambes, le rassura Cadfael. Il a simplement fallu vous donner un coup de main pour monter l'escalier. Nous nous trouvons au manoir de Vivier dont le propriétaire se nomme Cenred. Nous sommes en de bonnes mains.

— Je ne suis pas aussi solide que je le croyais, constata tristement Haluin en poussant un long soupir.

— Peu importe, vous pouvez vous reposer à présent. Nous avons laissé Elford derrière nous.

Ils s'exprimaient à voix basse, un peu impressionnés par le silence environnant qui régnait au centre de cette demeure pourtant habitée. Quand ils se turent tous deux ils eurent le sentiment que, dans ce calme, il allait se passer quelque chose. C'est alors que la porte du cabinet s'ouvrit complètement sur la pâle lumière dorée qui éclairait la pièce et une femme apparut dans l'encadrement de ladite porte. Pendant un instant, à la lumière douce qui brillait derrière elle, sa silhouette se dessina nettement en ombre chinoise, une silhouette mince, très droite, de femme mûre, aux mouvements pleins de dignité, la maîtresse de maison certainement, l'épouse de Cenred. Immédiatement après, elle avança de deux ou trois pas légers et pénétra dans la grande salle. La lueur du flambeau le plus proche l'arracha complètement de l'obscurité et ils virent apparaître un être profondément différent. Tout en elle avait changé. On était loin de la gracieuse châtelaine à la trentaine bien sonnée, mais en face d'une jeune fille harmonieuse, au frais minois de dix-sept, dix-huit ans tout au plus. Elle avait un visage ovale où brillaient deux grands yeux étonnés, surmontés d'un vaste front doux et blanc comme une perle.

Haluin poussa un drôle de petit cri qui tenait du halètement et du soupir, s'agrippa à ses béquilles et se hissa sur ses pieds, dévisageant cette apparition soudaine et lumineuse, tandis que la jeune fille, à cent lieues de s'attendre à tomber sur deux étrangers, se reculait précipitamment en le dévorant du regard. Pendant un moment, ils restèrent ainsi, puis la demoiselle pivota, toujours sans souffler mot, et retourna dans le cabinet dont elle tira presque furtivement la porte derrière elle.

Haluin relâcha son étreinte, les bras pendants, inertes, les béquilles glissèrent doucement sur le sol tandis que lui-même, d'un mouvement très lent, s'effondrait face contre terre où il resta inconscient sur la natte de joncs qui tenait lieu de tapis.

On le porta à son lit, dans une chambre calme, loin de la grande salle, où on le coucha, toujours évanoui.

— Simple fatigue, affirma Cadfael pour rassurer Cenred qui était accouru aux nouvelles. Je savais qu'il ne se ménageait pas assez, mais c'est terminé à présent. Laissons-le dormir jusqu'à demain matin et il sera de nouveau frais et dispos. Regardez, il ouvre les yeux. Il revient à lui.

Haluin bougea, ses paupières frémirent avant de

s'ouvrir sur son regard sombre, parfaitement conscient, qui se posa sur le cercle de visages inquiets qui l'entourait. Il reconnaissait les lieux et savait très bien ce qui s'était passé avant qu'on l'emporte car les premiers mots qu'il prononça furent pour s'excuser humblement d'avoir dérangé tout le monde et remercier chacun du mal qu'il s'était donné.

— *Mea culpa!* s'exclama-t-il. J'ai été présomptueux et j'ai présumé de mes forces. Mais ça va maintenant. Je me sens très bien!

Puisqu'il avait d'abord besoin de repos, c'était évident, on les laissa prendre leurs aises dans la petite chambre. Au cours de la soirée pourtant, ils reçurent plusieurs visites. L'intendant barbu leur apporta du vin chaud épicé avant de leur envoyer la vieille Edgytha munie d'eau chaude pour leur permettre de se laver les mains. Elle leur fournit aussi une lampe, de la nourriture et tout ce dont ils pourraient avoir besoin.

Elle était grande, nerveuse, débordante d'activité, âgée, semblait-il, d'une bonne soixantaine, avec les manières libres et l'air d'autorité des vieilles servantes qui ont passé des années à jouir de la confiance de leurs maîtres, ce qui leur confère une manière de privilège incontestable. Les jeunes servantes leur marquent du respect, si elles n'ont pas carrément peur d'elles, et sa robe noire impeccable ainsi que sa guimpe blanche toute simple, le trousseau de clés sonore qu'elle portait à la ceinture, témoignaient de son statut. Vers la fin de l'après-midi, elle revint, accompagnée d'une dame avenante, potelée, agréable, à la voix douce, qui s'enquit aimablement du confort des bons frères. Celui qui s'était évanoui s'était-il bien remis de sa faiblesse? L'épouse de Cenred était une jolie femme au teint rose, avec des cheveux et des yeux bruns; elle ne ressemblait en rien à la mince et fragile adolescente qui était sortie du cabinet et que l'apparition inattendue des deux étrangers avait forcée à la retraite.

— Le seigneur Cenred et sa dame ont-ils des enfants? interrogea Cadfael, quand leur hôtesse eut quitté la pièce.

Edgytha avait serré les lèvres; elle était tellement jalouse de « sa » famille et de tout ce qui la concernait qu'elle considérait toute question comme suspecte, mais après mûre réflexion elle finit par répondre assez courtoisement :

— Ils ont un fils qui est déjà grand.

Et contrairement à ce à quoi ils s'attendaient, passant outre à sa répugnance pour satisfaire leur curiosité un peu choquante, elle ajouta :

— Il n'est pas là; il est parti servir le suzerain de mon seigneur Cenred.

On décelait dans son intonation une étrange réserve, voire de la désapprobation, bien qu'elle eût refusé de l'admettre. Cela faillit distraire Cadfael de ses préoccupations, mais il poursuivit, non sans délicatesse :

— Pas de fille? Une demoiselle est passée dans la grande salle sans s'attarder, pendant que nous attendions. C'est une fille de la maison?

Elle leur adressa un long regard pénétrant, sourcils relevés, lèvres serrées; manifestement cet intérêt pour les jeunes filles lui paraissait éminemment suspect de la part d'un membre du clergé. Mais une courtoisie sans faille était de mise envers les hôtes de la maison, même s'ils étaient loin de la mériter.

– Cette dame est la sœur du seigneur Cenred, expliqua-t-elle. Le vieux seigneur Edric, son père, s'est remarié sur ses vieux jours. En vérité, il la considère plus comme sa fille que comme sa sœur, vu leur différence d'âge. Je doute que vous la revoyiez. Elle s'en voudrait de troubler la quiétude de religieux de votre espèce. Elle a reçu une excellente éducation, conclut Edgytha avec une fierté personnelle évidente pour le travail qu'elle avait accompli.

Son attitude exprimait un avertissement adressé à ces moines noirs qui avaient atterri par hasard dans cette demeure et qui seraient bien inspirés de baisser les yeux devant cette jeune pucelle.

– Si c'est à vous qu'on l'a confiée, suggéra aimablement Cadfael, je ne doute pas qu'elle ait été parfaitement élevée, ce qui est tout à votre honneur. Vous êtes-vous aussi occupée du fils de Cenred ?

– Ma maîtresse n'aurait jamais voulu laisser ce soin à quiconque. Personne n'a eu à soigner des bébés aussi charmants, poursuivit la vieille femme, s'animant en repensant à ces enfants qu'elle avait eus sous sa garde. Je les aime autant que si c'était les miens.

Quand elle se fut éloignée, Haluin resta un moment silencieux, mais son regard brillait vif et clair et tous les traits de son visage montraient qu'il était sur le qui-vive.

— Y a-t-il vraiment eu une jeune fille qui est entrée ? demanda-t-il enfin, plissant le front dans l'effort qu'il accomplissait pour retrouver une image fugitive. Je n'ai pas bougé d'où j'étais afin de me souvenir de ce qui m'a à ce point secoué. Je me rappelle que mes béquilles m'ont échappé, mais c'est à peu près tout. Avec cette chaleur j'ai été pris comme d'un vertige.

Cadfael lui confirma qu'il avait effectivement entrevu une jeune fille.

— Il s'agit apparemment de la demi-sœur de Cenred, sa cadette de vingt ans. Si vous vous imaginez avoir rêvé, eh bien non, pas du tout. Elle est sortie du cabinet sans savoir que nous étions là et peut-être que notre allure lui a déplu car elle a immédiatement battu en retraite et refermé la porte derrière elle. Cela ne vous rappelle rien ?

Non, rien du tout, ou alors comme une image nébuleuse, seul vestige d'un rêve dont nous avons perdu la trame et qui disparaît dès qu'on essaie de le recréer. Il eut une mimique d'anxiété et secoua la tête, comme si sa vision claire avait été obscurcie par la fatigue.

— Non, ça ne me revient pas. Je revois la porte s'ouvrir. Inutile de vous dire que je vous crois sur parole, mais je ne me rappelle rien de rien, et sûrement pas un visage... Donc elle est entrée, je n'en doute pas... Demain peut-être...

— Nous ne la reverrons plus, murmura Cadfael, si le dragon qui la surveille de près ne m'a pas raconté d'histoires. M'est avis que dame Edgytha ne porte pas les religieux dans son cœur. Là-dessus, êtes-vous prêt à dormir ? J'éteins la lampe ?

Mais si Haluin ne se rappelait pas la jeune fille de la maison, si cette brève apparition s'était effacée, ne laissant derrière elle qu'une silhouette qui se dessinait à la lueur de la torche, Cadfael lui la revoyait clairement et mieux encore quand l'obscurité régna dans la pièce et qu'il resta immobile dans le noir, à côté de son compagnon endormi. Et non seulement il se souvenait d'elle mais il avait l'impression étrange, inquiétante, qu'elle était empreinte pour lui d'une signification particulière. Mais encore eût-il fallu être en mesure de mettre le doigt dessus. En quoi diable cela représentait-il un mystère dans son esprit ? Éveillé dans la pénombre, il repensa aux traits de ce visage, à la façon dont la jeune fille se déplaçait quand elle avait pénétré dans la lumière et il se demandait bien ce qu'il y avait de spécial dans tout ça. Toutes les femmes sont sœurs, d'accord, mais elle ne ressemblait à personne de sa connaissance. Et cependant l'impression de l'avoir déjà vue persistait. Bizarre.

Elle était grande, peut-être pas autant qu'elle en donnait l'impression, car sa minceur y était pour beaucoup ; en tout cas elle était d'une taille au-dessus de la moyenne pour une adolescente en passe de devenir une femme. Elle était gracieuse et se tenait très droite avec encore quelque chose de la vivacité fragile d'une enfant qui évoquait l'allure d'un jeune faon que le moindre son, le moindre mouvement effarouche. Surprise, elle s'était éloignée d'eux et elle avait tiré la porte avec une douceur pleine de mesure. Et que dire de son visage ? Elle n'était pas belle à proprement parler, sauf que la jeunesse, l'innocence sont toujours un gage de beauté. Elle avait un visage ovale qui, partant de son grand front, et de ses yeux très écartés, s'amincissait vers le menton ferme sans être pointu. Elle n'avait rien sur la tête, ses cheveux étaient tirés en arrière et tressés, mettant en valeur la peau claire et les grands yeux sous les sourcils droits et noirs, les longs cils, des yeux qui lui dévoraient la moitié de la figure. Pas entièrement noirs, songea Cadfael, car en dépit de leur couleur, ils semblaient clairs, leur regard l'avait tout de suite frappé bien qu'il ne l'ait vue qu'un instant. Ils étaient plutôt noisette avec des reflets verts et si profonds qu'on aurait pu s'y noyer. C'était là les yeux candides, vulnérables, d'un être qui ignorait complètement la peur, pareil aux jeunes créatures, vivant dans les bois, et que l'on n'a jamais chassées ni lésées. Il se souvint des lignes pures, fines de ses pommettes, aussi puissantes qu'élégantes. A part ses prunelles, c'était sans doute ce qu'elle avait de plus remarquable.

Et parmi tous ces détails qui lui revenaient à l'esprit, qu'est-ce qui le troublait ? Pourquoi n'arrivait-il pas à retrouver quelle femme elle lui évoquait ? Il se surprit à repasser un par un le visage de toutes celles qui avaient croisé sa route, durant la moitié d'une vie aussi longue que variée ; tantôt c'était une expression, un port de tête, un geste de la main. Il espérait ainsi provoquer l'étincelle qui déclencherait la mélodie du souvenir qui le fuyait. Mais il ne se passa rien, aucun écho ne retentit. La sœur de Cenred demeurait unique, à part, le hantant ainsi probablement parce qu'elle était apparue pour disparaître aussitôt. Et il y avait toutes les chances pour qu'il ne la revoie jamais.

Et cependant, la dernière vision fugitive qui demeura sous ses paupières au moment où il sombra dans le sommeil fut l'étonnement qui s'était peint sur le visage de la jeune fille.

Quand le jour se leva le temps ne semblait plus vouloir rester au grand froid ; presque toute la neige qui était tombée avait fondu et disparu, laissant au pied de chaque mur, de chaque tronc d'arbre, sa dentelle en lambeaux. Cadfael regarda par la porte du manoir, regrettant presque que la neige eût cessé car elle aurait eu pour effet d'empêcher Haluin de vouloir reprendre la route sur-le-champ. Mais, étant donné la façon dont les choses tournèrent, il s'avéra qu'il avait eu tort de s'inquiéter, car dès que tout le monde fut debout et que chacun commença à vaquer à ses occupations, l'intendant de Cenred vint leur rendre visite, les priant, de la part de son maître, de bien vouloir le rejoindre dans son cabinet quand ils auraient déjeuné car il avait quelque chose à leur demander.

Cenred était seul dans la pièce quand ils entrèrent et, sur le plancher de bois, les béquilles de Haluin produisirent un son mat. La lumière provenait de deux fenêtres profondes, étroites, où l'on avait creusé des sièges munis de coussins ; le long d'un des murs s'alignaient de beaux bancs-coffres, une table incrustée et, pour l'occupant des lieux, une unique chaise princière. Il était évident que dame Emma, la châtelaine, était à la tête d'une maison de qualité car les tentures et les coussins étaient couverts de belles broderies et le cadre de tapisserie, dans un coin, avec son motif inachevé aux couleurs brillantes, indiquait que la maîtresse de maison avait des doigts de fée.

— J'espère que vous avez bien dormi, mes frères, lança Cenred, se levant pour les saluer. Êtes-vous complètement remis de votre indisposition de la nuit dernière ? S'il y a ici quelque chose qu'on ait omis de mettre à votre disposition, parlez et vous serez exaucés. Dans ce manoir, considérez que vous êtes chez vous. J'espère que vous consentirez à y passer un ou deux jours de plus avant que vous n'éprouviez le besoin de repartir.

Cadfael partageait cet espoir tout en craignant que, poussé par sa nature exagérément scrupuleuse, Haluin n'élevât une objection, mais il n'eut pas même le temps d'ouvrir la bouche que Cenred poursuivit aussitôt :

— Oui, j'ai quelque chose à vous demander… L'un de vous a-t-il été ordonné prêtre ?

CHAPITRE SEPT

— Oui, répondit Haluin, après un moment de silence total, je suis prêtre. J'ai étudié pour prendre les ordres mineurs quand je suis entré à l'abbaye et j'ai été ordonné après mon trentième anniversaire. On nous encourage dans cette voie, enfin ceux qui arrivent encore jeunes et qui savent lire et écrire. En tant que prêtre, en quoi puis-je vous être utile ?

— Je désire que vous célébriez un mariage.

Cette fois, le silence dura plus longtemps et le regard qu'ils fixèrent sur leur hôte fut plus intense, prudent, méditatif. Car il eût semblé plus logique de pressentir un curé si on envisageait un mariage dans cette maison, un prêtre qui, lui, connaîtrait le pourquoi et le comment des choses, et non un bénédictin de passage qu'une tempête de neige avait conduit ici par hasard. Cenred vit le doute affleurer le visage attentif de Haluin.

— Je sais ce que vous pensez, reprit-il, que c'est plutôt l'affaire du curé de ma paroisse. Mais nous n'avons pas d'église à Vivier, bien que j'aie l'intention d'en édifier une et de la doter. Il se trouve, par-dessus le marché, que l'église paroissiale la plus proche n'a pas de curé pour l'instant, l'évêque n'ayant pas encore daigné en désigner un, car c'est de lui que cela dépend. Je comptais demander à un mien cousin qui a pris l'habit de venir, mais si vous êtes d'accord, nous lui épargnerons ce voyage d'hiver. Je vous assure qu'il n'y a rien d'anormal dans cette histoire et si cette union vous paraît précipitée, il y a à cela de bonnes raisons. Asseyez-vous donc et je vais vous expliquer ce que vous avez besoin de savoir. Comme cela, vous pourrez vous former votre opinion.

Avec cette véhémence empreinte d'une générosité impulsive qui semblait tellement naturelle chez lui, il s'avança à grands pas vers Haluin pour le soutenir par l'avant-bras tandis que lui-même s'installait sur le banc recouvert de coussins disposé le long des boiseries du mur. Cadfael s'assit près de son ami, se contentant d'écouter sans intervenir, puisque lui n'était pas prêtre, et n'avait donc pas de problème à se poser. En outre le retard que cela leur vaudrait était une bénédiction pour Haluin.

— Quand il était âgé, commença Cenred, entrant directement dans le vif du sujet, mon père s'est remarié et sa seconde épouse avait trente ans de moins que lui. J'étais déjà marié, mon fils avait un an, quand ma sœur Hélisende est née. Les deux enfants ont grandi dans cette maison aussi proches l'un de l'autre que s'ils étaient frère et sœur. Aucun de nous qui étions leurs aînés n'y avons vu malice ; nous étions heureux, au contraire, qu'ils aient de la compagnie. Je suis le principal fautif. Quand ils sont devenus autre chose que des compagnons de jeu, je ne me suis rendu compte de rien. Il ne m'a jamais effleuré l'esprit que les années transformeraient l'affection qu'ils se portaient en quelque chose de beaucoup plus périlleux. Je ne cherche pas à dissimuler la vérité, mes frères, une fois que je me suis trouvé confronté aux faits, et là, j'y étais bien obligé. On les avait laissés trop longtemps jouer ensemble ; ils étaient devenus trop proches. Leur affection a évolué à mon nez et à ma barbe. Et quand j'ai commencé à comprendre, il était presque trop tard. L'amour qu'ils se portent est incestueux tant ils sont proches par le sang. Dieu merci, ils n'ont pas fait l'amour ensemble. Pas encore. J'espère m'être réveillé à temps. Je jure devant Dieu que je veux leur bonheur à tous deux, mais quel bonheur peut-il y avoir dans cet amour abominable ? Il vaut bien mieux les séparer maintenant en espérant que le temps adoucira leur souffrance. J'ai envoyé mon fils apprendre le métier des armes chez mon suzerain, qui est mon ami et qui connaît mes raisons d'agir ainsi. Et malgré l'amertume que cet exil lui a causé, mon fils a promis de ne pas revenir avant que je ne l'y autorise. Ai-je agi comme il convenait ?

— Il me semble, répondit Haluin d'une voix lente, que vous n'aviez guère d'autre choix. Mais quel dommage que les choses en soient arrivées là !

— Je vous l'accorde. Mais quand deux enfants

se connaissent depuis si longtemps, il me paraît assez naturel qu'ils s'aiment beaucoup sans pour autant songer à se marier. Je me suis parfois demandé ce qu'Edgytha avait remarqué et qui était resté inaperçu pour moi. Elle leur a toujours tout passé. Mais jamais elle ne nous a soufflé mot de rien à ma femme ou à moi. Et que j'aie ou non pris la décision qu'il fallait, il faut que j'aille jusqu'au bout.

— Dites-moi, glissa Cadfael, intervenant pour la première fois, votre fils ne s'appellerait-il pas Roscelin ?

— Si, c'est exact, répondit Cenred avec un coup d'œil stupéfait à son interlocuteur. Mais comment le savez-vous ?

— Et votre suzerain, c'est Audemar de Clary. Eh bien, nous sommes arrivés directement d'Elford. C'est là que je me suis entretenu avec votre fils, il est venu prêter main-forte... et un bras secourable à frère Haluin quand il en a eu besoin.

— Vous lui avez parlé ! ? Et que vous a-t-il raconté, à Elford, sur moi en particulier ?

Il était plutôt tendu, prêt à entendre des choses désagréables et des reproches pleins d'amertume d'un fils qui se sentait chassé de chez lui. Mais il les subirait s'il le fallait.

— Pas grand-chose, et rien sûrement que vous n'auriez pas pu entendre sans vous mettre en peine. Pas un mot sur votre sœur. Il a signalé qu'il avait quitté son foyer à la demande de son père et qu'il ne pouvait pas refuser ce que l'obéissance exigeait. Nous n'avons pas eu plus de quelques minutes, et encore, par hasard. Mais, d'après ce que j'ai vu, vous pouvez être fier de lui et dormir sur vos deux oreilles. Réfléchissez, il n'est guère qu'à trois milles d'ici, contre sa volonté, mais il reste fidèle à sa parole. Il n'y a qu'une chose que je me rappelle, poursuivit Cadfael, lançant un brusque coup de sonde, et qu'un père a le droit de savoir : il nous a demandé très solennellement si notre ordre pouvait offrir à quiconque une vie qui vaille la peine d'être vécue, s'il ne peut obtenir ce à quoi il tient le plus.

— Ah non ! Pas de ça ! protesta vigoureusement Cenred. Je ne voudrais pas pour tout l'or du monde qu'il renonce au métier des armes et à se faire un nom pour s'enterrer dans un couvent ! Ce n'est pas ce à quoi il est destiné ! Un garçon aussi riche de promesses ! Voilà, mes frères, qui me confirme dans mes intentions. Plus question de tergiverser à présent. Et quand ce sera terminé, il faudra bien qu'il accepte. Tant que ce ne sera pas définitif, il continuera à espérer l'impossible. C'est pourquoi je tiens à ce qu'elle se marie et qu'elle quitte cette maison avant que Roscelin n'ait l'occasion d'y remettre les pieds.

— Je vous comprends très bien, déclara Haluin, ouvrant tout grands ses yeux creux où se lisait une lueur de défi, mais quel que soit le bien-fondé de vos raisons, ce mariage ne me paraîtrait pas justifié si la dame n'est pas d'accord. Votre situation est sans doute difficile, mais cela ne vous donne pas le droit de sacrifier l'une pour sauver l'autre.

— Vous vous méprenez, objecta Cenred, sans

y mettre aucune passion. J'aime ma petite sœur ; nous avons parlé franchement de tout cela. Elle sait, non, elle reconnaît l'énormité du péché qui les menace et que cet amour ne les mène à rien. Elle tient autant que moi à trancher ce nœud terrible. Elle désire pour Roscelin une carrière honorable, parce qu'elle l'aime, et plutôt que de le voir se perdre elle accepte de chercher refuge auprès d'un autre qu'elle est d'accord pour épouser. Ce choix ne lui a pas été imposé. Et attention, je ne lui ai pas choisi n'importe qui ; cette union a de quoi la rendre fière. Jean de Perronet est un jeune homme bien né, il possède de grands domaines et il a de la fortune. Il doit arriver aujourd'hui, vous jugerez par vous-mêmes. Hélisende le connaît et l'apprécie à défaut de pouvoir l'aimer, du moins dans l'immédiat. Cela viendra peut-être car lui la trouve très attirante. Elle a donné son consentement sans réserve à ce mariage. Et Perronet présente l'immense avantage, ajouta-t-il, l'air sombre, d'habiter loin d'ici. Il l'emmènera à Buckingham, chez lui, hors de la vue de Roscelin. Je ne citerai pas le proverbe : « Loin des yeux, loin du cœur » mais avec la distance, les traits d'un visage s'effacent peu à peu et même les blessures les plus graves finissent par guérir.

Son inquiétude et sa détresse profondes le rendaient éloquent. C'était un homme bon qui s'intéressait au bien-être de toute sa maisonnée. Contrairement à Cadfael, il n'avait pas remarqué que le visage maigre de Haluin était devenu très pâle et que ses lèvres s'étaient douloureusement crispées ; quant à ses mains, il les serrait si fort sous les plis de son habit que les jointures en devenaient toutes blanches. Ces mots que Cenred avait employés sans y penser n'étaient pas destinés à blesser mais à émouvoir ; et cependant ils avaient rouvert la vieille plaie que le pénitent était venu guérir au bout de ce long chemin. Les traits de certain visage avaient peut-être perdu de leur netteté au bout de dix-huit ans, mais là, ils recommençaient à le brûler et à reprendre vie. Et les blessures qui n'ont jamais cessé de suppurer secrètement ne peuvent se refermer tant qu'on ne les a pas rouvertes et nettoyées, voire cautérisées si besoin est.

— Ni vous ni moi n'avons à craindre qu'elle ne soit pas aimée, ni tenue en haut estime avec de Perronet, mentionna Cenred. Voilà deux ans qu'il m'a demandé sa main, et bien qu'à l'époque elle n'ait pas voulu en entendre parler, ni de personne d'autre d'ailleurs, il ne s'est pas découragé.

— Votre épouse vous soutient dans votre décision ? interrogea Cadfael.

— Nous en avons parlé tous les trois et nous avons le même point de vue. Alors, c'est oui ? Il m'a paru que c'était une manière de bénédiction quand j'ai vu paraître un religieux que je n'attendais pas, prêtre de surcroît, la veille de l'arrivée du fiancé, conclut simplement Cenred. Restez jusqu'à demain, mon frère — mon père ! — et mariez-les.

Haluin desserra les doigts lentement, respira à fond comme s'il souffrait.

— C'est bien, prononça-t-il à voix basse. Je reste et je les marierai.

— Il me semble avoir agi comme il fallait, remarqua frère Haluin, quand ils furent rentrés dans leur chambre.

Apparemment ce n'était pas d'une confirmation qu'il était en quête ; il évoquait plutôt pour lui-même une responsabilité qu'il n'avait pas l'intention de fuir.

— Je sais trop bien combien il est dangereux de se trouver trop proches, poursuivit-il, et ils sont dans une situation bien plus périlleuse que je ne l'étais. Il me semble entendre un écho que je croyais mort depuis longtemps, Cadfael. Il doit y avoir une raison à cela. Il y en a toujours une. Et si ma chute n'avait servi qu'à me montrer jusqu'où j'étais tombé pour me forcer à tenter de me relever ? Et si je ne revenais à la vie qu'infirme, afin de m'obliger à entreprendre ces voyages du corps et de l'esprit que je redoutais tant quand j'étais jeune et en bonne santé ? Et si Dieu m'avait amené à ce pèlerinage pour aider une âme en peine à retrouver la grâce ? Avons-nous été conduits à cet endroit ?

— Poussés, plus exactement, répondit Cadfael dont l'esprit réaliste se rappelait la neige qui les avait aveuglés et la petite étincelle de la torche dans la nuit tourbillonnante.

— Il faut reconnaître qu'on n'aurait pas pu mieux choisir. Arriver la veille de la venue du fiancé... Il faut que je porte le fardeau de cette journée jusqu'au bout, en espérant ne pas me tromper. Ah! Cadfael, ces remariages sur le tard ont souvent des conséquences néfastes. Comment des enfants qui ont joué ensemble depuis leur plus jeune âge sauraient-ils qu'ils sont proches parents et qu'ils n'ont pas le droit de s'aimer? Quelle pitié qu'on puisse éprouver un amour sans avenir!

— Je ne suis pas sûr que cela existe, un amour sans avenir, objecta Cadfael. En tout cas, vous pourrez au moins rester ici une journée de plus. Vous ne vous en porterez pas plus mal. Voilà quelque chose qui arrive à point nommé.

C'était manifestement la meilleure façon pour Haluin d'utiliser ce répit, car il avait pratiquement atteint la limite de ses forces. Cadfael le laissa seul et alla jeter un coup d'œil au manoir de Vivier maintenant que le jour était levé. Il y avait des nuages et le vent soufflait en rafales mais le gel ne menaçait plus. Une pluie fine tombait par intermittence et toujours brièvement.

Il gagna le portail pour avoir une vue d'ensemble de la maison. Il y avait des fenêtres dans le toit en pente au-dessus du cabinet privé, deux chambres isolées probablement. On avait eu l'amabilité de loger Haluin et son compagnon à l'étage où vivaient les maîtres. Délicate attention. On devait sûrement préparer l'une des deux pièces pour le fiancé. L'animation qui régnait dans la cour semblait dénuée de hâte et de confusion. Il régnait ici une organisation sans défaut.

Au-delà de la palissade s'étendait un paysage aux ondulations douces avec des champs, des taillis, des collines aux arbres rares; les prairies avaient encore leurs vêtements givrés et secs de l'hiver, mais çà et là, sur les branches noires apparaissaient les premiers bourgeons annonciateurs du printemps. La neige s'attardait au bord des vallons et dans les endroits abrités du soleil dont quelques rayons perçaient à travers les nuages bas. A midi, tout ce qui restait de ce qui était tombé la nuit passée aurait disparu.

Cadfael regarda les écuries et les trouva bien fournies avec des serviteurs diligents tout fiers de montrer les lieux au visiteur de passage. Dans une stalle à part, dans le chenil, une chienne était roulée en boule, entourée de six chiots âgés de cinq semaines au plus. Il ne put résister au plaisir d'en prendre un dans ses bras; la mère se montra bienveillante, heureuse de l'admiration qu'on témoignait à sa portée. Le petit corps chaud contre lui évoquait l'odeur du pain frais. Comme il se penchait pour reposer l'animal parmi ses congénères, une voix claire et fraîche s'éleva derrière lui :

— C'est vous le prêtre qui devez célébrer mon mariage?

La demoiselle se tenait dans l'encadrement de la porte, silhouette ombreuse que dessinait la lumière, si calme, sûre d'elle, qu'on aurait pu facilement la prendre pour quelqu'un de plus âgé bien que sa voix légère appartînt à la jeunesse. Hélisende Vivier ne s'était pas encore vêtue pour accueillir son fiancé; sa robe de laine bleu nuit était toute simple et elle tenait à la main un seau de nourriture pour les chiens, qui fumait doucement.

Elle répéta sa question.

— Non, répondit Cadfael, se relevant, alors que la chienne gémissait doucement et que ses petits s'agitaient. C'est frère Haluin. Moi, je n'ai pas étudié pour cela. Je connais mes limites.

— Ah! c'est celui qui est infirme, prononça-t-elle avec une sympathie détachée. Je suis désolée qu'il souffre ainsi. J'espère qu'il est bien installé chez nous. On vous aura parlé de mon mariage. Jean arrive aujourd'hui.

— Votre frère nous en a touché un mot, mentionna Cadfael fixant le visage ovale qui émergeait petit à petit de l'ombre et là, lui qui l'observait attentivement, s'émerveilla d'une telle pureté. Mais il y a des choses que nul ne pouvait nous révéler mais simplement suggérer. Il n'y a que vous qui sachiez si vous consentez véritablement à ce mariage, si on vous y a forcée ou non.

Dans le bref silence qu'elle garda, il n'entrait pas d'hésitation, mais de la gravité et une réflexion sérieuse sur celui qui l'interrogeait ainsi. Ses grands yeux, francs, intrépides, le dévisageaient, sans craindre le regard de son interlocuteur. Si elle l'avait jugé incapable de comprendre sa situation, elle aurait mis un terme à leur entretien poliment mais sans satisfaire ce qu'elle eût considéré comme de la curiosité déplacée. Ce ne fut pas le cas.

— Si on peut agir librement une fois qu'on en a l'âge, alors oui, j'ai donné mon consentement. Il y a des règles qu'il faut respecter. Nous ne sommes pas seuls au monde, d'autres ont des droits et des devoirs et nous sommes tous liés.

Vous pouvez rassurer frère Haluin — ou plus exactement le père Haluin —, il n'a nul besoin de s'inquiéter pour moi. Personne ne me force à me marier.

— Vous pouvez compter sur moi. Mais je crains que vous n'agissiez ainsi pour les autres plus que pour vous-même. Je me trompe?

— Alors informez-le que j'ai pris cette décision dans l'intérêt de mon entourage.

— Et qu'en pense Jean de Perronet?

Sa bouche aux lèvres fermes trembla brièvement. C'était un point qui troublait encore ses résolutions bien ancrées; elle n'était pas honnête envers celui qui allait devenir son époux. Cenred avait certainement oublié de lui signaler qu'il héritait seulement de ce qui restait d'un amour blessé. Il lui était également difficile d'être franche envers lui sur ce point. Seule la famille savait à quoi s'en tenir. L'unique espoir pour ce malheureux couple était qu'ils finissent par s'aimer d'un amour peut-être plus sincère que celui qu'on rencontre dans de nombreux mariages, mais qui n'en serait pas pour autant une véritable passion.

— Je m'efforcerai de lui donner tout ce qu'il me demandera, voudra, tout ce qu'il sera en droit d'attendre de moi. Il le mérite; je ferai pour lui tout ce qui est en mon pouvoir.

A quoi bon lui répondre que cela risquait de s'avérer insuffisant? Elle le savait et cette manière de tromperie, inévitable au demeurant, lui pesait sur la conscience. Peut-être même que cette conversation dans la pénombre du chenil avait rouvert un abîme de doute qu'elle croyait avoir réussi à oublier, au moins en partie. Il était préférable de la laisser seule puisqu'il n'y avait pas moyen de la soulager du fardeau qu'elle portait.

— Eh bien, je vous souhaite tout le bonheur possible, soupira Cadfael et il s'écarta de son chemin.

La chienne s'était redressée. Laissant sa progéniture, elle vint renifler le seau en agitant sa queue en panache ; elle paraissait avoir faim. Les jours suivent leur cours habituel où se mêlent naissances, mariages, décès et fêtes. Quand il parvint à la porte il se retourna : la petite Hélisende se penchait pour donner sa pâtée à la chienne et ses lourdes tresses dansaient au-dessus de la portée aux corps emmêlés. Elle ne leva pas la tête, mais il savait qu'elle se sentait vulnérable et qu'elle se rendait douloureusement compte de sa présence. Il tourna les talons et s'éloigna sans bruit.

— Votre protégée va vous manquer, prophétisa Cadfael au moment où Edgytha vint à midi leur apporter à boire et à manger. A moins que vous ne partiez avec elle dans le sud après la cérémonie ?

La vieille femme, taciturne de nature, s'attardait, ayant visiblement besoin de soulager son cœur. Perdre celle à laquelle elle tenait tant lui était toujours aussi insupportable. Sous les plis raides de sa guimpe, ses joues ridées tremblaient.

— Qu'est-ce que j'irais fabriquer, à mon âge, dans un endroit que je ne connais pas? Je suis trop vieille pour lui être encore utile. Non, je reste ici, à l'endroit où j'ai mes habitudes, et où tout le monde sait qui je suis. Quel respect pourrais-je attendre d'une maison inconnue? Mais la petite va s'en aller, je le sais. Et le promis ne serait pas si mal. Seulement voilà, mon poussin en aime un autre.

— Et qui de surcroît est loin, jusqu'à présent, remarqua Haluin d'une voix douce, mais il était pâle lui aussi et quand elle se tourna pour l'examiner longuement, sans souffler mot, il évita de soutenir son regard et détourna la tête.

Elle aussi avait les yeux très clairs, bleus comme des campanules aux couleurs passées. Jadis, protégés par des cils rares à présent, ils avaient dû avoir la nuance des jacinthes.

— Mon seigneur vous aura sûrement mis au courant. C'est leur point de vue à tous. Elle n'y peut rien, c'est vrai, mais elle aurait pu trouver bien pire. Je m'en rends compte ! Je suis venue ici pour m'occuper de sa mère, il y a si longtemps, et franchement c'était une drôle d'union, elle si jeune et lui qui avait presque trois fois son âge. Oh ! c'était quelqu'un de très bien, mais il était vieux comme Hérode ! La pauvre, elle avait besoin de quelqu'un de connaissance, sur qui elle pouvait compter et qui était près d'elle depuis toujours. Au moins ma petite fille va épouser un homme jeune.

Cadfael l'interrogea sur ce qui le préoccupait depuis quelque temps et dont personne n'avait parlé :

— La mère de Hélisende est-elle morte ?

— Non, non. Elle a pris le voile à Polesworth quand son époux est mort, il y a huit ans. Elle a rejoint le même ordre que vous. Depuis longtemps, elle avait un penchant pour le couvent. Quand son mari est décédé, on a commencé à parler à son sujet, on l'a poussée à se remarier ; alors elle a préféré renoncer au monde. Ça arrive souvent avec les jeunes veuves. C'est une manière de s'évader, conclut Edgytha en serrant les lèvres d'un air sombre.

— Laissant sa fille orpheline ? s'exclama Haluin dont la voix trahit plus de réprobation qu'il ne l'aurait voulu.

— Orpheline ! Et puis quoi encore ? Il y avait dame Emma et moi ! rétorqua vertement Edgytha qui ne tarda pas à se calmer tandis que s'éteignait le feu qui s'était allumé dans ses yeux. Elle a eu trois mères, cette petite, et toutes les trois l'ont aimée. Dame Emma n'a jamais pu se montrer sévère avec un enfant, c'est tout elle, ça. Trop douce en vérité, mais la petite ne leur a jamais donné de mal ni à l'une ni à l'autre. Maintenant, ma maîtresse était de nature solitaire et mélancolique, et quand il a été question d'un remariage, elle s'y est refusée, elle a préféré prendre le voile plutôt qu'un nouvel époux.

— Hélisende n'a jamais envisagé cette solution ? demanda Cadfael.

— Ah non, alors ! Dieu nous préserve ! Mon poussin n'a jamais été porté là-dessus. Pour ceux qui le désirent, c'est sûrement une bénédiction, mais si on vous y oblige, ça doit être un avant-goût de l'enfer ! Je vous demande pardon, mes frères ! Vous savez mieux que personne ce qu'est la vocation, et pour sûr, vous avez pris l'habit pour d'excellentes raisons, mais Hélisende… Je ne voudrais pas de ça pour elle. Pour rien au monde. Il vaut encore bien mieux qu'elle accepte Jean de Perronet, même si c'est sans enthousiasme.

Elle avait commencé à ramasser les plateaux et les assiettes du repas qu'ils avaient terminé et elle saisit le pichet pour remplir leurs coupes avant de reprendre :

— J'ai entendu dire qu'à Elford vous auriez vu Roscelin. C'est vrai ?

— Oui, répondit Cadfael. Nous n'avons quitté Elford qu'hier. Et, par pur hasard, nous nous sommes entretenus brièvement avec lui mais nous n'avons su que ce matin qu'il était originaire du manoir de Vivier.

— Il avait l'air heureux ? En bonne santé ? demanda-t-elle avec chaleur. Ou vous a-t-il paru abattu ? Je ne l'ai pas vu depuis un mois et plus et je sais comme il a mal pris d'être chassé d'ici comme un page qui aurait commis une faute alors qu'il s'est toujours parfaitement comporté et qu'il n'a jamais eu de mauvaises pensées. Ce qu'il peut être gentil, ce garçon, si vous saviez ! Qu'est-ce qu'il vous a raconté ?

— Eh bien, il est en parfaite santé, en tout cas, la rassura Cadfael, prudent, et de bonne humeur si on tient compte des circonstances. Il est exact qu'il s'est plaint d'avoir été banni et qu'il n'est pas très heureux d'être où il est. Naturellement, il a été plutôt discret sur les raisons qui l'ont amené à Elford ; nous étions des hôtes de passage dont il ignorait tout. Mais je pense qu'il n'aurait pas été plus loquace avec tous ceux que cette histoire ne concernait pas. Il patiente, ayant donné sa parole d'attendre l'autorisation de son père avant de se risquer à revenir chez lui.

— Mais il ne sait pas ce qui se trame sous son toit, lança-t-elle, partagée entre la colère et l'impuissance. Oh ! pour ça, il l'aura le droit de rentrer, dès que Hélisende sera partie, qu'elle sera assez loin de ce manoir et installée dans celui de l'autre. Ce sera vraiment le retour de l'enfant prodigue ! Quelle honte d'agir ainsi dans son dos !

— Le maître de céans pense que c'est mieux comme ça, objecta Haluin, pâle et ému, que c'est même dans l'intérêt de son fils. D'ailleurs les parents n'agissent que contraints et forcés par les circonstances. S'ils sont dans l'erreur en lui dissimulant ce mariage jusqu'à ce que tout soit terminé, on peut sûrement le leur pardonner.

— Il y en a pour qui ça ne sera jamais possible, remarqua Edgytha d'une voix lugubre en ramassant le plateau, et les clés pendues à sa ceinture tintèrent doucement quand elle se dirigea vers la porte. J'aurais souhaité que ça se passe au grand jour et qu'on le mette au courant. Je ne sais pas comment il aurait réagi, mais il avait le droit de savoir et de donner sa bénédiction ou d'exprimer sa désapprobation. Il y a quelque chose que je ne comprends pas : vous avez été en rapport avec lui, et vous n'avez appris que son prénom et pas son nom entier ?

— C'est la châtelaine qui a mentionné son prénom quand de Clary est rentré de sa promenade à cheval ; le jeune homme était avec lui. Elle l'a appelé Roscelin. C'est plus tard que je lui ai parlé. Il a vu que mon ami était tout courbatu d'avoir passé une nuit à genoux et il est venu lui prêter main-forte quand il s'est relevé.

— Voilà qui ne m'étonne pas, s'écria-t-elle, en se déridant. Mais cette dame, qui était-ce? L'épouse d'Audemar?

— Non, non; ce n'était pas lui que nous venions voir. Nous n'avons jamais rencontré sa femme ni ses enfants. Non, c'était sa mère, Adélaïde de Clary.

Les plats furent menacés de tomber du plateau d'Edgytha. Elle les rééquilibra adroitement d'une main tout en tendant l'autre vers la poignée de la porte :

— Elle est là-bas? A Elford?

— Oui. Du moins elle y était quand nous avons pris congé et il s'est mis à neiger presque tout de suite. A mon avis, elle y est encore.

— Elle ne leur rend pas visite très souvent, constata Edgytha, avec un haussement d'épaules. A ce qu'il paraît, ce n'est pas le grand amour entre elle et la femme de son fils. C'est assez fréquent, d'ailleurs. Ils sont aussi bien chacun de leur côté. Vous avez entendu les chevaux, dehors? C'est probablement Jean de Perronet et sa suite.

Et sur ce, elle ouvrit la porte d'un coude expert et sortit le plateau latéralement.

L'arrivée de Jean de Perronet n'eut certes rien

de clandestin ni de secret mais elle fut également dépourvue de tout caractère cérémonieux ou spectaculaire. Il était accompagné d'un domestique et de deux palefreniers ; il y avait aussi deux montures pour la mariée et pour sa dame de compagnie, sans oublier des chevaux de bât. Tous ces gens frappaient par leur air d'efficacité pratique ; Perronet lui-même était très simplement vêtu, sans fanfreluches dans ses habits ni dans ses manières ; Cadfael nota cependant avec plaisir que ses chevaux et son harnachement étaient de première qualité. Ce jeune homme savait dépenser son argent à bon escient.

Haluin et Cadfael étaient sortis ensemble pour voir les nouveaux arrivants mettre pied à terre et décharger leurs affaires. La lumière de l'après-midi s'éclaircissait, annonçant qu'il gèlerait peut-être dans la nuit, mais très haut dans le ciel des nuages filaient comme le vent ; il pourrait bien neiger quand l'obscurité serait tombée. Les voyageurs seraient sûrement contents d'avoir un toit sous lequel se protéger à l'abri de la bise glaciale.

Quand Perronet descendit de son rouan tacheté devant la porte du château, Cenred dévala l'escalier pour aller à sa rencontre et lui donner l'accolade. Il le prit par la main et le mena jusqu'à dame Emma qui attendait pour lui prodiguer un accueil aussi chaleureux. Cadfael remarqua que Hélisende ne se montrait pas. Au souper, à la grande table, elle n'aurait pas le choix : il faudrait qu'elle soit là. Mais auparavant il était tout indiqué que son frère et son épouse jouent les amphitryons. Ils étaient ses tuteurs et organisaient ce mariage. L'hôte, l'hôtesse et l'invité s'engouffrèrent dans la grande salle. Les serviteurs de Cenred et ceux de Perronet s'occupèrent des bagages et emmenèrent les chevaux aux écuries. Tout fut si bien organisé qu'en quelques minutes il n'y eut plus personne dans la cour.

Ainsi c'était lui le fiancé ! Cadfael consacra un petit moment à réfléchir à ce qu'il venait de voir. Il n'avait rien à lui reprocher sauf que c'était, selon les termes d'Edgytha, un autre que Hélisende aimait et que personne sans doute ne supplanterait dans son cœur. Il devait avoir dans les vingt-cinq ans, déjà l'habitude des responsabilités et d'être en position de commander, à en juger par son allure d'homme capable de faire face. Ses gens, du moins ceux qui avaient la chance d'être là, n'étaient pas obséquieux envers lui. Ils semblaient connaître leur travail comme lui connaissait le sien et se manifestaient un respect mutuel. A vrai dire, il ne manquait pas de classe, ce garçon. Il était grand, bien bâti, avec un visage franc, le regard aimable, et selon toute apparence, parfaitement heureux à la veille de ce mariage.

Cenred avait agi au mieux vis-à-vis de sa sœur cadette et ce mieux paraissait très prometteur. Mais malheureusement, ce n'est pas cela qu'elle désirait !

— Qu'auriez-vous décidé, à sa place ? s'enquit Haluin, trahissant par cette petite phrase l'étendue de ses propres doutes et de son désarroi.

CHAPITRE HUIT

A la fin de l'après-midi, Cenred envoya son intendant demander aux deux bénédictins de se joindre aux membres de la famille pour souper dans la grande salle, à moins que frère Haluin ne préfère continuer à se reposer dans sa chambre où on le servirait en privé. Haluin, qui était plongé dans de sombres méditations, sentant qu'il serait discourtois de rester plus longtemps de son côté — ce qu'il aurait nettement préféré —, fournit l'effort d'émerger de son silence inquiet et d'honorer la compagnie de sa présence à la grande table. On l'avait placé près des futurs époux en vertu de son statut de prêtre qui allait les unir. Cadfael, assis un peu à l'écart, pouvait ainsi observer tout le monde. Et en dessous, dans le grand hall, toute la maisonnée était assemblée par ordre hiérarchique, à la lueur des torches.

En examinant le visage grave de Haluin, Cadfael songea subitement que son ami serait pour la première fois appelé à servir d'intermédiaire entre Dieu et les hommes. Il était certes exact qu'on encourageait, plus que par le passé, les jeunes religieux à devenir prêtres, mais beaucoup d'entre eux, à l'instar de Haluin, n'auraient jamais à s'occuper d'une paroisse. Au cours de leur longue vie, il ne leur serait vraisemblablement jamais demandé de célébrer un baptême, un mariage ou l'office des morts, ni d'ordonner d'autres prêtres qui les suivraient sur les mêmes voies bien protégées. Pour Cadfael, qui n'avait jamais aspiré à l'ordination, c'était une terrible responsabilité que de se voir confier, en tant qu'homme, la grâce de Dieu, d'avoir le privilège et la charge de jouer un rôle dans la vie d'autrui, de promettre le salut dans le baptême, d'unir des vies par les liens du mariage et de détenir la clé du purgatoire lors de la mort. « Si je me suis mêlé de ce qui ne me regardait pas, songea-t-il sincèrement, et Dieu sait que cela m'est arrivé, c'est qu'il le fallait et que j'étais seul à en être capable, au moins ai-je agi en tant que pécheur comme tout le monde, qui peinait sur le même sentier et non comme représentant du ciel qui se penche pour relever autrui. Maintenant, Haluin est confronté à ce terrible devoir et il a peur. Je le comprends. »

Il passa en revue tous ces visages que Haluin, qui était si proche, ne distinguait qu'en profils perdus et brièvement, quand l'un d'eux bougeait et que la lumière des flambeaux projetait sur lui un éclairage trompeur. Cenred avait une figure large, ouverte, aux traits carrés, qui pour le moment manquaient un peu de naturel, mais il était décidé à paraître gai à tout prix ; sa femme présidait, s'efforçant de se montrer aimable, mais son sourire était teinté d'inquiétude ; Perronet était heureux sans malice, rayonnant du plaisir d'avoir Hélisende près de lui et presque sienne ; la jeune fille, calme et pâle, résolument gracieuse, faisait de son mieux pour répondre à sa joie, puisqu'il n'était pas responsable de son malheur. Elle avait d'ailleurs reconnu qu'il ne méritait pas ça. A les voir réunis, on ne pouvait douter de l'attachement du garçon à son égard et, s'il regrettait le manque d'enthousiasme de sa future épouse, peut-être qu'il s'en accommodait parce que, pour lui, c'est ainsi qu'un mariage commençait, et il était décidé à se montrer patient en attendant que la chrysalide se transformât en papillon.

C'était la première fois que Haluin revoyait Hélisende depuis ce moment où elle était brusquement apparue dans la grande salle et qu'il s'était soudain redressé avant de s'écrouler à moitié étourdi, comme s'il était encore ballotté dans la tempête et la neige qui l'aveuglait. Et cette jeune silhouette qui se raidissait, parée de ses plus beaux atours, au visage doré par la lueur des flambeaux, aurait aussi bien pu être celle d'une étrangère qu'il découvrait pour la première fois. Quand il remarqua plus nettement son profil, dubitatif, effaré, il se sentit écrasé d'une responsabilité nouvelle, difficilement supportable.

Il était tard lorsque les femmes se retirèrent de la grande table, laissant les hommes terminer leur vin. Haluin se tourna pour attirer l'attention de Cadfael, lui donnant à entendre d'un coup d'œil qu'il était temps pour eux de laisser les hôtes et leur invité ; déjà il tendait la main vers ses béquilles et se préparait à fournir l'effort qui lui permettrait de se relever quand Emma sortit du cabinet d'un pas pressé, l'air inquiet, une jeune servante sur ses talons.

— Il se passe quelque chose d'étrange, Cenred ! Edgytha est sortie et elle n'est pas encore rentrée. Or voilà qu'il a recommencé à neiger. Où peut-elle bien être allée, comme ça en pleine nuit ? J'avais demandé qu'on me l'envoie pour qu'elle m'aide à me coucher, comme toujours, et on ne la trouve nulle part. Et maintenant Madlyn m'explique qu'elle est partie il y a des heures, dès que le crépuscule est tombé.

Cenred fut lent à se détourner de son rôle de maître de maison qui reçoit un hôte de marque pour se consacrer à une affaire domestique apparemment mineure. C'était là le problème des femmes, pas le sien.

— Edgytha a le droit de sortir quand elle en a envie, répliqua-t-il en souriant, elle reviendra quand ça lui chantera. C'est une femme libre, elle sait ce qu'elle veut et on peut avoir confiance en elle pour ce qui est de son travail. Si pour une fois elle n'est pas là quand on l'appelle, il n'y a pas de quoi fouetter un chat. Pourquoi êtes-vous aussi soucieuse ?

— Est-il jamais arrivé à Edgytha de disparaître de cette manière ? Pas que je sache ! Et, je vous le répète, il neige. En outre, si Madlyn dit vrai, elle est partie depuis des heures. Et s'il lui était arrivé malheur ? Jamais elle ne s'absenterait aussi longtemps de son propre chef. Vous savez à quel point je l'apprécie. Je ne voudrais pour rien au monde qu'il lui soit arrivé quelque chose.

— Mais moi non plus, rétorqua vivement Cenred, ni à elle, ni à aucun de mes gens. Si elle s'est égarée, nous allons nous mettre à sa recherche. Inutile de pleurer avant d'avoir mal. Approche, petite, parle, qu'est-ce que tu sais sur toute cette histoire ? D'après toi, elle serait partie depuis plusieurs heures ?

— Ben oui, monsieur ! s'exclama Madlyn en s'avançant sans se faire prier, les pupilles dilatées sous l'excitation de cet événement qui sortait de l'ordinaire. C'était après que nous avons fini de tout préparer. Je venais de la laiterie et elle de la cuisine ; elle était emmitouflée dans son manteau. Je lui ai dit qu'on allait avoir du travail, ce soir, et qu'elle nous manquerait, mais elle a répondu qu'elle serait de retour avant qu'on ait besoin d'elle. La nuit commençait juste à tomber. J'aurais jamais cru qu'elle serait partie aussi longtemps.

Cenred voulut savoir si elle ne lui avait pas demandé où elle allait.

— Pour sûr, rétorqua la fille, mais elle n'aimait pas trop parler de ses affaires. Si elle m'avait répondu, ce qui n'avait rien de sûr, elle m'aurait mouchée vertement. Mais là je n'ai rien compris. Elle parlait, conclut Madlyn, qui était l'image de la perplexité, d'aller chercher un chat pour le lâcher parmi les pigeons.

Si ces termes ne signifiaient rien pour elle, ils avaient un sens pour Cenred et sa femme, qui les entendaient manifestement pour la première fois. Stupéfaite, Emma se tourna vers son mari qui sauta brusquement sur ses pieds. Le regard qu'ils échangèrent, Cadfael le déchiffra comme s'il avait entendu les mots qu'ils ne prononcèrent pas. Il disposait pour cela de suffisamment d'indices. Edgytha avait été la nourrice des deux jeunes gens, leur avait tout passé, les avait aimés comme s'il s'agissait de ses enfants; même leur séparation la fâchait, n'en déplaise à l'Église et aux liens du sang, sans parler de ce mariage qui rendait leur séparation définitive. Elle était partie chercher de l'aide afin d'empêcher ce qu'elle déplorait, même au dernier moment. Elle entendait expliquer à Roscelin ce qui se tramait derrière son dos. Elle était allée à Elford.

Et, bien sûr, impossible d'en souffler mot en présence de Jean de Perronet, qui était debout à côté de Cenred et dévisageait chacun tour à tour, étonné et compatissant devant ces ennuis domestiques qui n'étaient pas de son ressort. Une servante âgée qui disparaît en fin de soirée alors que la nuit et la neige s'apprêtent à tomber, cela justifie qu'on s'en inquiète. C'est ce qu'il proposa ingénument, rompant un silence qui, à tout moment, aurait pu le forcer à regarder d'un peu plus près ce qui se passait sous son nez.

— Elle est partie il y a pas mal d'heures; on devrait envoyer des gens, non? Les chemins ne sont pas toujours sûrs la nuit, et pour une femme qui se promène seule...

Cette diversion était un vrai bonheur et Cenred ne laissa pas passer une telle occasion.

— Bien sûr, et tout de suite encore. Je vais dépêcher un groupe qui suivra la route qu'elle aura sûrement prise. Peut-être a-t-elle été retardée par la neige, tout simplement, si elle comptait rendre visite à quelqu'un du village. Mais vous n'avez nul besoin de vous tourmenter, Jean. Il me déplairait que votre séjour soit gâché. Laissez donc mes hommes se charger de cette affaire. Ils sont assez nombreux au manoir. Et soyez assuré qu'elle ne saurait être loin, nous ne tarderons pas à la retrouver et elle va rentrer tranquillement.

— Je serais heureux de vous accompagner, proposa Perronet.

— Non, c'est hors de question. Ne changeons rien à ce que nous avons prévu pour ici, et que rien ne gâte la cérémonie. Considérez ma maison comme la vôtre et allez vous reposer la conscience en paix. Demain nous en aurons terminé avec ce petit contretemps.

Il ne fut pas difficile de persuader l'invité obligeant de renoncer à son offre généreuse, peut-être parce qu'il n'y avait rien de vraiment sincère dans ses paroles, uniquement de la courtoisie. Cordonnier est maître chez soi, et il est préférable de ne pas s'immiscer dans les affaires d'autrui. Il est poli de lui demander s'il veut qu'on l'aide, mais ensuite, renoncer gracieusement, c'est se montrer sage. A présent Cenred savait très bien ce qu'Edgytha s'était mis en tête et il n'y avait guère à hésiter sur la route à prendre. En outre, les raisons de s'inquiéter ne manquaient pas : en quatre heures, elle aurait eu largement le temps d'aller et de revenir, neige ou pas neige.

Cenred sortit de table d'un air décidé, et donna ordre à ses hommes de se regrouper à la porte du manoir. Il souhaita avec emphase le bonsoir à Jean de Perronet, ce que ce dernier prit avec philosophie comme une mise à l'écart même par rapport à cette mobilisation domestique; il pria vivement certains de ses serviteurs de se joindre à la troupe qui allait se mettre en branle, après les avoir choisis soigneusement. Ils étaient six, vigoureux, dirigés par son intendant.

— Et nous, que décidons-nous? demanda frère Haluin à mi-voix, de l'endroit retiré où il se tenait avec Cadfael.

— Vous, vous allez sagement au lit, et vous vous reposez dans la mesure du possible. Et puis une ou deux petites prières ne nuiraient à personne. Moi, je les accompagne.

— Sur le raccourci qui mène à Elford, insista Haluin d'un ton pressant.

— Afin d'y trouver un chat susceptible d'être lâché parmi les pigeons. Oui, évidemment. Mais vous, vous restez là. S'il faut agir ou parler, je devrais en être aussi capable que vous.

Le battant était ouvert, le petit groupe descendit lourdement l'escalier menant à la cour; deux d'entre eux avaient une torche à la main. Cadfael fermait la marche. Il regarda la nuit glaciale, scintillante. Le sol était à peine recouvert de minuscules flocons, pointus comme des aiguilles, arrachés à un ciel presque diurne, illuminé par les étoiles, trop froid pour d'abondantes chutes de neige. Il jeta un coup d'œil en direction de la porte : les femmes de la maison, les servantes comme les suivantes, aussi mal à l'aise les unes que les autres, s'étaient rassemblées à l'autre bout de la grande salle, les yeux fixés sur les hommes qui s'éloignaient. Le doux visage d'Emma, tout crispé, trahissait sa détresse et elle tordait nerveusement ses doigts potelés.

Hélisende se tenait à quelques pas ; elle seule ne cherchait pas un réconfort dans la présence des autres. Elle s'était assez reculée par rapport à l'une des torchères pour que sa figure se trouve mise en relief, sans ombres trop violentes. A présent, on lui avait sûrement rapporté et les propos d'Emma et ceux de Madlyn. Elle savait où Edgytha avait couru et pour quelle raison. Elle considérait, les pupilles dilatées, un avenir dont elle ne savait plus ce qu'il lui réservait, où les conséquences des événements de cette nuit se dissimulaient sous le couvert de la panique, de l'effarement et aussi d'une possible catastrophe. Elle s'était préparée à un sacrifice volontaire, mais n'avait pas du tout prévu ce qui la menaçait à l'heure actuelle. Elle avait toujours l'air calme et maîtresse d'elle-même, seulement ce n'était plus qu'une façade, elle avait perdu ses certitudes. Sa résolution s'était changée en impuissance, et sa résignation en désespoir. Elle avait débarqué sur un champ de bataille qu'elle avait cru pouvoir occuper, quelles que soient les pertes qu'elle aurait à subir, et voilà que maintenant le sol tremblait et s'ouvrait sous ses pieds alors que son propre destin lui échappait. La dernière image qu'emporta Cadfael dans le froid de la nuit fut celle de cette bravoure ébranlée, désarmée, vulnérable.

Cenred s'entoura le visage de son manteau pour se protéger du vent et, à partir du portail du manoir, prit un chemin inconnu de Cadfael. Avec Haluin, il avait tourné sur la grand-route, qui était assez éloignée, se guidant sur la lumière émise par les flambeaux du château, mais cette fois, la piste repartait en biais pour rejoindre une chaussée beaucoup plus proche d'Elford, représentant un raccourci d'un demi-mille au bas mot. La nuit émettait ses propres lueurs blafardes qui provenaient en partie des étoiles et en partie de la fine pellicule de neige, ce qui permettait d'avancer rapidement en se dispersant le long d'une ligne dont la route formait le centre. C'était une zone de terrain plat ; au début, il n'y avait pas d'arbres, puis ils longèrent quelques bois et taillis. Ils n'entendaient que leur souffle et le bruit de leurs pas, le doux gémissement du vent parmi les buissons. Cenred s'arrêta deux fois pour obtenir le silence, puis il appela en donnant toute sa voix. Vainement.

Pour qui connaissait bien le coin, Cadfael calcula qu'Elford n'était pas à plus de deux milles. Edgytha aurait dû avoir regagné Vivier depuis longtemps et, d'après ce qu'elle avait raconté à la petite Madlyn, elle comptait être de retour bien à temps pour se tenir à la disposition de sa maîtresse après le souper. D'ailleurs, comment aurait-elle pu s'égarer sur un itinéraire aussi familier par une nuit tellement claire, alors que la neige était pratiquement inexistante ? Il semblait de plus en plus évident qu'il fallait redouter quelque chose qui l'avait empêchée soit d'arriver à son rendez-vous, soit d'en revenir saine et sauve. Ce n'était pas un caprice de la nature qu'il fallait incriminer ni un malheureux hasard, mais bel et bien la main de l'homme. Par ce genre de nuits, les hors-la-loi qui s'en prenaient aux voyageurs (encore fallait-il prouver qu'il s'en trouvait dans les parages) étaient vraisemblablement restés chez eux, au lieu de vaquer à leurs sombres occupations. Avec ce froid, ils n'avaient guère de chances de rencontrer des victimes potentielles. Non, si quelqu'un s'était décidé à empêcher Edgytha d'atteindre son but, il avait en tête une idée bien précise. Peut-être y avait-il une moins tragique explication : elle avait effectivement vu Roscelin, lui avait annoncé la nouvelle et lui l'avait persuadée de ne pas repartir, mais de demeurer tranquillement à Elford et de le laisser se charger du reste. Cadfael lui-même, cependant, n'était pas sûr d'admettre cette hypothèse. Si cela s'était passé ainsi, Roscelin aurait sûrement déjà fait irruption au château de Vivier avant qu'on ne se fût aperçu du départ d'Edgytha, et il aurait exigé des explications.

Cadfael, qui s'était rapproché de Cenred, se glissa hâtivement au centre de la ligne des rabatteurs. Un simple et sombre coup d'œil salua sa présence, sans exprimer de surprise.

— Il ne fallait pas vous donner cette peine, émit Cenred d'une voix brève. Nous sommes suffisamment nombreux.

— Un homme de plus ne nuira à personne.

Non, certes, mais l'accueil manquait de chaleur. Apparemment, on préférait considérer cette histoire comme chasse gardée, chez les Vivier. Cenred, toutefois, ne semblait pas vraiment gêné par la présence d'un bénédictin de rencontre parmi ses gens. Il voulait retrouver Edgytha, de préférence avant qu'elle n'arrive à Elford, ou à défaut à temps pour contrebalancer le tort qu'elle était susceptible de causer. Il s'était peut-être attendu à rencontrer son fils en chemin, accourant pour empêcher un mariage qui ne lui laisserait plus aucun espoir, même non fondé. Mais au bout d'un bon mille, il n'y avait toujours personne dans la nuit.

Ils avançaient dans une zone de bois peu fournis, assez dégagée, sur une herbe inégale, où le givre était trop mince pour la coucher au sol. Ils seraient passés sans se douter de rien devant un tertre peu élevé à main droite s'il n'y avait pas eu cette tache noire qui apparaissait à travers la pellicule de dentelle blanche, à la nuance plus soutenue que l'herbe brune, aux couleurs passées de l'hiver. Cenred était déjà plus loin, mais il s'arrêta net quand Cadfael fit halte et regarda dans la même direction que lui.

— Vite ! Qu'on apporte une torche !

La lumière jaunâtre mit clairement en relief la forme d'un corps étalé, la tête à l'opposé du sentier, blanchi par une croûte de neige. Cadfael se pencha, débarrassa le visage de son voile cristallin et se trouva confronté à deux grands yeux où la peur se lisait encore, à une chevelure grise dont le capuchon était tombé dans la chute. La femme reposait sur le dos, légèrement tournée vers la droite, les bras tendus devant elle, comme pour parer une attaque. Son manteau noir était clairement visible sous le filigrane blanc. Une petite tache, sur sa poitrine, salissait son voile, là où elle avait un peu saigné en dissolvant les flocons tombés à cet endroit. Impossible pour le moment de déterminer d'après sa position si elle avait été frappée en allant à Elford ou en s'en retournant. Cadfael eut toutefois le sentiment qu'à la dernière minute elle avait entendu quelqu'un se glisser derrière elle et qu'elle s'était retournée, les mains tendues, pour se protéger la tête. La dague que son agresseur voulait lui enfoncer entre les côtes avait manqué son but et l'avait à la place touchée en plein cœur. Elle était morte, toute froide, mais la température ne permettait pas d'évaluer l'heure à laquelle elle avait été tuée.

— Mon Dieu, Seigneur! murmura Cenred. Je m'attendais à tout sauf à ça! J'ignore ce qu'elle avait en tête, mais pourquoi l'a-t-on tuée?

— Le froid n'empêche pas les loups de chasser, remarqua l'intendant d'un ton grave. Mais Dieu seul sait ce qu'ils ont à y gagner! Regardez, on ne lui a rien pris, pas même son manteau. Des brigands l'en auraient dépouillée.

— Il n'y en a pas chez nous, j'en jurerais, objecta Cenred en fronçant les sourcils. Non, ça n'a rien à voir. Je me demande où elle se rendait quand c'est arrivé.

— Quand on la déplacera, on devinera peut-être quelque chose, suggéra Cadfael. Et maintenant? On ne peut plus lui être d'aucun secours. Celui qui a joué du couteau connaissait son affaire, il n'a pas eu besoin de s'y reprendre à deux fois. Quant au sol, il est trop dur pour qu'il y ait laissé des empreintes, même là où la neige ne les a pas recouvertes.

— Il faut la ramener à la maison, déclara tristement Cenred. Ma femme et ma sœur vont avoir beaucoup de peine. Elles étaient très attachées à cette vieille servante. Depuis que ma jeune belle-mère l'a amenée au manoir, elle s'est toujours montrée loyale et digne de confiance. Ah, mais ça ne se passera pas comme ça ! Je vais envoyer quelqu'un vérifier si elle est arrivée à Elford, et ce qu'on peut nous apprendre là-bas. Peut-être ont-ils entendu parler de maraudeurs qui traînaient par ici, venus de Dieu sait où. Mais cela m'étonnerait beaucoup. Audemar surveille ses terres de près.

— Faut-il qu'on nous envoie une civière ? interrogea l'intendant. Elle ne pèse pas bien lourd, on doit pouvoir la transporter en s'aidant de son manteau.

— Oui, inutile de nous imposer un nouveau déplacement. Mais toi, Edred, emmène Jehan avec toi, allez à Elford et voyez ce que vous pourrez y glaner. A-t-elle rencontré quelqu'un ? Se sont-ils parlé ? Non, prends deux hommes. Je ne voudrais pas qu'il vous arrive malheur, au cas où il y aurait des bandits de grand chemin qui rôdent dans le coin.

L'intendant opina du bonnet et saisit une des torches pour s'éclairer jusqu'à ce qu'il parvienne à destination. La petite lueur résineuse brilla par intermittence sur la route menant à Elford, avant de disparaître peu à peu dans la nuit. Ceux qui restaient se tournèrent vers le cadavre qu'ils déplacèrent de façon à détacher et à étendre sur le sentier le manteau qu'elle portait. Dès qu'on la souleva, un point au moins fut mis en évidence.

— Il y a de la neige sous elle, constata Cadfael.

En effet, sa silhouette recroquevillée était sombre et humide là où son corps encore chaud avait transformé les flocons en vapeur, mais tout au bord, là où son manteau effleurait légèrement le sol, il restait une mince pellicule de neige.

— Elle est tombée après le début de la chute de neige. Elle revenait donc vers Vivier, conclut Cadfael.

Elle reposait entre leurs mains, légère, inerte. Si son corps était glacé, c'était dû au froid et non à la rigidité cadavérique. On l'enveloppa étroitement dans son manteau et on l'attacha solidement à l'aide de deux ou trois ceintures et de la cordelière de Cadfael, de façon à fournir des poignées aux serviteurs qui la transportaient. Et c'est ainsi, au bout d'un mille environ, qu'elle regagna Vivier.

Au manoir, tout le monde était encore debout, attendant les nouvelles, incapable d'aller se reposer avant de savoir. Une des servantes vit le triste petit cortège franchir le portail et courut en sanglotant informer Emma. Quand ils eurent déposé le corps d'Edgytha dans la grande salle, toute la théorie des femmes s'était rassemblée, serrées les unes contre les autres pour se soutenir mutuellement. Emma prit la situation en main avec bien plus d'énergie qu'on aurait pu l'imaginer chez une dame aussi douce. Elle renvoya les filles à leur travail d'un ton sans réplique qui ne leur laissa pas le loisir de se répandre en jérémiades. Il fallait préparer une table à tréteaux dans une des petites chambres pour y déposer une bière, redonner figure humaine à la défunte, apporter du linge parfumé qu'on sortirait des coffres du manoir afin de draper et couvrir la malheureuse, chauffer de l'eau. Les rites funéraires conviennent aussi bien aux morts qu'aux vivants dont ils occupent l'esprit et les mains, leur fournissant l'occasion de se rendre utiles. Très vite, le murmure à peine audible qui s'élevait de la chambre mortuaire, où s'exprimaient l'effroi et la détresse, se changea en une mélodie élégiaque, presque apaisante.

Emma sortit de la grande salle où son époux et ses gens, glacés jusqu'aux os, se réchauffaient les pieds au coin du feu et tentaient de rétablir la circulation du sang dans leurs doigts gourds.

— Oh ! Cenred, comment une chose pareille a-t-elle pu arriver ? Qui a pu commettre un pareil forfait ?

Personne n'essaya de répondre à sa question. Elle en eût d'ailleurs été la première surprise.

— Où l'avez-vous trouvée ? insista-t-elle.

A cela il pouvait apporter une réponse. Frottant son front plissé d'un air fatigué, il lui donna tous les détails qu'il connaissait.

— Vous pensez vraiment, murmura Emma, qu'elle a été à Elford ?

– Le contraire serait étonnant. De toute manière, j'y ai expédié Edred pour mener une petite enquête. Il devrait être de retour d'ici une heure ou deux. Mais que nous apprendra-t-il? Dieu seul le sait.

Ils parlaient à mots couverts, tous les deux, de façon à éviter de prononcer le nom de Roscelin ou à invoquer les raisons qui avaient poussé Edgytha à sortir seule, au pas de course, par une nuit d'hiver. Il était certain qu'à présent tous avaient été informés, des écuries au chenil. Toute la maisonnée des Vivier s'était réunie, mal à l'aise. Ceux qui servaient à l'intérieur formaient un groupe inquiet dans un des recoins du château; ceux du dehors venaient rôder et jeter un coup d'œil par-dessus l'épaule de leurs collègues, incapables qu'ils étaient de retourner à leur travail ni même d'aller se reposer comme d'habitude tant qu'un événement quelconque ne se produirait pas sur place, les forçant à se disperser. Aucun d'entre eux, sûrement, n'avait reçu les confidences de leur maître concernant les amours illicites de Roscelin, mais bon nombre d'entre eux avaient dû deviner ce qui poussait Hélisende à ce mariage à la sauvette. En face de ce clan, il ne serait pas mauvais de tourner sept fois sa langue dans sa bouche avant de parler.

Et puis, comme si les choses n'étaient déjà pas assez compliquées, Jean de Perronet sortit de la chambre d'au-dessus où il s'était retiré non pas pour y dormir, mais par pure courtoisie, car il n'avait pas quitté les beaux vêtements qu'il portait au souper. Frère Haluin, qui lui avait dû se relever, était là aussi, inquiet, silencieux. Tous ceux qui, cette nuit-là, se trouvaient sous le toit des Vivier se glissaient petit à petit, presque furtivement, dans la grande salle.

Non, pas exactement tous. Cadfael dévisagea un par un les membres de l'assemblée : quelqu'un manquait à l'appel, Hélisende n'avait pas rejoint les autres.

A en juger par sa mine, Perronet avait dû se livrer à de sérieuses réflexions depuis qu'il s'était plié à la volonté de ses hôtes et avait renoncé à prendre part aux recherches. Il arriva dans la grande salle, le visage grave, impassible, sans rien révéler de ses pensées. Il prit tout son temps pour regarder toutes les personnes présentes et plus particulièrement Cenred, encore plus muet et morose que les autres, dont les bottes fumaient parmi les cendres du foyer, et qui penchait la tête, les yeux fixés sur les braises du feu.

— Il me semble, commença-t-il d'un ton décidé, que tout s'est plutôt mal terminé. Avez-vous retrouvé votre servante ?

— Certes oui, répondit Cenred.

— Blessée ? Morte ? Oui, c'est cela. Elle est morte.

— Mais pas de froid, déclara Cenred sans ménagement. Elle a été poignardée et laissée au bord de la route. Et pas la moindre trace près du corps ; nous n'avons vu ni entendu âme qui vive le long du chemin. Pourtant, c'est arrivé il y a peu. Après que la neige a commencé à tomber.

— Elle était chez nous depuis dix-huit ans, murmura Emma, effondrée, en se tordant les mains. La malheureuse, ah la malheureuse ! Finir ainsi ! Frappée par un vagabond sans foi ni loi, pendant une nuit glaciale. Je donnerais n'importe quoi pour que cela ne se soit pas produit !

— Je suis vraiment désolé, l'assura Jean de Perronet, surtout en un moment pareil. Y aurait-il un lien, par le plus grand des hasards, entre les circonstances qui m'ont amené ici et la mort de cette femme ?

— Non ! s'écrièrent le mari et son épouse d'une seule voix, s'efforçant davantage de chasser cette pensée qui les hantait que de tromper leur invité.

— Non, poursuivit Cenred plus doucement, Dieu veuille que non. D'ailleurs, je suis sûr que ce n'est pas le cas. C'est une coïncidence épouvantable, mais c'est tout, j'en réponds.

— Ce sont des choses qui arrivent, reconnut Jean de Perronet, manifestement peu convaincu. Et ces malheurs ne se privent pas de gâter les occasions les plus belles, y compris les mariages. A ce propos, vous ne préféreriez pas repousser celui qui doit avoir lieu demain ?

— Mais non. Pourquoi ? Vous n'êtes en rien concerné. Cependant il y a eu meurtre, et il faut que le shérif en soit averti et que le meurtrier soit poursuivi. A ma connaissance, il ne reste plus de famille à la victime, c'est donc à nous de l'enterrer. C'est un devoir auquel nous ne manquerons pas. Mais il n'y a aucune raison pour que vous en pâtissiez.

— Je crains que ce drame n'ait bouleversé Hélisende, répliqua-t-il. Cette femme a été sa nourrice et elle l'aimait beaucoup.

— Raison de plus pour que vous l'emmeniez loin d'ici et que vous lui donniez une nouvelle maison et une nouvelle vie.

Pour la première fois, il jeta un coup d'œil alentour, surpris de ne pas la voir parmi les femmes, en même temps soulagé qu'elle ne soit pas là pour rendre la situation encore plus difficile. Si elle avait pu s'endormir, tant mieux, il ne fallait surtout pas la réveiller ; il serait bien temps demain de la mettre au courant. Les servantes sortaient lentement de la chambre où elles s'étaient affairées à préparer le corps d'Edgytha. Leur tâche était terminée et leur présence, muette, craintive, commençait à devenir pesante. Au prix d'un effort, Cenred se secoua afin de se débarrasser d'elles.

— Emma, renvoyez les femmes se coucher ; nous n'avons plus besoin d'elles. Il est inutile qu'elles attendent. Et vous, les gars, allez dormir. Ça ne sert à rien de se morfondre tant qu'Edred ne sera pas rentré d'Elford. Inutile de l'attendre.

Puis, s'adressant à Perronet, il expliqua :

— Je l'ai envoyé avec deux de mes hommes informer mon suzerain de cette mort. Un assassinat dans la région relève de sa juridiction, ce sera donc son affaire tout comme la mienne. Venez, Jean, avec votre permission, nous allons nous retirer dans mon cabinet et laisser dormir ceux qui ont sommeil.

Il était hors de doute, songea Cadfael, observant Cenred qui semblait épuisé, qu'il aurait donné cher pour que Perronet se décide de nouveau à lui laisser les mains libres, mais cette fois il ne fallait guère y compter. Et, bien qu'il eût tenté de donner à la visite de son intendant à Elford un sens qu'elle n'avait pas, la simple mention de ce nom prenait à présent une signification qu'il ne pouvait pas nier. Et il n'était pas homme à tromper autrui de gaieté de cœur, d'ailleurs il n'était pas doué pour mentir. Il avait la sincérité chevillée au corps.

Les femmes avaient immédiatement obtempéré et, dans un concert de chuchotements effrayés, avaient regagné leurs quartiers. Les serviteurs éteignirent les torches, n'en laissant que deux allumées pour éclairer l'entrée, puis ils alimentèrent et couvrirent le feu afin qu'il brûle lentement pendant la nuit. Perronet suivit son hôte jusqu'à la porte du cabinet d'où Cenred, d'un signe de la main, pria Cadfael de se joindre à eux.

— Vous étiez là, mon frère, vous pouvez témoigner quant aux circonstances dans lesquelles nous avons découvert la pauvre femme. C'est vous qui nous avez montré qu'on l'avait tuée après que la neige s'était mise à tomber. Vous voulez bien attendre avec nous et voir quelles nouvelles mon intendant va nous rapporter?

Nul n'avait précisé si cette invitation s'adressait également à frère Haluin, mais ce dernier attira l'attention de Cadfael qui semblait plutôt lui déconseiller de venir lui aussi, suggestion que l'infirme ne suivit pas. Il en avait assez vu pour apprendre à juger par lui-même puisqu'on lui demandait d'unir deux êtres et de célébrer un mariage dont on était en droit de supposer qu'il avait un rapport avec le crime. Il était impératif qu'il sût ce qui se tramait derrière ces randonnées nocturnes, quitte à revenir sur sa décision si cela lui paraissait justifié. Serrant les dents, il accompagna les autres, dans le cabinet, le tapis de roseau ralentissant sa marche, et ses béquilles produisirent un écho assourdi quand elles sonnèrent sur le plancher. Il prit place sur un banc dans le coin le plus reculé afin d'écouter sans être remarqué, cependant que Cenred s'assit lourdement à la table sur laquelle il posa les coudes, appuyant sa tête sur ses mains solides.

Perronet voulut savoir si ses hommes étaient à pied.

— Oui.

— Alors il va falloir nous armer de patience. Ils ne vont pas rentrer tout de suite. Avez-vous envoyé d'autres gens sur d'autres routes?

Cenred répondit « Non » d'un ton sec sans fournir d'excuse ni d'explication. Cadfael songea qu'un quart d'heure auparavant il se serait bien gardé de répondre à cette question qu'il aurait tenté d'éluder. Maintenant il n'essayait même plus de sauver les apparences. Avec un meurtre, des tas de problèmes remontent à la surface cependant que le criminel, lui, reste dans l'ombre.

Perronet crispa les mâchoires sur les questions qui lui venaient aux lèvres et décida d'attendre en montrant une patience inaltérable. Le silence feutré de la nuit s'était refermé sur le manoir de

Vivier, lourd de présages, oppressant. Dans la grande salle, il était probable que personne ne dormait, mais chacun bougeait furtivement et parlait à voix très basse.

L'attente, cependant, ne dura pas aussi longtemps que le craignait Perronet. Le silence fut brusquement rompu par le fracas de sabots de chevaux qui galopaient sur la terre gelée de la cour. Une voix jeune, furieuse, exigea d'un ton comminatoire qu'on vienne s'occuper de sa monture ; les palefreniers se précipitèrent et, à l'intérieur, tous ceux qui ne dormaient pas s'agitèrent. On s'élança dans le noir, en pleine confusion, on battit le briquet, trop vite pour obtenir un résultat probant, on plongea une torche dans le feu couvert de terre et on s'empressa d'allumer d'autres flambeaux. Avant que les occupants du cabinet n'aient eu le temps de sortir voir ce qui se passait, on tapait violemment du poing à la porte du manoir. Il y eut des cris, des ordres.

Deux ou trois domestiques se hâtèrent d'aller ouvrir, car ils avaient reconnu celui qui appelait, mais dès que le lourd vantail s'écarta ils furent violemment jetés contre le mur avec lui, et, dans la lumière brillante des torches, Roscelin fit brutalement irruption. Il était tête nue, ses cheveux très clairs avaient été décoiffés par sa course et ses yeux bleus lançaient des éclairs. Le froid de la nuit entra avec lui, toutes les torches se mirent à couler et à fumer. Cenred, qui s'engouffrait dans la grande salle, se trouva immobilisé tout aussi abruptement par le regard flamboyant de son fils :

– C'est vrai, ce que raconte Edred? demanda-t-il sans préambule. Qu'est-ce que vous avez manigancé derrière mon dos?

CHAPITRE NEUF

Pour une fois, l'autorité parentale fut mise en déroute, ce dont Cenred prit douloureusement conscience. Et, comme il n'avait jamais été un tyran domestique, il était trop tard pour en adopter le comportement. Il s'efforça toutefois de reprendre l'initiative qui lui échappait.

— Qu'est-ce que tu fabriques ici ? demanda-t-il d'un ton sévère. T'ai-je prié de venir ? Ton seigneur t'a-t-il donné congé ? L'un de nous t'aurait-il relevé de ta promesse ?

— Non, répondit Roscelin, rouge de colère. Personne ne m'a donné la permission de rentrer, et je n'ai demandé d'autorisation à personne. Quant à ma promesse, elle est devenue nulle et non avenue avec le tour que vous m'avez joué. Ce n'est pas moi qui ai renié ma parole. Et, pour mes devoirs envers Audemar de Clary, je retournerai les accomplir s'il le faut et je supporterai les conséquences de mes actes, mais pas tant que vous ne m'aurez pas rendu des comptes sur ce que vous entendiez entreprendre en secret, dans mon dos. Je vous ai écouté, j'ai admis vos raisons, je vous ai obéi. Mais vous, ne me deviez-vous rien en retour ? Pas même d'être loyal ?

Un autre père aurait pu l'assommer sur place pour son insolence, mais ce n'était pas le genre de Cenred. Sans compter qu'Emma le tirait nerveusement par la manche, inquiète pour ses deux hommes. Perronet, sur le qui-vive, l'air morose, était juste derrière elle, observant le jeune enragé qui tenait tête à ses parents et déjà conscient qu'une menace difficilement évitable pesait sur ses projets. Quelle autre raison, en vérité, aurait pu ramener ce jeune homme chez lui par une nuit pareille ? Tout indiquait qu'il avait coupé au plus court et pris une route dangereuse dans l'obscurité, sinon il ne serait pas arrivé si vite. Rien de ce qui s'était passé cette nuit ne relevait d'un accident ou du hasard. Le mariage de Hélisende Vivier avait provoqué cet enchaînement catastrophique de crime, de recherches et de poursuites, et on pouvait très bien envisager que ça n'était pas fini.

— Je ne vois pas de quoi j'aurais à rougir, protesta Cenred, ni pourquoi j'aurais des explications à te fournir. Tu sais ce qu'on attend de toi, tu l'as accepté, ne viens pas te plaindre maintenant. Il me semble être encore le maître chez moi, j'ai des droits et des devoirs envers ma famille. Et je suis seul juge sur ce point. C'est le bien de chacun qui me guide !

— Sans même avoir la courtoisie de m'en informer ! éclata Roscelin, tout feu tout flammes. Il faut que je l'apprenne par Edred alors que tout est pratiquement consommé, après un crime dont vous aurez du mal à vous laver les mains. Je suppose que c'était pour le bien de chacun? Ou bien oserez-vous prétendre que la mort d'Edgytha n'a aucun rapport avec tout cela et qu'il faut l'imputer à un étranger? Même si les choses doivent s'arrêter là, que de malheurs! D'après Edred, elle rentrait d'Elford quand quelqu'un l'a attaquée. Je suis ici pour empêcher que la série continue.

— J'imagine que votre fils fait allusion au mariage qui a été arrangé entre votre jeune sœur et moi, intervint Jean de Perronet d'une voix froide et forte. Il me semble avoir mon mot à dire sur cette question.

Roscelin détourna ses grands yeux bleus du visage de son père et fixa l'invité. C'était la première fois qu'il le regardait, et cette rencontre le tint silencieux un bon moment. Cadfael se rappela qu'ils se connaissaient. Les deux familles étaient alliées, pas très proches peut-être; et puis, deux ans auparavant, Jean de Perronet avait officiellement demandé la main de Hélisende. Il n'y avait pas d'animosité personnelle dans l'expression de Roscelin; il en voulait plutôt aux circonstances qui le frustraient et le rendaient furieux qu'à un rival heureux qu'il ne pouvait ni ne devait considérer comme tel.

— C'est vous le fiancé? demanda-t-il sans courtoisie excessive.

— C'est moi, et je n'ai pas l'intention de renoncer à ce titre. Vous avez une objection?

Animosité ou pas, ils commençaient à se défier comme des coqs en colère, mais Cenred posa une main apaisante sur le bras du promis et arrêta l'élan de son fils d'un geste impérieux.

— Attendez, attendez ! C'est aller trop loin. Il faut vider l'abcès. Ainsi mon petit, à t'en croire, tu as entendu parler de ce mariage, comme tu as appris la mort d'Edgytha, par Edred ?

— Quelle question ! Évidemment ! Il est arrivé tout fier de ce qu'il avait à nous révéler et il a réveillé toute la maison, Audemar compris. Quand il a mentionné ce mariage, je ne suis pas sûr qu'il s'adressait à moi, mais j'ai entendu et je suis venu ici vérifier par moi-même ce qu'il en était. Et on va voir si c'est pour le bien de chacun !

— Qu'est-ce que tu racontes ? Tu n'as pas vu Edgytha ? Elle ne t'a pas parlé ?

— Si elle gisait morte à un bon mille d'Elford, elle aurait eu du mal ! s'écria Roscelin impatiemment.

— Elle est morte *après* qu'il a commencé à neiger. Elle était partie depuis plusieurs heures, elle avait tout le temps d'aller à Elford et de revenir. Elle a bien été *quelque part* puisqu'elle était sur le chemin du retour. Où diable a-t-elle pu se rendre ?

— Alors comme ça, vous pensiez qu'elle était venue à Elford ? articula lentement Roscelin. Tout ce que j'ai appris, c'est qu'elle était morte, j'ai supposé que c'était en venant. En venant me voir ! C'est ça que vous aviez dans l'idée ? Elle venait m'avertir de ce qui se tramait en mon absence ?

Le silence de Cenred et le visage malheureux d'Emma les dispensaient de répondre.

— Non, continua-t-il sur le même rythme, je ne l'ai pas vue, ni personne de la maison d'Audemar pour autant que je sache. Mais, si elle est passée au manoir, que je sois pendu si je sais à qui elle s'est adressée, pas à moi toujours.

— C'était pourtant le plus vraisemblable, remarqua Cenred.

— C'est possible, mais elle n'est pas venue. N'empêche, ajouta Roscelin impitoyable, que cela revient au même, parce que j'ai découvert le pot aux roses. Dieu m'en est témoin, je suis désolé pour Edgytha, mais il ne nous reste plus qu'à l'enterrer avec les honneurs qui lui sont dus et si possible trouver son meurtrier et l'enterrer également. Mais il n'est pas trop tard pour revenir sur ce qui devait se passer demain, il n'est pas trop tard pour tirer un trait sur ce mariage.

— Je m'étonne, scanda Cenred d'une voix dure, que tu ne m'accuses pas d'avoir versé le sang.

Devant une idée aussi monstrueuse, Roscelin fut réduit au silence ; il resta bouche bée sous le choc, laissant pendre ses mains comme un enfant. Il était évident qu'il n'aurait jamais imaginé une chose pareille, il était trop naïf pour cela. Il poussa un cri furieux, inarticulé et, renonçant à poursuivre, se tourna de nouveau vers Jean de Perronet.

— Et vous, *vous* aviez un mobile pour vouloir qu'elle se taise, si vous saviez qu'elle était partie me prévenir. Oui, *vous* aviez un mobile pour vouloir la réduire au silence, de façon que nulle voix ne s'élève contre ce mariage, comme j'élève la mienne maintenant. Dites-nous, est-ce vous qui l'avez tuée?

— C'est ridicule, répliqua Perronet dédaigneusement. Chacun sait que je n'ai pas quitté les lieux de toute la soirée et peut en témoigner.

— Je n'en disconviens pas, mais vous avez des hommes qui peuvent se charger de vos basses besognes.

— Tous mes serviteurs ont ceux de votre père pour garants. Et puis, faut-il que vous ayez la tête dure ! On vous a répété sur tous les tons que cette pauvre femme avait été assassinée *en revenant* et non en partant. A quoi sa mort m'aurait-elle servi? Je vous le demande. Maintenant, messieurs, j'aimerais apprendre en quoi le mariage de sa jeune parente regarde ce garçon, en quoi ses droits de frère pourraient-ils s'opposer à ceux du futur époux.

Et voilà, songea Cadfael, il va bien falloir que le squelette sorte du placard, même si personne ne se risque à dire franchement toute la vérité. Perronet avait l'esprit vif; il devait se douter que si ce pauvre garçon agissait ainsi il risquait d'y avoir là-dessous des sentiments inavouables. Allait-on pouvoir garder la tête haute dans la famille? Tout dépendait de Roscelin. Mais, torturé comme il l'était, c'était se montrer très exigeant envers lui; en outre, il avait le sentiment d'avoir été trahi. A présent on allait voir à qui on avait affaire.

Roscelin était devenu très pâle et son visage s'était figé; à la lumière des torches, l'ossature de ses pommettes et de ses mâchoires se dessinait avec netteté. Avant que Cenred ait eu le temps de répondre, son fils l'avait devancé.

– En quoi est-ce que cela me regarde ? Hélisende a toujours été comme une sœur pour moi, et s'il y a quelqu'un à qui je souhaite d'être heureux, c'est bien elle. Je ne me suis jamais permis de discuter les droits de mon père, et je suis certain qu'il veut son bonheur autant que moi. Seulement, quand j'entends parler d'un mariage à la sauvette dont on me tient à l'écart, je suis en droit de m'inquiéter, ce me semble. Je n'accepterai certainement pas de rester les bras croisés tandis qu'on la forcera à un mariage qui n'est peut-être pas de son goût. Je ne veux pas qu'on l'oblige ou qu'on la persuade contre sa volonté.

— Mais il n'est pas question d'une chose pareille ! protesta vigoureusement Cenred. On ne la force en rien, elle a donné son consentement de son plein gré.

— Vraiment ? Alors pourquoi ne m'en avoir rien dit tant que tout ne serait pas terminé ? Comment pourrais-je vous croire alors que vos procédés démentent vos allégations ? Je n'ai rien contre vous, monsieur, ajouta-t-il, tournant vers Perronet un visage blême dont il contrôlait parfaitement l'expression. J'ignorais même que c'était vous le mari. Mais vous devez comprendre mon incrédulité vu la façon dont les choses ont été organisées. Pourquoi n'avoir pas agi ouvertement ?

— Eh bien, c'est le cas à présent, rétorqua sèchement Perronet. Si la dame s'adressait personnellement à vous, cela apaiserait-il vos scrupules ? Cela vous donnerait-il satisfaction ?

La pâleur de Roscelin s'accentua douloureusement, et pendant un moment il lutta pour ne pas céder à la crainte de se trouver irrémédiablement rejeté à jamais. Mais il n'avait pas d'autre choix que d'accepter.

— Si elle affirme que la décision vient d'elle, je n'aurai plus qu'à me taire.

Mais il se garda bien d'ajouter qu'il serait satisfait.

Cenred se tourna vers sa femme qui pendant tout ce temps était restée loyalement aux côtés de son époux, cependant que son regard troublé ne se détachait pas de son fils.

— Allez chercher Hélisende. Elle s'exprimera par elle-même.

Dans le silence lourd, contraint, qui suivit le départ d'Emma, Cadfael se demandait si un seul des membres de cette famille accablée avait trouvé aussi étrange que lui que Hélisende ne soit pas descendue depuis longtemps pour découvrir ce que signifiaient toutes ces allées et venues nocturnes. Il ne pouvait pas se sortir de l'esprit la dernière image qu'il avait emportée d'elle, toute seule parmi cette foule, complètement perdue sur cette route qu'elle avait cru pouvoir parcourir jusqu'au bout en gardant toute sa dignité. La situation avait changé à un point tel qu'elle ne savait plus où elle en était. Il était donc d'autant plus étonnant qu'elle ne soit pas venue, ne fût-ce que pour défendre son intégrité, rejoindre les autres pour voir ce qu'avaient donné les recherches. Savait-elle seulement qu'Edgytha était morte ?

Cenred s'était avancé dans la grande salle parcimonieusement éclairée, renonçant à l'atmosphère protégée du cabinet puisqu'une porte close ne garantissait plus l'intimité des personnes présentes. Une servante de la maison avait été tuée. Une dame de la famille se rendait compte que son mariage provoquait des conflits et un crime. Face à l'angoisse, plus rien ne séparait le maître du valet, la châtelaine de la servante. Chacun attendait, également inquiet. A l'exception de Hélisende, toutefois, qui ne se montrait toujours pas.

Frère Haluin s'était retiré dans l'ombre. Muet comme la tombe, il avait pris place sur un banc appuyé au mur, le dos voûté entre ses béquilles qu'il serrait contre lui. Du fond de leurs orbites creuses, ses yeux passaient intensément d'un visage à l'autre, scrutateurs, dubitatifs. S'il était fatigué, il n'en donnait aucun signe. Cadfael aurait aimé le renvoyer se coucher, mais la curiosité, l'angoisse étaient si fortes que nul ne pouvait s'en aller. Une seule personne avait pu résister à ce charme et lui échapper.

— Qu'est-ce qui retient ces femmes ? demanda Cenred, très agité. Est-ce si long de passer une robe ?

Mais il s'écoula encore plusieurs minutes interminables avant le retour d'Emma. Quand elle apparut à la porte, sa douce figure ronde exprimait la consternation et l'effarement, et ses mains jointes s'agitaient spasmodiquement. La petite Madlyn se glissa discrètement derrière elle, mais de Hélisende point.

– Elle est partie, balbutia Emma, trop secouée, abasourdie, pour articuler. Elle n'est ni dans son lit, ni dans sa chambre. Son manteau n'est plus là. Sa haquenée et sa selle sont parties avec elle. Pendant votre absence, elle a sellé son cheval et s'en est allée sans un mot, toute seule.

Pour une fois chacun se retrouva sans voix, le frère, le fiancé, l'amoureux désespéré, tout le monde. Cependant qu'ils se querellaient et argumentaient sur son sort, elle avait pris les choses en main et s'était enfuie loin d'eux. Eh oui, même de Roscelin, qui restait là médusé, stupéfait, tout aussi désemparé que les autres. Cenred avait beau se raidir et lancer à son fils des regards sévères et Perronet le soupçonner des plus noirs desseins, il était évident que Roscelin n'était pour rien dans cette fuite due à la panique. Même avant la mort d'Edgytha, pensa Cadfael, le départ mystérieux de cette dernière et le fait qu'elle n'était pas rentrée avaient suffi à faire voler en éclats les certitudes péniblement acquises de Hélisende. Jean de Perronet était certes un homme honorable et un bon parti, oui elle avait promis de ne plus croiser le chemin de Roscelin, ce qui les libérerait l'un et l'autre d'une situation inextricable. Mais si ce sacrifice engendrait colère, danger, conflit, voire meurtre, alors ça n'était plus la même chose. Hélisende s'était retirée de ce guêpier et avait repris sa liberté.

— Comment ça, elle s'est enfuie ? s'exclama Cenred avec un profond soupir, acceptant déjà cela comme un fait. Et personne ne l'a vue ? Je ne comprends pas. Où diable a-t-elle pu aller ? Où étaient ses femmes ? Il n'y avait donc pas de palefrenier aux écuries pour lui demander où elle allait ? Ou à tout le moins nous prévenir ? Et où se serait-elle réfugiée, sinon auprès de toi ? ajouta-t-il, se passant une main découragée sur le visage et couvrant son fils d'un œil sombre.

Voilà, c'était sorti et il était trop tard pour qu'il se reprenne.

— Tu ne l'aurais pas cachée sans avertir personne avant de te précipiter ici en simulant l'indignation pour couvrir ton forfait ?

— Vous n'allez pas croire ça ? s'écria Roscelin, indigné. Je ne l'ai pas vue, nous ne nous sommes pas parlé, je ne lui ai pas envoyé de message, et vous le savez. Je suis venu d'Elford par le même chemin que vos gens et, si elle avait pris ce sentier, on se serait croisés. Me jugez-vous capable de la laisser se déplacer seule en pleine nuit, qu'elle se rende à Elford ou qu'elle revienne ici ? Si on s'était rencontrés, on serait ensemble à l'heure qu'il est, où que ce soit.

— Par la grand-route, c'est plus long mais également plus sûr, intervint Jean de Perronet. Si elle est effectivement allée à Elford, peut-être est-elle passée par là. Elle n'aurait pas pris le risque de tomber sur vos serviteurs.

Il s'exprimait d'une voix sèche et froide, et son visage était devenu un masque impressionnant, mais il était de sens rassis et n'entendait perdre ni son temps ni son énergie à déplorer l'affection coupable d'un adolescent. Sa position ne s'en trouvait pas menacée. Ce mariage auquel il tenait tant avait été accepté, et il n'y avait aucune raison d'y changer quoi que ce soit. Ce qui importait, c'était de savoir où était passée la jeune fille et qu'il ne lui soit rien arrivé.

— Oui, c'est possible, admit Cenred, essayant de se rassurer. C'est même le plus probable. Si elle arrive à Elford, elle y sera en sécurité. Mais ne laissons rien au hasard et allons patrouiller sur la grand-route.

Roscelin proposa avec enthousiasme de repartir sur-le-champ, et il aurait franchi la porte d'un bond si Perronet ne l'avait sèchement retenu par la manche.

— Oh non ! Il n'en est pas question ! Si jamais vous la rencontriez, je doute qu'on vous revoie l'un et l'autre ! Laissez à Cenred le soin de retrouver sa sœur ; je me contenterai de la voir revenir saine et sauve nous expliquer ce qu'elle a en tête. Et quand elle aura terminé, mon petit, je vous conseille de vous en tenir là et de n'ouvrir la bouche qu'à bon escient.

Roscelin n'apprécia pas outre mesure cette attitude, ni de s'entendre appeler « mon petit » par un homme qui ne l'impressionnait pas, même si lui n'avait ni son âge ni son assurance. Il se libéra sans peine et, d'un regard menaçant, dissuada son rival de continuer à tenir ce genre de propos.

— Que Hélisende revienne d'abord et qu'on lui laisse le droit d'exprimer son point de vue à elle et non le vôtre, monsieur, ni celui de mon père ou de quiconque, suzerain, prêtre ou souverain, enfin qui vous voudrez. Ensuite on verra. Mais d'abord, ajouta-t-il en se tournant vers son père, le défiant et le suppliant à la fois, retrouvez-la, laissez-moi m'assurer qu'il ne lui est rien arrivé et qu'elle a été bien traitée. A l'heure actuelle, rien d'autre n'a d'importance.

— Je m'en occupe personnellement, affirma Cenred qui commençait à reprendre son autorité.

Et il s'engouffra dans le cabinet récupérer le manteau qu'il y avait laissé.

Mais personne ne devait plus quitter Vivier cette nuit-là. Cenred venait à peine d'enfiler ses bottes, ses palefreniers avaient à peine commencé à seller aux écuries qu'on entendit une demi-douzaine de cavaliers qui entraient dans la cour à vive allure. Il y eut un bref échange à la porte, suivi du bruit sourd de sabots sur le sol gelé.

Tous ceux qui étaient à l'intérieur coururent voir ce qui se passait, se demandant de qui il pouvait s'agir à pareille heure. Edred et ses compagnons étaient partis à pied; on pouvait s'attendre à ce qu'ils reviennent de même, or voilà que surgissait une troupe bien montée. Des torches éclairèrent la nuit, Cenred sortit, immédiatement suivi de Roscelin et de Jean de Perronet ainsi que de plusieurs serviteurs.

Dans la cour, les flambeaux vacillants révélèrent par intermittence la silhouette massive d'Audemar de Clary à l'instant où il sautait à terre et jetait sa bride à un palefrenier qui accourait. Derrière lui venait Edred, l'intendant, suivi par ceux qui l'avaient accompagné à Elford, montés sur des chevaux appartenant à de Clary, et derrière encore il y avait trois hommes d'armes de ce dernier.

Cenred descendit hâtivement les marches pour leur souhaiter la bienvenue.

— Je ne m'attendais pas à vous voir aussi tard cette nuit, seigneur, commença-t-il, prenant pour une fois un ton officiel envers son suzerain et ami, mais vous arrivez à point nommé et je suis on ne peut plus content de vous voir, bien quc jc sois confus à l'idée des ennuis qu'on risque de vous causer. Edred a dû vous dire qu'on avait un meurtre sur les bras. Un assassinat dans votre juridiction, c'est à peine croyable, mais c'est ainsi.

— Oui, j'ai appris cela, répliqua Audemar. Entrons. J'aimerais entendre toute cette histoire de votre bouche. Impossible d'entreprendre quoi que ce soit avant le matin.

Il aperçut Roscelin en pénétrant dans la grande salle, nota son air sombre dénué de confusion et lui lança sans se fâcher :

— Tiens, tu es là, toi ! Enfin, ça, je m'y attendais.

Il était clair qu'Audemar savait pourquoi le garçon avait été expédié hors de chez lui et que, à défaut d'approuver ses sentiments, il avait de la sympathie pour lui. Il lui envoya une bonne bourrade sur l'épaule en passant et l'attira dans le cabinet à sa suite. Résistant à cette invite, Roscelin, aux cent coups, agrippa son seigneur par la manche.

– Ce n'est pas tout, monsieur. Je vous en prie, père, supplia-t-il, ne lui cachez rien. Si elle est allée à Elford, où peut-elle être maintenant ? Hélisende a disparu, monsieur, elle est partie seule à cheval, mon père est persuadé qu'elle s'est rendue à Elford à cause de moi ! Mais j'ai pris le raccourci et je ne l'ai pas vue. Est-elle arrivée chez vous ? Rassurez-moi, je vous en prie. Est-elle passée par la grand-route ? Est-elle à Elford à l'heure qu'il est ?

– Mais non ! répondit Audemar, confronté à un nouveau problème, en se tournant vivement vers le père et le fils, conscient des tensions qu'ils subissaient. Nous sommes venus par la grand-route également sans rencontrer âme qui vive. Quel que soit l'itinéraire, on ne pouvait pas la rater. Allez, venez ! s'exclama-t-il, empoignant Cenred de son bras libre. Entrons et, à nous tous, voyons ce qu'on peut apprendre les uns des autres et comment procéder au mieux quand le jour sera levé. Vous devriez prendre un peu de repos, madame, nous sommes immobilisés jusqu'à la fin de la nuit. A partir de maintenant, je prends les choses en main. Mais vous, inutile de vous épuiser à veiller.

Il aurait fallu être aveugle pour ne pas voir qui était le maître à présent. A ces mots, Emma joignit les mains avec gratitude, lança un regard affectueux autant qu'inquiet à son fils et à son époux, et sortit pour essayer de reprendre des forces d'ici le lever du jour. Depuis le cabinet, Audemar jeta à la ronde un coup d'œil plein d'amabilité, certes, mais dont on ne pouvait ignorer le caractère dominateur qui signifiait son congé à chacun. Il aperçut les deux bénédictins qui s'étaient mis discrètement à l'écart, les salua courtoisement eu égard à leur habit et leur sourit.

— Bonne nuit, mes frères! émit-il avant de tirer la porte du cabinet derrière lui afin de s'enfermer avec la malheureuse famille et celui qui aspirait à y entrer.

CHAPITRE DIX

— Ah, il en a de bonnes ! s'écria frère Haluin, allongé sur son lit dans la lumière qui précédait l'aube, bien éveillé, à présent, et émergeant de son long silence dans cette maison plongée dans le chaos. Bonne nuit, mes frères ! Au revoir mes frères ! Il n'y aura pas de mariage. D'abord, il n'y a plus de mariée. Et, même si elle réapparaissait, cette union ne saurait être célébrée comme s'il ne s'était rien passé qui soit susceptible de jeter sur elle un doute on ne peut plus sérieux. Quand j'ai accepté cette charge, il n'y avait pas de raison de deviner anguille sous roche, aussi douloureuse qu'ait pu être la situation, mais il serait difficile d'en dire autant aujourd'hui.

— Il me semble, avança Cadfael, se fondant sur l'intonation de Haluin pour exprimer la décision qu'il avait prise, que vous n'êtes pas fâché de n'avoir pas à tenir votre promesse.

— Oh que non ! Dieu sait combien je regrette la mort de cette femme et les souffrances que ces deux enfants doivent endurer sans remède. Mais je ne me vois pas maintenant unir cette jeune fille à quiconque sans avoir d'abord recouvré mes certitudes premières. C'est un soulagement qu'elle ne soit plus là. Je prie pour qu'elle ait trouvé un abri sûr. Il ne nous reste plus qu'à prendre congé, il me semble, conclut-il. De Clary n'y a pas été par quatre chemins, on ne souhaite plus notre présence en ces lieux. Et Cenred sera ravi de nous voir partir.

— Et il vous reste un vœu à accomplir. Plus rien ne nous retient. C'est vrai ! soupira Cadfael, partagé entre le soulagement et le regret.

— Je n'ai que trop tardé. Il est temps pour moi de reconnaître que je n'étais pas le plus à plaindre, ajouta Haluin, inflexible, et que j'ai manqué de modestie dans le rôle que j'ai choisi. C'est par égoïsme que je n'ai pensé qu'à mon salut. J'essaierai désormais de donner à ce qui me reste à vivre un sens un peu plus généreux.

« Ce voyage, après tout, songea Cadfael, n'aura peut-être pas été inutile. » Pour la première fois, depuis qu'il avait fui le monde, malade de chagrin, se sentant terriblement coupable, Haluin s'en approchait à nouveau pour découvrir l'universalité de la souffrance au sein de laquelle sa propre souffrance s'était perdue comme une goutte d'eau dans la mer. Toutes ces années, il avait appliqué la Règle à la lettre, il s'était montré d'une obéissance absolue sans pouvoir se délivrer de sa solitude intérieure. Sa véritable vocation commençait à présent. Désormais, Haluin pourrait bien s'avérer taillé dans le bois dont on fait les saints. Quant à lui, Cadfael, il se savait encore ancré ici-bas, parmi ses frères humains.

En son for intérieur, il répugnait à quitter Vivier. Haluin avait parlé d'or, mais rien n'était résolu. Certes, la fiancée ayant disparu, le mariage n'était plus possible. Ils n'avaient donc aucune excuse pour s'attarder. Cenred n'avait plus besoin d'eux et les verrait partir sans regret. Mais pour Cadfael, c'était une autre histoire : se laver les mains d'un meurtre resté impuni, penser à la justice bafouée, au tort qui risquait de n'être jamais redressé, cela lui était insupportable.

Évidemment, l'autorité se trouvait entre les mains d'Audemar qui ne manquait ni de force de caractère ni d'esprit de décision, et de tels crimes dépendaient de sa juridiction. Il n'y avait rien que Cadfael pût lui apprendre de plus que Cenred.

Et puis, si on allait par là, qu'est-ce que Cadfael connaissait à toute cette affaire ? Qu'Edgytha était partie depuis plusieurs heures quand elle avait été tuée puisqu'il y avait de la neige sous son cadavre, qu'elle comptait regagner Vivier, qu'elle avait eu largement le temps de parvenir à Elford, qu'elle n'avait pas été dévalisée. L'assassin s'était contenté de la tuer et de la laisser sur place. Jamais un bandit de grand chemin n'aurait agi ainsi. Mais, si ce n'était pas pour l'empêcher de prévenir Roscelin, ce qui n'eût été vraisemblable que si le crime avait eu lieu à l'aller, le criminel avait une autre raison de tenir à ce qu'elle se taise, avant même qu'elle ne rentre à Vivier. Cependant, le seul lien qu'il y avait entre les deux manoirs, c'était Roscelin et son exil chez Audemar de Clary. Quel autre secret fallait-il préserver à tout prix, sinon celui de cette union semi-clandestine ?

Seulement voilà : Edgytha n'avait pas parlé à Roscelin, et elle ne s'était même pas approchée du manoir. Alors, si elle était allée à Elford, comment expliquer que personne ne l'avait vue ; et, si elle n'était pas allée à Elford, quelle était sa destination ?

Donc, si tout le monde s'était trompé, y compris Cenred et son épouse, quel pouvait être le fameux chat qu'elle comptait lâcher parmi les pigeons ?

Il y avait toutes les chances pour que Cadfael ne connaisse jamais la réponse à ces questions, qu'il ignore toujours le sort qui attendait la jeune fille disparue et son malheureux amant, ainsi que les parents qui se rongeaient d'inquiétude pour ce couple infortuné. Quel dommage ! Mais il n'y avait qu'à s'incliner. Ils ne pouvaient plus guère forcer Cenred, dont la famille traversait de telles épreuves, à continuer à leur offrir l'hospitalité. Dès que tout le monde serait sur le pied de guerre, il leur faudrait prendre congé et se mettre en route pour Shrewsbury. Ils ne manqueraient à personne. Leur place était au monastère.

Un matin gris se leva, sous un plafond légèrement couvert mais haut. Apparemment il ne risquait pas de neiger à nouveau. Il n'y avait plus que quelques discrètes traces blanches à la base des murs, sous les arbres et les buissons, et la température remontait. La journée serait plutôt favorable aux voyageurs.

La maisonnée se leva tôt et s'activa immédiatement. Les serviteurs de Cenred eurent quelque mal à émerger de leur nuit brève, conscients que de rudes tâches les attendaient, ce qui ne les enchantait guère. Quelle qu'ait été la décision des participants de la conférence qui s'était tenue dans le cabinet, ils avaient dû envisager un certain nombre d'endroits où Hélisende avait pu trouver refuge. Il était certain qu'Audemar enverrait des patrouilles sur toutes les routes possibles et imaginables se renseigner dans toutes les fermes de la région, au cas où quelqu'un aurait vu Edgytha, ou lui aurait parlé, ou aurait aperçu quelqu'un au comportement suspect sur le sentier qu'elle aurait sans doute emprunté. Déjà on se rassemblait dans la cour, on sellait, on resserrait des sangles et on attendait stoïquement les ordres lorsque Cadfael et Haluin, solidement chaussés et prêts à partir, se présentèrent devant Cenred.

Il était en pleine conversation avec son intendant dans la grande salle bourdonnante d'animation au moment où ils s'approchèrent de lui. Il se tourna courtoisement vers eux, mais il lui fallut une seconde pour trouver que leur dire, comme si, pris par les soucis qui l'accaparaient, il avait oublié leur visage. La mémoire lui revint très vite, ce qui ne sembla pas l'enthousiasmer, et il ne leur montra qu'une politesse de convenance.

— Je vous demande pardon, mes frères, on vous a un peu négligés. Mais si nous sommes accablés par ce qui s'est passé, que cela ne vous trouble pas, vous êtes ici chez vous.

— Nous vous rendons grâce de toutes vos

bontés, seigneur, lui répondit Haluin, mais nous devons partir. Nous ne pouvons vous être utiles en rien. Puisqu'il n'y a plus de secret, il n'y a plus de raison de se presser. Nous avons du travail qui nous attend chez nous. Nous sommes venus prendre congé.

Cenred était trop franc pour montrer une répugnance quelconque à se séparer d'eux. Il n'eut pas un mot de protestation.

— Il est vrai que je vous ai mis en retard dans mon propre intérêt, admit-il à regret, et en définitive inutilement. Je suis désolé de vous avoir mêlés à une affaire aussi pénible. Mais accordez-moi au moins cela : mes intentions étaient pures. Je vous remercie du fond du cœur et vous souhaite un bon voyage.

— Et nous prierons, monsieur, pour que vous retrouviez votre sœur. Et que Dieu vous aide à voir clair dans vos difficultés.

Alors qu'Adelaïde leur avait offert des chevaux pour rentrer à l'abbaye, Cenred ne leur en proposa pas pour la première partie du trajet, il avait trop besoin de tous ceux dont il disposait. Mais il suivit des yeux les deux silhouettes vêtues de noir, l'infirme et son chaperon, descendant lentement l'escalier qui menait à la cour, Cadfael prêt à empoigner Haluin au moindre faux pas et Haluin avançant prudemment, les mains abîmées à force de tenir ses béquilles, à pas comptés. En bas, ils croisèrent ceux qui couraient en tous sens et se rapprochèrent du portail. Cenred, soulagé de voir une source de complication disparaître, mais recru d'émotion, se tourna obstinément vers les épreuves qu'il lui restait à affronter.

Roscelin, piaffant d'impatience, sautant d'un pied sur l'autre, n'attendait que l'ordre de son père ou d'Audemar pour se mettre en selle. Il accorda aux deux moines qui passaient à ce moment un regard préoccupé avant de les saluer chaleureusement. Il leur souhaita une bonne journée et parvint à leur sourire malgré l'anxiété qui lui crispait les traits.

— Vous retournez à Shrewsbury? Cela me paraît une bonne idée. Je vous souhaite un voyage sans histoire.

— Et à vous des recherches qui s'achèvent heureusement, répondit Cadfael.

— Heureusement pour moi? protesta le garçon en se rembrunissant. Je ne compte pas là-dessus!

— Si vous la retrouvez saine et sauve et si elle refuse de se marier dans l'immédiat, vous pourrez vous estimer heureux. Je doute que vous puissiez demander plus. Enfin, pas encore, suggéra Cadfael avec prudence. Prenez ce que chaque instant a de bon et soyez-en reconnaissant. Nul n'est en mesure de prédire l'avenir.

— Je ne le sais que trop, que mon bonheur est impossible. Inutile de se leurrer, répliqua Roscelin, implacable. N'importe, votre vœu part d'un bon sentiment et c'est ainsi que je le prends.

— Où irez-vous d'abord pour chercher Hélisende? questionna Haluin.

— Certains repartiront à Elford afin de s'assurer qu'elle ne nous a pas glissé entre les doigts après tout. Et ensuite on se renseignera dans chaque manoir au cas où on les aurait vues, elle ou Edgytha. Elle ne saurait être allée loin.

La mort d'Edgytha lui avait certainement causé du chagrin et l'avait mis en rage, mais, quand il prononça ce « elle », il était visible qu'il s'inquiétait d'abord et avant tout pour Hélisende.

Ils le quittèrent, dévoré d'anxiété, plus nerveux que son cheval qui ne tenait pas en place. Quand ils se retournèrent depuis le portail, il avait déjà le pied à l'étrier et derrière lui tous les autres rassemblaient leurs rênes pour se mettre en selle. Première étape, Elford, au cas où les rabatteurs auraient manqué Hélisende qui se serait ainsi arrangée pour se réfugier au château. Cadfael et Haluin devaient s'engager dans la direction opposée et marcher plein ouest. Guidés par les torches du manoir, ils avaient piqué au nord à partir de la grand-route. Ils ne reprirent pas le même chemin, mais marchèrent tout de suite vers l'ouest sur un sentier fréquenté qui longeait la palissade du manoir. A la limite de la clôture, ils entendirent les hommes d'Audemar passer la porte en désordre et former un long ruban multicolore, qui se déroula vers l'est et disparut derrière les premiers arbres qui se présentèrent.

— Ainsi, pour nous, c'est fini, murmura Haluin soudain peiné. On ne saura jamais ce qui sortira de tout ça ! Pauvre garçon, torturé par un amour sans espoir. Tout ce qu'il peut espérer, en ce bas monde, c'est de la voir heureuse, mais est-ce possible sans lui ? Je sais si bien, poursuivit-il sans s'apitoyer sur son sort, ce qu'ils doivent éprouver tous les deux.

Mais apparemment cette affaire ne le concernait plus, et il était inutile de regarder en arrière. Ils continuèrent donc vers le couchant, avançant d'un bon pas sur cet itinéraire inconnu. Dans leur dos, le soleil se levait, projetant dans l'herbe humide des ombres démesurées.

— Je pense que si on continue par là on va rater Lichfield, remarqua Cadfael, essayant de se repérer, méditatif, quand ils s'arrêtèrent à midi pour prendre un morceau de pain, de fromage et une tranche de bacon, installés sur une herbe épaisse, à l'abri du vent. A mon sens, on doit se trouver au nord de la ville. Enfin, par la grâce de Dieu, on finira bien par dénicher un lit quelque part avant la tombée de la nuit.

Toujours est-il que le temps était clair et sec et le pays qu'ils traversaient agréable, mais assez peu peuplé, et ils rencontrèrent beaucoup moins de gens qu'ils n'en auraient croisé en prenant la route directe qui passait par Lichfield. Comme ils avaient du sommeil en retard, ils ne se pressaient plus, et ils profitaient en chemin de tous les endroits où ils pouvaient se reposer, un essart solitaire, par exemple, où on leur offrait un banc au coin du feu et quelques minutes de conversation amicale en prime.

Un vent léger se leva aux approches du soir, les avertissant qu'il était temps de se mettre en quête d'un abri où dormir. Ils se trouvaient dans un pays encore dévasté par ce qu'il avait subi cinquante ans auparavant. Les gens du cru n'avaient pas vu d'un très bon œil l'arrivée des Normands et leur résistance leur avait coûté cher. On apercevait çà et là des ruines d'habitations désertées dont les morceaux tombaient parmi l'herbe et les ronces, et celles d'un moulin qui pourrissaient lentement dans le courant qu'elles s'étaient creusé. Les hameaux étaient rares et éloignés les uns des autres. Cadfael commença à scruter le paysage à la recherche d'une quelconque habitation.

Un homme d'un certain âge, qui ramassait du petit bois, se redressa pour répondre à leur salut et les dévisagea, curieux, de dessous le sac qui lui servait de capuchon.

— A moins d'un demi-mille, mes frères, vous verrez à votre droite la clôture d'un monastère. On n'a pas fini de le construire et pour l'instant il est surtout à l'état de charpente, mais l'église et le cloître sont en pierre. Vous ne pouvez pas le manquer. Il n'y a plus que deux ou trois tenures au village, mais les religieuses accueillent des voyageurs. Il y aura bien un lit pour vous. D'ailleurs, ajouta-t-il avec un coup d'œil à leur habit, vous êtes du même ordre, ce sont des bénédictines.

— Je ne savais pas qu'il y en avait par ici, s'étonna Cadfael. Comment s'appelle cette maison ?

— Comme le hameau, Farewell. Sa création ne remonte pas à plus de trois ans. Il a été fondé par l'évêque de Clinton. Vous y serez les bienvenus.

Ils le remercièrent et le laissèrent lier sa grosse brassée de bois avant de rentrer chez lui, dans la direction opposée, cependant qu'ils se dirigeaient vers l'ouest, tout ragaillardis.

— Il me semble avoir entendu parler de cet endroit, dit Haluin, ou au moins des projets de l'évêque concernant une fondation nouvelle quelque part par ici, à deux pas de sa cathédrale. Mais ce nom de Farewell m'était totalement inconnu avant que Cenred ne le prononce — vous en souvenez-vous ? — le premier soir où nous sommes arrivés à Vivier. La seule maison bénédictine de la région, nous a-t-il affirmé après nous avoir demandé d'où nous venions. Nous avons de la chance d'être passés par là.

N'empêche que, avec le crépuscule qui descendait, il commençait à donner des signes de fatigue en dépit de l'allure tranquille qu'ils avaient adoptée. Ils se réjouirent tous deux que le sentier les amenât à une petite clairière flanquée de deux ou trois chaumières, et, un peu plus loin, ils découvrirent la longue palissade pâle de l'abbaye neuve que surplombait le toit de l'église. Le chemin les conduisit à une modeste loge de bois, mais le portail massif et la grille qui le protégeait étaient clos. Cependant, si on tirait la cloche, cela éveillait toute une série d'échos dans le lointain, vers les bâtiments, et, au bout d'un moment, une lumière apparut et des pas hâtifs résonnèrent à l'intérieur de la clôture.

La grille s'entrouvrit, révélant un jeune visage rond, tout rose, qui leur adressait un sourire rayonnant. Deux yeux bleus se posèrent sur leur habit, leur tonsure et les identifièrent.

— Bonsoir, mes frères, s'exclama une jeune voix allègre. Vous voilà bien tard sur les routes. Pouvons-nous vous offrir un toit sous lequel vous reposer ?

— Nous allions juste vous le demander, répondit Cadfael en toute sincérité. Pouvez-vous nous loger jusqu'à demain ?

— Et plus longtemps s'il le faut, répondit-elle gaiement, les membres de l'ordre sont toujours les bienvenus chez nous. Nous sommes à l'écart des sentiers battus, on ne nous connaît pas encore bien et, tant que les travaux ne sont pas terminés, le confort que nous offrons ne vaut pas, je le crains, celui de maisons plus anciennes, mais il y a toujours de la place pour des hôtes comme vous. Attendez que j'enlève la barre de la porte.

Ils l'entendirent repousser la chevillette, soulever le loquet du guichet et le vantail s'ouvrit tout grand, tandis que la sœur tourière les invitait chaleureusement à entrer.

Cadfael ne lui donnait pas plus de dix-sept ans, elle devait à peine commencer son noviciat. Sans doute s'agissait-il d'une des dernières filles d'une famille de petite noblesse, et de fortune plus petite encore, qu'on aurait eu du mal à doter convenablement et dont les perspectives d'un mariage avantageux étaient réduites. Elle était de taille menue, ronde sans être grosse, son visage ordinaire resplendissait d'une fraîcheur printanière et, Dieu merci, elle s'épanouissait dans sa nouvelle vie, le monde qu'elle avait laissé derrière elle semblant ne lui avoir laissé aucun regret. La tâche qu'on lui avait confiée lui allait comme un gant ainsi que la guimpe blanche et la coiffe noire qui encadraient sa figure candide.

— Vous venez de loin ? interrogea-t-elle, observant d'un regard inquiet la démarche fatiguée de Haluin.

— De Vivier, se hâta de la rassurer ce dernier. C'est relativement près et nous n'avons pas marché vite.

— Il vous reste encore beaucoup de chemin?

— Nous allons à Shrewsbury, l'informa Cadfael. Nous sommes de l'abbaye des Saints-Pierre-et-Paul.

— Ma foi, ce n'est pas la porte à côté, s'écria-t-elle en hochant la tête. Vous avez certes mérité de vous reposer. Voulez-vous m'attendre à la loge? Je vais prévenir sœur Ursula que nous avons des invités. C'est notre sœur hospitalière. Le seigneur évêque a tenu à ce que deux religieuses expérimentées viennent de Polesworth pour passer la saison avec nous afin d'instruire les novices. Nous manquons toutes tellement de pratique et il y a tant à apprendre, sans parler des travaux du bâtiment ni du jardinage. Alors on nous a envoyé sœur Ursula et sœur Bénédicte. Asseyez-vous et prenez quelques minutes pour vous réchauffer. Je reviens.

Et elle s'éloigna aussitôt d'un pas dansant, léger, aussi heureuse dans son couvent que ses sœurs, qui étaient restées dans le siècle, auraient pu l'être à l'idée de se marier.

— Elle est vraiment à sa place, constata frère Haluin à la fois surpris et content. Ce n'est pas un pis-aller en l'occurrence. Ce que j'ai découvert sur la fin lui a été accordé dès le début. Les religieuses de Polesworth doivent avoir à la fois la sagesse et la grâce, si c'est là leur œuvre.

Sœur Ursula était grande, très mince et avait

une cinquantaine d'années. Sur son visage ridé, plein d'expérience, on lisait à la fois la sérénité, la résignation, voire un certain humour, comme si elle avait fini par s'habituer à tout ce que le comportement humain peut avoir d'étrange, et que rien ne risquait plus de la surprendre ni de la déconcerter. « Si l'autre instructrice est de la même trempe, songea Cadfael, les débutantes de Farewell peuvent se vanter d'avoir de la chance. »

— Je vous souhaite la bienvenue, dit sœur Ursula, s'avançant vivement dans la loge suivie de la jeune novice, tout sourire. Notre abbesse aura le plaisir de vous recevoir demain, mais ce qu'il vous faut, dans l'immédiat, c'est de quoi manger et un bon lit où vous reposer, d'autant plus qu'un long voyage vous attend, je crois. Suivez-moi, nous avons toujours une chambre prête au cas où des visiteurs inattendus se présenteraient, à plus forte raison des bénédictins.

Elle les conduisit jusqu'à une cour extérieure de dimension réduite au fond de laquelle se dressait l'église, modeste édifice en pierre, mais dont on voyait qu'il était inachevé ; des pièces de bois, des pierres de taille, des cordes et des planches d'échafaudage étaient soigneusement rangées au pied des murs, montrant qu'ici rien n'était terminé. Mais en trois ans l'église avait été édifiée ainsi que toute la structure du cloître, à l'exception du côté sud dont seul le rez-de-chaussée qui abritait le réfectoire était utilisable.

— L'évêque nous a fourni la main-d'œuvre et alloué une somme importante, mais nous ne serons pas au bout de nos peines avant plusieurs années. Entre-temps, nous vivons simplement. Nous ne manquons de rien de ce qui est indispensable et nos besoins se limitent à peu de chose. Je suppose que, quand toutes ces constructions de bois auront été remplacées par des bâtiments en pierre, mon travail ici sera terminé et je retournerai à Polesworth où j'ai prononcé mes vœux il y a bien des années, mais je ne sais pas encore. Si on me donne le choix, il me semble que j'aimerais mieux rester là. Ce n'est pas rien d'aider à la naissance d'une fondation nouvelle ; on a envers elle les mêmes sentiments qu'envers un enfant dont on a accouché.

Il était sûr que l'actuelle palissade serait transformée en un bon mur de moellons et qu'on rebâtirait petit à petit tout ce qui avait été édifié en bois et qui s'y adossait : infirmerie, hôtellerie, magasins, et ainsi de suite. Mais déjà le coup d'œil qu'ils jetèrent au cloître leur indiqua que le pourtour en avait été désherbé et qu'en son centre un joli bassin permettait aux oiseaux de venir boire.

— L'an prochain, murmura sœur Ursula, nous aurons des fleurs. Sœur Bénédicte, notre meilleure jardinière à Polesworth, m'a accompagnée ; la cour du cloître est son domaine. Elle a les doigts verts et les oiseaux viennent lui manger dans la main. C'est un don que je n'ai jamais eu.

Cadfael voulut savoir si l'abbesse venait également de Polesworth.

— Non, l'évêque de Clinton nous a envoyé la mère Patrice qui s'occupait auparavant de

Coventry. Toutes deux, nous regagnerons sans doute notre monastère lorsqu'on n'aura plus besoin de nous, à moins qu'on ne nous laisse finir nos jours ici. Mais je me répète. Pour cela, il nous faudrait une dispense de l'évêque. Qui sait s'il ne jugera pas bon de nous l'accorder?

Au-delà du cloître s'ouvrait une petite cour privée à l'extrémité de laquelle se trouvait l'hôtellerie, tout près de la clôture. La chambre qui attendait les premiers voyageurs était sombre et toute chaude d'une bonne odeur de bois. Le mobilier était très simple : deux lits, une table, un crucifix au mur avec un prie-Dieu au-dessous.

– Vous êtes chez vous, s'écria gaiement sœur Ursula, je vais demander qu'on vous apporte à souper. Vous arrivez un peu tard pour vêpres, mais s'il vous sied de vous joindre à nous pour complies, tout à l'heure, vous entendrez la cloche. Notre église est à votre disposition. Elle n'est pas bien vieille, et plus il y aura de bonnes âmes sous ses voûtes, mieux ce sera. Maintenant, si vous avez tout ce qu'il vous faut, je vous laisse vous reposer.

Dans le merveilleux silence de l'abbaye nouvelle de Farewell, frère Haluin sombra dans le sommeil du juste dès qu'il revint de complies. Il dormit comme un bébé toute la nuit et une partie de l'aube d'une journée douce et claire sans la moindre trace de gel. Il s'éveilla pour trouver Cadfael déjà debout, prêt à aller réciter l'office du matin avant de prier de son côté à l'église.

— La cloche de prime a-t-elle déjà sonné? demanda Haluin, se levant en catastrophe.

— Non, il s'en faut encore d'une demi-heure, à en juger d'après la lumière. Si cela vous tente, nous aurons l'église pour nous seuls.

— Excellente idée, approuva Haluin, qui l'accompagna de bon cœur.

Ils traversèrent donc la petite cour et entrèrent par la porte sud du cloître. L'herbe du parterre central était humide et verte; en une nuit, la pâleur hivernale avait disparu. Les bourgeons, qui formaient comme une brume timide et osaient à peine la veille se montrer sur les branches des arbres, avaient pris une couleur franche et s'étaient changés en un voile vert tendre. Encore quelques jours d'un temps clément, quelques rayons de soleil, et le printemps s'imposerait. Dans l'eau claire de la vasque de pierre, des petits oiseaux s'ébattaient en piaillant, très conscients du changement de saison. Frère Haluin s'approcha de l'église de Farewell, le cœur plein d'espoir. Certes ce bâtiment était destiné à être agrandi, voire remplacé quand on aurait terminé de construire tout ce qui était indispensable à la vie de l'abbaye, quand elle aurait été dotée et aurait acquis du prestige. Cependant ce premier édifice, malgré sa petite taille et sa simplicité, inspirerait une affection éternelle et, quand il serait supplanté, les religieuses qui avaient participé à sa naissance et l'avaient servi à ses débuts, telles sœur Bénédicte et sœur Ursula, le regretteraient.

Ils célébrèrent ensemble l'office dans la

pénombre calme, agenouillés devant la flamme discrète de la lampe d'autel, et ensuite offrirent leurs prières personnelles au cœur du silence. Au-dessus d'eux, la lumière s'accentua, rayonnante. Les premiers rayons voilés du soleil levant se glissèrent à travers les pieux de la palissade et touchèrent les pierres du haut du mur est qu'elles nimbèrent de rose pâle. Ses béquilles à côté de lui, frère Haluin demeurait à genoux.

Frère Cadfael fut le premier à se relever. L'heure de prime allait bientôt sonner et deux hommes visibles comme le nez au milieu du visage assistant au service du matin, même s'il s'agissait de deux moines du même ordre, risquaient de perturber les religieuses les plus jeunes. Il sortit par la porte sud, attendant dans le cloître que Haluin ait besoin de lui pour se remettre debout.

Une des religieuses, très mince, droite comme un I, très maîtresse d'elle-même, se tenait près de la vasque de pierre et donnait des miettes aux oiseaux. Elle écrasait le pain sur la vaste margelle du bassin et le tendait dans sa paume ouverte sans craindre tous les battements d'ailes et l'agitation qui l'entouraient. La robe noire convenait à ravir à sa silhouette fine, et sa grâce adolescente éveilla un douloureux souvenir dans la mémoire de Cadfael. Ce port de tête, ce cou allongé, ces épaules droites, cette taille étroite, élégante, cette longue main sur laquelle se perchaient les oiseaux, il était sûr de les avoir déjà vus, ailleurs, sous une lumière différente, trompeuse. Maintenant elle était dehors, illuminée par la nette clarté de l'aube, et il avait peine à croire à une erreur de sa part.

Ainsi, Hélisende était à Farewell ; Hélisende en habit de religieuse. La fiancée avait échappé à un dilemme insupportable ; elle s'était enfuie pour prendre le voile plutôt que d'épouser un autre que celui qu'elle aimait, Roscelin. Certes, elle n'avait pas eu le temps de prononcer ses vœux, mais les religieuses avaient peut-être cru bon, vu les circonstances, de lui accorder aussitôt la protection de cette robe avant même qu'elle ait commencé son noviciat.

Elle avait l'oreille fine, à moins qu'elle ne se fût attendue à entendre un pas léger du côté ouest du cloître, là où se trouvait le dortoir. Car il était évident qu'elle avait surpris un bruit dans cette direction et qu'elle s'était tournée pour accueillir d'un sourire le nouvel arrivant. Ce simple mouvement, tranquille et mesuré, lui donna à penser que cette femme était peut-être moins jeune qu'il ne l'avait cru un instant auparavant, et le visage qu'il découvrit soudain lui était totalement inconnu.

Il n'avait nullement affaire à une jeune fille inexpérimentée, mais à une femme mûre, sereine, aux traits marqués. La révélation qu'il avait eue dans la grande salle, à Vivier, se transformait en une réalité à la fois différente et toute proche.

A la place de l'adolescente se tenait une femme, pas Hélisende, elle ne lui ressemblait pas vraiment, à l'exception de ce grand front d'ivoire, de ce doux visage ovale et de ce regard profond, candide, vulnérable. Par leur silhouette et leurs attitudes, elles étaient sœurs. Si elle avait de nouveau tourné le dos, elle eût été le véritable portrait de sa fille.

Car il ne pouvait s'agir que de cette veuve qui avait pris le voile à Polesworth plutôt que de se voir contrainte à un second mariage. Eh oui, c'était sœur Bénédicte que l'évêque avait envoyée dans sa nouvelle fondation pour y établir une tradition solide et servir de modèle aux petites novices de Farewell. Sœur Bénédicte qui savait convaincre les fleurs de pousser et les oiseaux de lui manger dans la main. Hélisende avait dû entendre parler de sa décision, à défaut du reste de la maisonnée à Vivier. Elle savait donc où aller se réfugier en cas de besoin. Et, pour cela, sa mère était tout indiquée.

Il s'était tellement concentré sur cette femme, là, dans le cloître, qu'il n'avait rien entendu de ce qui se passait dans l'église, aussi fut-il surpris par le bruit des béquilles sur les pavés, depuis le porche, et il se tourna comme s'il était coupable vers celui dont il avait la charge. Haluin, Dieu sait comment, s'était débrouillé pour se relever. Il apparut aux côtés de Cadfael et regarda avec plaisir un soleil brumeux jouer avec l'ombre emperlée de rosée autour du bassin central.

Soudain, il aperçut la moniale et s'immobilisa net, vacillant sur ses béquilles. Cadfael vit son regard fixe s'agrandir et, dans ses orbites creuses, une flamme s'alluma comme s'il avait une vision ou était en extase. Sa bouche sensible forma un nom, presque en silence, dont il allongea les syllabes. Presque en silence, mais pas tout à fait, car Cadfael l'entendit.

Émerveillé, partagé entre la joie et la souffrance, comme si, sous l'effet d'une expérience mystique, il n'était plus lui-même, frère Haluin laissa échapper :

— Bertrade !

CHAPITRE ONZE

Impossible de se tromper sur ce nom, ni de mettre en doute l'absolue certitude avec laquelle il avait été prononcé. Si, pendant un bref instant, Cadfael garda un doute raisonnable, il le rejeta aussitôt dans un grand élan d'enthousiasme. Quant à Haluin, il n'avait aucune raison d'hésiter ni de se poser des questions. Il se fiait au témoignage de ses yeux, et il émit ce nom qu'il n'avait pu oublier, éperdu d'un bonheur qu'il ne pouvait supporter sans trembler. Bertrade !

Quand il avait vu sa fille, il avait été frappé en plein cœur tant cette silhouette qu'il distinguait mal dans la pénombre était semblable à celle qu'il avait aimée. Mais dès que Hélisende s'était avancée dans la lumière des torches, la ressemblance s'était évanouie et la vision avait disparu. Il ne connaissait pas cette jeune fille. Maintenant, elle reparaissait ; elle tourna vers lui un visage qu'il se rappelait trait pour trait, qu'il avait toujours gardé en mémoire, et ses doutes s'évanouirent.

Ainsi, elle n'était pas morte. Cadfael raisonnait à toute vitesse en silence. La tombe que cherchait Haluin était donc un leurre. Bertrade n'avait pas succombé à la maladie qui l'avait privée des joies de la maternité, elle avait survécu au danger et à son chagrin d'épouser un vieillard, vassal et ami de la famille de sa mère, et pour lui donner une fille étonnamment semblable à elle-même de par son allure et sa façon d'être. Elle s'était efforcée de son mieux de remplir ses devoirs maternels et conjugaux tant que son vieil époux avait vécu. Mais, dès qu'il était mort, elle avait tourné le dos au monde et suivi l'exemple de son premier amour pour entrer au couvent, choisissant le même ordre que lui, adoptant une fois pour toutes la discipline à laquelle Haluin avait consacré sa vie.

Tout cela n'empêchait pas Cadfael de continuer à se demander pourquoi il avait trouvé à la jeune fille de Vivier, alors que c'est Haluin qui aurait dû s'en rendre compte, un petit air familier autant qu'inexplicable. « Quel démon se cache au fond de ta mémoire, hein? et refuse de se laisser identifier? » s'interrogeait-il. « Cette fille, tu ne la connaissais ni d'Ève ni d'Adam, et tu n'avais jamais rencontré sa mère. Celle qui t'a regardé par les yeux de Hélisende et qui a tiré un voile entre vous, ce n'était pas Bertrade de Clary. »

Tout cela se bousculait dans son esprit, lorsque soudain la lumière se fit, juste avant que Hélisende en personne ne sortît de l'ombre de la colonnade ouest pour rejoindre sa mère. Elle n'avait pas adopté l'habit religieux et portait toujours la robe qu'elle avait la veille au soir à la table de son frère. Elle était pâle, grave, mais le calme du couvent avait agi sur elle. De surcroît, elle n'était plus tenue à rien et avait du temps devant elle pour réfléchir avant de prendre une décision.

Les deux femmes s'étaient rejointes, le bas de leur robe laissant dans l'herbe humide une trace parallèle plus sombre que la couleur du gazon. Elles se dirigèrent tranquillement vers le portail par où était sortie Hélisende, pour célébrer prime avec les autres religieuses. Elles s'éloignaient, elles allaient disparaître et toutes les questions resteraient sans réponse, rien ne serait résolu, tout demeurerait mystérieux ! Et cependant Haluin demeurait sur place accroché à ses béquilles, pétrifié, incapable d'articuler un mot. Il allait de nouveau la perdre, et voilà, c'était fini. Les deux femmes étaient presque arrivées à l'allée ouest, la rupture définitive était sur le point d'être consommée.

— Bertrade ! cria Haluin, partagé entre la terreur et le désespoir.

Sa voix, que se répercutaient les murs, atteignit les femmes. Surprises, inquiètes, elles se retournèrent vers la porte de l'église. Haluin se secoua tant bien que mal avec un grand soupir et s'avança imprudemment vers le bassin, ses béquilles martyrisant le tendre gazon.

A la vue d'un inconnu qui marchait à leur rencontre, elles s'étaient instinctivement reculées, mais elles y regardèrent de plus près, reconnurent l'habit noir des bénédictins, constatèrent que l'homme était infirme. Émues de compassion, elles s'immobilisèrent pour le laisser approcher et firent même quelques pas timides dans sa direction. Pendant un instant, il n'y eut rien de plus que de la pitié pour un grand blessé. Et puis, brusquement, tout changea.

Il avait trop présumé de ses forces pour arriver jusqu'à elles. Elles constatèrent qu'il trébuchait, risquait à chaque instant de choir. Prompte à rendre service, la jeune fille s'élança pour lui éviter une chute. Il lui tomba droit dans les bras et ils faillirent se retrouver par terre. Finalement ils se rattrapèrent, se redressèrent, presque joue contre joue, et Cadfael resta longtemps à regarder ces deux visages si proches, stupéfait, ébloui par l'évidence.

Eh bien voilà, il l'avait sa réponse. Maintenant il comprenait tout ce qu'il y avait à comprendre, à l'exception de cette rage teintée d'amertume qui pouvait pousser un être humain à se montrer aussi vil, féroce envers autrui. Et même cette réponse, il n'aurait pas à aller loin pour la trouver.

Ce fut à ce moment crucial que Bertrade de Clary, croyant dévisager un étranger, s'aperçut de son erreur, reconnut Haluin et cria son nom.

Dans l'immédiat, il n'y eut rien d'autre que ces regards éperdus de deux êtres qui se retrouvaient et comprenaient chacun les souffrances et les torts qu'ils s'étaient causés réciproquement, ce qui n'avait pas été le cas auparavant, et puis un grand élan de joie et de gratitude dispersa toute autre émotion. Muets, immobiles, ils restèrent quelques minutes à se contempler mutuellement, tous les trois, entendant à peine la cloche de prime qui sonnait au dortoir, et sachant que les moniales allaient descendre l'escalier de matines pour entrer dans l'église en procession.

Rien ne se produisit donc dans l'immédiat. Les femmes reculèrent, sans pouvoir détacher leurs regards émerveillés de Haluin, et s'apprêtèrent à rejoindre les autres religieuses. Cadfael sortit de sous son porche pour prendre doucement son ami par le bras et le ramener, comme un somnambule, vers l'hôtellerie.

— Elle n'est pas morte, murmura Haluin, assis très droit sur le bord de son lit, répétant sans arrêt cette phrase qui tenait plus de l'incantation que de la prière. Elle n'est pas morte ! C'était faux, archifaux ! Elle est en vie !

Cadfael ne soufflait mot. Le moment n'était pas encore venu d'évoquer tous les arrière-plans de cette révélation. Haluin avait reçu un choc et son esprit était dans l'incapacité de dépasser les faits, tout à sa joie de savoir en vie et en sécurité celle dont il avait si longtemps pleuré la mort, une mort dont, en outre, il s'était cru responsable. Il avait pendant tant d'années porté son deuil qu'il ne pouvait s'en remettre aussi vite.

— Il faut que je lui parle, gémit-il. Je ne peux pas partir avant de m'être entretenu avec elle.

— Cela va de soi, affirma Cadfael.

C'était devenu inévitable. Il fallait crever

l'abcès. Ils s'étaient retrouvés, dévorés des yeux, plus personne ne pourrait revenir là-dessus. La boîte de Pandore était ouverte, prête à livrer ses secrets sur lesquels nul ne pourrait la refermer.

— Impossible de nous en aller aujourd'hui, scanda Haluin.

— Il n'en est pas question, le rassura Cadfael, c'est évident. Un peu de patience. Je vais de ce pas demander audience à l'abbesse.

*
**

L'abbesse de Farewell, qui était venue de Coventry à la requête de l'évêque de Clinton pour diriger la maison qu'il avait fondée, était une femme plutôt boulotte d'environ quarante-cinq ans. Elle avait un visage rond, haut en couleur, et des yeux bruns perspicaces qui vous jaugeaient en un instant sans avoir besoin de s'y reprendre à deux fois. Elle était assise très droite, sur un banc dépourvu de coussins, dans un petit parloir à l'ameublement spartiate. Quand Cadfael entra, elle referma le livre posé devant elle.

— Soyez donc le bienvenu, mon frère; exposez-moi sans détour ce qui vous amène. D'après Ursula, vous venez de l'abbaye de Shrewsbury. J'avais l'intention de vous prier à dîner, votre compagnon et vous, et mon invitation tient toujours. Mais il paraît que vous m'avez devancée et demandé à me voir. Je suppose qu'il y a une raison à cela. Asseyez-vous, mon frère, et expliquez-moi un peu en quoi je puis vous être utile.

Cadfael prit place, hésitant sur la façon dont il

convenait de commencer et ce qu'il y avait lieu de garder pour lui. Cette femme était très capable de lire entre les lignes, mais elle était également d'une absolue discrétion, et saurait garder pour elle ce qu'elle aurait deviné.

— Je suis venu, révérende mère, vous prier de bien vouloir autoriser frère Haluin et sœur Bénédicte à s'entretenir en privé.

Il la vit hausser les sourcils sous lesquels ses petits yeux perçants pétillaient d'intelligence ; elle ne semblait pas troublée.

— Pendant leur jeunesse, expliqua-t-il, ils se connaissaient bien. Il était au service de sa mère et, à force de se fréquenter, avec l'âge qui les rapprochait, ils finirent par tomber amoureux. Mais Haluin ne représentait pas un bon parti aux yeux de la mère, et elle s'employa à les séparer. Il fut renvoyé et on lui interdit tout contact avec la jeune fille qu'on poussa à épouser quelqu'un qui convenait mieux à la famille. Je ne doute pas que la suite vous soit connue en ce qui la concerne. Haluin est entré dans l'ordre pour de mauvaises raisons, certes. Il n'est pas bon de prendre l'habit par désespoir, mais il n'est pas le premier, nous le savons vous et moi, et nombreux sont ceux dans ce cas qui ont su se montrer fidèles à leurs engagements. Haluin, pour ne citer que lui, en est une preuve vivante. Ainsi, j'en suis persuadé, que Bertrade de Clary.

Quand il mentionna ce nom, il surprit une lueur dans son regard. Apparemment elle n'ignorait pas grand-chose des religieuses dont elle avait la direction, mais, si elle en savait plus sur celle-là en particulier, elle n'en montra rien et sembla prendre tout ce qu'il lui raconta pour argent comptant.

— M'est avis, répondit-elle, que cette histoire s'est répétée à la génération suivante. Les circonstances ne sont pas exactement semblables, mais la conclusion pourrait bien l'être. Il serait peut-être indiqué de se hâter d'intervenir si l'on veut y mettre bon ordre.

— J'y songe, croyez-le bien, l'assura Cadfael. Quelle ligne de conduite avez-vous suivie jusqu'à présent ? Depuis la nuit où cette petite est venue se réfugier auprès de vous ? Dès le lendemain toute la maisonnée a commencé à ratisser le pays pour la retrouver.

— Oh ! les recherches auront cessé ! répliqua l'abbesse. J'ai envoyé un message à son frère dès hier afin de l'informer que sa sœur est ici, saine et sauve, et qu'elle le supplie de la laisser en paix dans l'immédiat, afin qu'elle puisse réfléchir et prier dans le calme. Je pense que dans les circonstances présentes il se conformera à sa volonté.

— Circonstances qu'elle vous a narrées par le menu, affirma Cadfael. Dans la mesure, bien entendu, où elle est au courant de tout.

— En effet.

— Vous êtes donc informée de la mort de cette gouvernante, du mariage qu'on avait organisé et de ce qu'il y avait derrière. Vous savez cela aussi, je suppose.

— Je sais que le jeune rival est un parent trop proche, et pourtant c'est lui qu'elle voudrait.

Oui, je suis au courant. Elle en dit sûrement moins à son confesseur, d'après moi. Ne vous inquiétez pas pour Hélisende. Tant qu'elle restera parmi nous, personne ne viendra l'ennuyer. En outre la présence de sa mère lui est d'un grand réconfort.

— Elle n'aurait pas pu trouver meilleur refuge, déclara Cadfael avec ferveur. Mais pour les deux personnes qui nous préoccupent en ce moment, vous ignorez sûrement qu'on avait affirmé à Haluin que Bertrade était morte et il l'a cru pendant toutes ces années. Par-dessus le marché, il s'est toujours jugé responsable de sa disparition. Ce matin, grâce à Dieu, il l'a revue devant lui, bien vivante. Ils n'ont pas eu le temps de se parler. Mais, si vous y consentez, je pense que ce serait une bonne chose pour eux. S'ils retrouvent la paix de l'esprit, ils n'en accompliront que mieux leur vocation. Et j'estime aussi qu'ils ont le droit de savoir que l'autre a trouvé une manière de bonheur.

— Êtes-vous convaincu que cela leur sera vraiment bénéfique? demanda l'abbesse après réflexion. Et qu'ils seront aussi satisfaits de leur vocation après qu'avant?

— Beaucoup plus qu'avant, je vous le certifie. Si vous pouvez répondre d'elle, moi je réponds de lui. S'ils sont séparés sans avoir pu échanger un mot, ils resteront tourmentés jusqu'à la fin de leurs jours.

— Je n'aimerais pas devoir m'en expliquer devant Dieu, admit l'abbesse avec un petit sourire pâle. Je vais leur accorder une heure pour qu'ils se rassurent l'un l'autre. Cela ne peut nuire à personne, bien au contraire, sans doute. Vous comptez rester encore quelques jours ?

— Aujourd'hui, au moins. Car j'ai une autre prière à vous adresser. Je vous abandonne frère Haluin. Mais j'ai encore quelque chose à faire avant que nous ne rentrions. Non, pas ici ! Me permettriez-vous de vous emprunter un cheval ?

Elle resta un bon moment à le dévisager. Bien qu'elle n'en montrât rien, il eut le sentiment que ce qu'elle vit lui plaisait car elle finit par accepter :

— A une condition.

— Laquelle ?

— Je souhaiterais, quand tout sera terminé et cette affaire réglée, que vous veniez me raconter la seconde partie de l'histoire.

Frère Cadfael sortit de l'écurie la monture qui lui avait été prêtée et se mit en selle sans hâte. L'évêque avait cru bon d'équiper au mieux les écuries dans le propre intérêt de ses visites ; il s'y trouvait deux solides poneys pour le cas où l'un de ses messagers viendrait à passer et demanderait l'hospitalité à l'abbaye. Puisqu'il avait reçu carte blanche, Cadfael choisit naturellement celui qui lui plaisait le plus, un beau bai assez jeune et plein de feu. Il avait dans l'idée que le trajet ne serait pas bien long, mais pourquoi ne pas s'accorder un moment agréable ? Quand il arriverait au but, ce serait une autre paire de manches.

Le soleil était déjà haut quand il franchit le

portail, un soleil pâle qui devenait plus clair, plus brillant au fur et à mesure que le printemps se rapprochait. La neige fatale qui s'était abattue sur Vivier serait la dernière de la saison et formerait une heureuse conclusion au pèlerinage de Haluin qui avait débuté sous la neige, précisément.

La fine dentelle verte des bourgeons s'était transformée sur les buissons et les branches en un plumage de jeunes feuilles. L'herbe luisait, humide de rosée, et produisait une fine vapeur odorante sous la caresse du soleil. Ah, que de beauté ! Et derrière lui il sentait la présence de la compassion, d'une juste délivrance et l'espoir qui renaissait. Mais devant lui il y avait une âme solitaire à sauver... ou à perdre.

Il ne prit pas la route de Vivier. Ce n'était pas là qu'il avait une affaire urgente à conclure, mais peut-être reviendrait-il par ce chemin. Il s'arrêta une fois pour regarder derrière lui ; la longue ligne de la clôture de l'abbaye avait disparu dans les replis du terrain, ainsi que le hameau. Haluin allait l'attendre et se poser des questions, cherchant sa voie à tâtons, « comme dans un miroir », pressé de doutes auxquels il ne saurait répondre, partagé entre la foi et l'incrédulité, plein de joie et de crainte, tourmenté par le souvenir encore vivace de ses angoisses passées, jusqu'à ce que l'abbesse le convoque à un entretien où tout deviendrait clair.

Cadfael avançait lentement, espérant rencontrer quelqu'un qui fût susceptible de lui indiquer la bonne direction. Une femme, qui emmenait ses moutons et ses agneaux au pâturage, s'arrêta volontiers pour lui montrer l'itinéraire le plus court. Il n'avait pas besoin de s'approcher de Vivier, ce qui lui convenait, car il ne tenait pas à rencontrer Cenred et ses gens. Pas encore. Dans l'immédiat il n'avait rien à leur révéler et, en définitive, ça n'était pas à lui de prendre la parole et de s'expliquer.

Maintenant qu'il avait eu ses renseignements, il pressa l'allure et ne mit pied à terre que sur le seuil du manoir d'Elford.

Plus tard dans la matinée, ce fut la petite sœur tourière qui frappa à la porte et vint troubler la solitude tourmentée de Haluin. Le soleil était complètement dégagé, et l'herbe avait eu le temps de sécher. Haluin jeta un coup d'œil à la ronde, pensant voir Cadfael, et posa sur la jeune religieuse un regard encore un peu vague, plein d'étonnement.

— Je viens de la part de sa seigneurie, lui dit-elle avec une affectueuse sollicitude, car il semblait avoir peine à la comprendre. Elle vous prie de venir au parloir. Je vais vous emmener, si vous voulez bien me suivre.

— Frère Cadfael est sorti et n'est pas encore rentré, murmura-t-il lentement en prenant ses béquilles, regardant autour de lui comme s'il venait juste de s'éveiller. Est-ce qu'il est concerné, lui aussi ? Ne vaudrait-il pas mieux que je l'attende ?

— C'est inutile. Il s'est déjà entretenu avec

mère Patrice. Il a, paraît-il, une mission à remplir qui ne peut pas attendre. Attendez-le donc au couvent sans vous inquiéter. Vous venez?

Haluin se redressa et la suivit, confiant comme un enfant, bien qu'il n'eût pas encore tous ses esprits. Ils traversèrent la cour pour se rendre chez l'abbesse, et la jeune fille accorda son pas au sien. Elle l'amena très gentiment à la porte du parloir. Sur le seuil, elle se retourna et lui adressa un grand sourire pour l'encourager.

— Entrez, vous êtes attendu.

Elle lui tint la porte puisqu'il avait besoin de ses deux mains pour ses béquilles. Il pénétra en boitant dans la pièce plongée dans une pénombre qui fleurait bon le bois. Il s'arrêta aussitôt pour s'incliner devant la mère supérieure, mais il s'immobilisa, frémissant, le temps de s'accoutumer à la lumière tamisée. Car la femme qui se tenait devant lui, tendue, immobile, un sourire merveilleux aux lèvres, au centre de la pièce, et qui d'instinct lui donna ses mains quand il approcha, n'était pas l'abbesse mais Bertrade de Clary.

CHAPITRE DOUZE

Le palefrenier qui traversa tranquillement la cour pour s'enquérir de ce que souhaitait ce visiteur n'était ni Lothaire, ni Luc, mais un grand gaillard dégingandé d'une vingtaine d'années doté d'une abondante tignasse brune. Derrière lui, on ne voyait pas l'agitation qui régnait habituellement en ce lieu, seuls quelques serviteurs des deux sexes vaquaient à leurs occupations sans la moindre hâte, comme si la discipline s'était nettement relâchée. Ce calme portait à croire que le maître de céans et la plupart de ses hommes se consacraient toujours à la recherche d'une piste pouvant les mener au meurtrier d'Edgytha.

— Si c'est le seigneur Audemar que vous voulez voir, l'informa le garçon, vous n'avez pas de chance : il est toujours à Vivier, il poursuit son enquête sur la femme qui a été tuée avant-hier au soir. Mais si vous cherchez un lit, voyez son intendant, il est là.

— Merci, répondit Cadfael, lui confiant sa bride, mais c'est la mère du seigneur Audemar que je souhaite rencontrer. Je sais où sont ses appartements. Si je peux vous confier mon cheval, j'irai moi-même demander à sa chambrière si sa maîtresse aurait la bonté de me recevoir.

— Comme il vous plaira, en ce cas. Mais, je vous ai déjà vu, s'écria le valet d'écurie, observant de plus près le visage qui lui était vaguement familier. Oui, il y a quelques jours à peine, avec un autre religieux, un infirme qui avait des béquilles.

— C'est exact, j'ai eu une conversation avec votre maîtresse à ce moment-là. Elle ne nous aura pas oublié, mon compagnon et moi. Si elle refuse de m'accorder une audience, eh bien tant pis — mais... ça m'étonnerait beaucoup.

— Je ne vous empêche pas d'essayer, acquiesça son interlocuteur d'un ton détaché. Elle est au manoir avec sa suivante, j'en suis sûr. Elle n'est guère sortie, ces derniers temps.

— Elle avait deux serviteurs qui l'accompagnaient, le père et le fils. On s'est croisés quand nous avons séjourné ici, ils étaient venus avec elle du Shropshire. Je bavarderais volontiers avec eux, s'ils n'ont pas accompagné le seigneur Audemar à Vivier.

— Eux ? Pas de danger. Ce sont des hommes à elle, pas à lui. Elle les a envoyés en mission, ils sont partis hier à la première heure. Mais où ? Ma foi, je n'en sais rien. J'imagine qu'ils sont retournés à Hales. C'est là que la vieille dame réside, la plupart du temps.

En se dirigeant vers le logis d'Adélaïde, à l'intérieur du mur de clôture, Cadfael se demanda si Adélaïde de Clary apprécierait que les palefreniers de son fils, comme celui qui conduisait le poney de Cadfael aux écuries, l'appellent « la vieille dame ». Il était évident que pour ce jeune rustre, elle était vieille comme Mathusalem, ce qui ne l'empêchait pas de conserver fièrement les traces de sa beauté passée.

Si elle avait choisi pour confidente une femme ordinaire, au visage marqué de petite vérole, si elle s'entourait de gens qui ne brillaient pas par leur beauté, il y avait bien une raison, cette compagnie mettait en valeur le charme qui émanait d'elle.

Il demanda à être conduit à la porte de la chambre d'Adélaïde. Gerta, qui veillait jalousement sur l'intimité de sa maîtresse, s'approcha de lui, hautaine, très consciente de ses responsabilités. Il n'avait pas donné son nom et quand elle l'aperçut, elle marqua un temps d'arrêt, assez mécontente de revoir un des bénédictins de Shrewsbury revenir si vite, apparemment sans raison valable.

— Ma maîtresse n'a pas envie de recevoir. Que lui voulez-vous ? Est-il indispensable que vous la dérangiez ? S'il vous faut un lit et de la nourriture, l'intendant du seigneur Audemar s'en chargera.

— C'est uniquement pour dame Adélaïde que je suis ici, et cela ne concerne qu'elle. Informez-la que frère Cadfael est de retour, qu'il vient de l'abbaye de Farewell et qu'il souhaite s'entretenir avec elle. Qu'elle évite les visites, je le comprends aisément. Mais je doute qu'elle refuse de me recevoir.

Gerta n'eut pas le cran de prendre sur elle de le renvoyer. Elle s'exécuta avec un mouvement de tête et un regard dédaigneux, espérant de toutes ses forces lui rapporter une réponse négative. A voir son air grognon quand elle sortit du cabinet, elle n'avait manifestement pas obtenu satisfaction.

— Ma dame vous prie d'entrer, annonça-t-elle d'un ton glacial, en lui ouvrant largement le battant pour qu'il puisse pénétrer dans la pièce.

Elle espérait sans doute rester et assister à la conversation qui allait avoir lieu mais la confiance de la châtelaine ne s'étendait pas jusque-là.

— Laissez-nous, lança cette dernière, depuis l'ombre profonde d'une fenêtre protégée par un épais rideau. Et fermez la porte derrière vous.

Cette fois, Adélaïde n'avait pas de tâches féminines pour s'occuper les mains, pas de broderie ni de rouet pour se donner une contenance. Non, elle était assise dans un grand fauteuil, immobile dans la pénombre. Ses bras reposaient sur les accoudoirs et ses poings se crispaient sur les têtes de lion sculptées à leurs extrémités. Quand Cadfael entra, elle ne broncha pas. Elle n'était ni surprise ni troublée. Son regard brûlant se posa sur lui ; il n'exprimait ni étonnement, ni regret, du moins c'est l'impression qu'il eut. C'était comme si elle l'avait attendu.

Elle voulut savoir où Haluin était resté.

— A l'abbaye de Farewell, répondit Cadfael.

Elle resta silencieuse un moment, le visage figé. De son regard fiévreux émanait une intensité qui vibrait presque dans l'air. Peu à peu, les yeux du moine s'habituèrent à la lumière tamisée et les traits du visage d'Adélaïde émergèrent de l'ombre dans laquelle elle avait choisi de s'enfermer.

— Alors, je ne le reverrai jamais, prononça-t-elle d'une voix dure, décidée.

— Non, vous ne le reverrez jamais. Quand ce sera terminé, nous rentrerons chez nous.

— Mais vous, j'ai toujours eu dans l'idée que vous reviendriez. Tôt ou tard. Je l'ai toujours su. C'est peut-être aussi bien, après tout ! Les choses sont allées trop loin et tout m'a échappé. Bon, puisque vous êtes là, je vous écoute. Moi, je préfère garder le silence.

— Cela me paraît difficile ! Cette histoire, c'est la vôtre.

— Alors, soyez mon chroniqueur. Racontez-la ! Aidez-moi à me souvenir ! Voyons un peu comment elle sonnera aux oreilles de mon confesseur, dans la mesure où il y aura un prêtre pour accepter de m'entendre.

Elle tendit soudain une longue main, lui indiquant un siège d'un geste impérieux, mais il resta debout, là où il pouvait le mieux la voir et elle ne tenta pas de fuir son regard d'une absolue fixité. Muette, elle contrôlait son beau visage orgueilleux, sans rien avouer, sans rien nier. Seule la flamme qui brûlait au fond de ses prunelles était éloquente et ce langage, il n'était pas sûr de le comprendre complètement.

— Auriez-vous oublié la façon dont vous avez agi pendant toutes ces années ? Vous avez puni le malheureux Haluin d'une manière horrible parce qu'il avait osé aimer votre fille qui était enceinte de ses œuvres, comme on dit. Vous l'avez poursuivi jusqu'au fond du couvent où votre haine l'avait jeté, avant que le temps en soit venu, mais les jeunes se désespèrent vite. Vous l'avez forcé à vous fournir de quoi provoquer un avortement et vous lui avez ensuite envoyé un message comme quoi la mère et l'enfant étaient morts. Cette culpabilité effroyable, vous la lui avez imposée pendant une éternité, pour qu'elle le tourmente jusque sur son lit de mort. Qu'avez-vous à répondre ?

— Rien, continuez ! Vous venez à peine de commencer.

— C'est vrai, je commence à peine. Ce mélange d'hysope et d'iris qu'il vous a procuré, vous ne l'avez jamais utilisé. Il a uniquement servi à l'empoisonner, lui. Qu'avez-vous fabriqué, avec ? Avez-vous jeté le flacon aux orties ? Non, bien avant d'avoir extorqué cette potion au malheureux, dès après l'avoir chassé de chez vous, vous avez envoyé Bertrade loin d'Elford et vous l'avez mariée à Edric Vivier. Cela a dû se passer comme ça, certainement encore assez tôt pour donner un enfant à un père acceptable sinon vraisemblable. Quand la petite est née, je ne doute pas que le vieux gentilhomme ait été très fier d'être assez viril à son âge pour avoir un héritier. Comme vous avez agi très vite, nul n'a vu de raison pour s'interroger quant à sa date de naissance.

Elle était toujours aussi immobile, n'avait pas battu un cil, absolument impassible.

— N'avez-vous jamais craint, demanda-t-il, que quelqu'un, Dieu sait comment, répandît la nouvelle à l'abbaye que Bertrade de Clary avait épousé Edric Vivier au lieu d'être six pieds sous terre ? Et qu'elle avait donné une fille à son vieil époux ? Il suffisait d'un voyageur arrivé par hasard, avec la langue bien pendue.

— Les risques n'étaient pas bien grands, répliqua-t-elle froidement. Il n'y avait pratiquement aucun contact entre Hales et Shrewsbury. C'est après son accident, quand il a décidé d'accomplir son pèlerinage, que la situation a changé. Non, je ne voyais pas pourquoi on jaserait dans les manoirs d'un autre comté. Les risques étaient inexistants.

— Admettons et continuons. Votre fille était bien vivante quand vous l'avez emmenée et donnée à un mari. Et la naissance s'est passée sans problème. Vous avez eu de la pitié pour votre fille et pas pour lui. Je voudrais savoir pourquoi. Pourquoi tant de haine envers lui ? Pourquoi vous être vengée avec autant de méchanceté ? Pas à cause de ses agissements envers votre fille, en tout cas. Et d'abord pourquoi ne pas l'avoir considéré comme un parti digne d'elle ? Il venait d'une famille honorable, il aurait hérité d'un bon manoir s'il n'avait pas prononcé ses vœux. Qu'est-ce que vous pouviez bien avoir contre lui ? Vous étiez belle, accoutumée à l'admiration et à l'hommage des hommes. Votre époux était en Palestine. Je revois très bien Haluin, quand il est entré chez nous à dix-huit ans, avant d'avoir reçu la tonsure. Je l'ai vu comme vous l'avez eu sous les yeux pendant quelques années lors de votre célibat forcé. Il était beau...

Il s'arrêta là car la grande bouche volontaire, en face de lui, s'était enfin ouverte. Elle l'avait écouté sans flancher, sans essayer de l'interrompre, sans se plaindre. Maintenant, elle n'y tenait plus :

— Trop beau ! s'exclama-t-elle. Je n'avais pas l'habitude qu'on me repousse, je ne savais même pas courtiser qui que ce soit. Le pauvre, il était trop innocent pour comprendre où je voulais en venir. Quel art ont les enfants pour vous enfoncer le couteau dans la plaie sans le vouloir ! Mais puisque je ne pouvais pas l'avoir, poursuivit-elle d'une voix farouche, elle non plus. Aucune femme ne l'aurait ; elle moins qu'une autre.

Elle avait craché son venin, d'une haleine, sans essayer de se trouver des circonstances atténuantes. Maintenant elle restait à ruminer son passé, revoyant comme s'il s'agissait d'une autre le désir et la rage qu'elle ne pouvait plus éprouver avec la même intensité.

— Oh ! mais ce n'est pas tout, protesta Cadfael, pas le pire peut-être. Avez-vous oublié l'histoire d'Edgytha, votre confidente ? Edgytha était le seul être dont la loyauté vous était acquise, la seule à connaître toute la vérité. C'est elle que vous avez envoyée à Vivier avec Bertrade. Elle vous était entièrement dévouée et fidèle, elle a gardé votre secret et celui de votre vengeance pendant tout ce temps. Et vous pensiez que cela continuerait éternellement. Tout allait plutôt bien pour vous jusqu'à ce que Roscelin et Hélisende grandissent, et tombent profondément amoureux l'un de l'autre. Ils savaient sans vouloir en tenir compte que le monde et l'Église tiendraient leur amour pour coupable, qu'il n'avait donc aucun avenir. Quand ce secret est devenu une barrière entre eux là où il n'y aurait jamais dû en avoir, quand Roscelin a été chassé de Vivier et que le mariage de Hélisende avec de Perronet allait sonner le glas de leur amour, Edgytha n'a pas pu le supporter. Elle a couru vers vous en pleine nuit, car c'est vous qu'elle venait voir, pas Roscelin ! Pour vous supplier de révéler la vérité ou de l'autoriser à s'en charger pour vous.

— Je me suis demandé comment elle savait que j'étais là, tout près.

— C'est moi qui le lui avais dit. Sans le savoir je l'ai poussée à aller vous parler afin que vous leviez l'obstacle qui pesait sur deux enfants innocents. Par le plus grand des hasards, j'ai mentionné que nous avions eu un entretien à Elford. C'est donc moi qui vous l'ai envoyée, et elle en est morte, tout comme Haluin vous a poussée à venir ici, en toute hâte, afin de prévenir toute découverte fâcheuse. On ne vous voulait que du bien, nous n'en avons pas moins été les instruments de votre chute. A présent, je vous conseille de réfléchir à ce qui peut encore être sauvé.

— Poursuivez ! ordonna-t-elle. Vous n'en avez pas encore terminé.

— Non, pas encore, en effet. Edgytha est donc venue vous supplier d'intervenir et vous avez refusé ! A cause de vous, elle est repartie pour Vivier désespérée. Et vous savez ce qui lui est arrivé en route.

Elle ne nia pas. Son visage était tiré, morose, mais elle ne détourna pas les yeux.

— Aurait-elle révélé la vérité, bien que vous le lui ayez défendu ? Ni vous ni moi ne le saurons jamais. Mais quelqu'un qui vous était tout aussi loyal a surpris votre conversation et a compris le danger que vous couriez si elle parlait. Ce quelqu'un a eu peur, l'a suivie et réduite au silence. Oh non ! Pas vous ! Vous aviez des gens sous la main pour ça. Leur en avez-vous glissé un mot à l'oreille ?

— Non ! cria Adélaïde. Je n'aurais jamais fait cela ! A moins que mon visage n'ait parlé pour moi, auquel cas, il en a menti ! Je n'aurais jamais accepté qu'on s'en prenne à elle.

— Je vous crois. Mais lequel des deux l'a suivie ? Ils sont pareils, tel père, tel fils. Ils mourraient pour vous sans discuter, et sans discuter, l'un d'eux a tué pour vous. Et comme par hasard, ils sont partis. Pour Hales ? J'en doute. Ce n'est pas assez loin. A quelle distance se trouve le manoir le plus éloigné de votre fils ?

— Vous ne les trouverez pas, s'écria Adélaïde, sûre d'elle. Quant à savoir qui a commis ce crime que j'aurais pu éviter, je n'en sais rien et je ne veux pas le savoir. Ils voulaient se dénoncer, je les en ai empêchés. A quoi cela aurait-il servi ? Je suis seule responsable, comme de tout le reste. Et j'entends assumer entièrement cette responsabilité. Je les ai renvoyés, oui. Ce n'est pas à eux de payer mes dettes. Enterrer Edgytha avec les honneurs est une piètre compensation, la confession, la pénitence, l'absolution même, n'ont jamais ressuscité personne.

— Il y a toutefois une compensation qu'on peut envisager, suggéra Cadfael. Sans compter que je pense que vous aussi avez dû payer le prix de vos actions, tout comme Haluin, durant toutes ces années. N'oubliez pas que je vous ai vue quand il s'est présenté devant vous, réduit à l'état d'infirme. Je vous ai entendue quand vous vous êtes écriée : « Que vous a-t-on fait ? » Ce que vous lui avez infligé, vous vous l'êtes infligé à vous-même, il n'existe aucun moyen de détruire votre œuvre. Mais vous pouvez peut-être vous libérer et le libérer du même coup, si vous y êtes disposée.

— Dites toujours ! murmura Adélaïde, qui devait cependant avoir une idée assez juste de ce qui allait suivre.

Elle s'y préparait à en juger par l'attitude qu'elle avait adoptée. Depuis le début de l'entretien elle s'attendait à ce que le doigt de Dieu se posât sur elle, dans cette pièce à demi éclairée.

— Hélisende est la fille de Haluin, pas d'Edric, déclara Cadfael. Pas une goutte du sang des Vivier ne coule dans ses veines. Il n'y a donc rien qui puisse constituer un obstacle à son mariage avec Roscelin. Ces deux-là ont-ils raison de vouloir s'unir ? Il ne nous appartient pas d'en décider. Mais on peut les libérer de l'interdit de l'inceste. Il faut que la vérité soit connue, comme c'est déjà le cas à Farewell. Haluin et Bertrade s'y sont retrouvés, ils ont parlé et se sont apaisés l'un l'autre. Hélisende, leur fille, est avec eux et la vérité est sortie de son puits.

Adélaïde le savait. Elle avait compris dès qu'Edgytha était morte, qu'il lui faudrait en arriver là. Et si elle avait délibérément détourné les yeux et refusé de l'admettre, cela ne lui était plus possible maintenant. Elle n'était pas du genre à charger les autres de ses problèmes une fois qu'elle avait pris sa décision, ni à faire les choses à moitié, quelles qu'en soient les conséquences.

Soucieux de ne pas lui forcer la main, il recula en silence, afin de lui laisser tout le temps nécessaire. Il l'observait, tentant de la suivre dans ses réflexions et d'évaluer mentalement le lourd tribut que lui avait coûté dix-huit ans de secret, d'amour et de haine impitoyablement réprimés. Les premiers mots qu'il lui avait entendu prononcer, même au cœur de cette situation extrême, avaient concerné Haluin, et il avait encore dans l'oreille la souffrance qui brisait presque sa voix quand elle s'était écriée :

— Que vous a-t-on fait ?

Elle se leva brusquement de sa chaise, à grands pas nerveux, elle se dirigea vers la fenêtre dont elle repoussa le rideau pour laisser entrer l'air, la lumière et le froid. Pendant un moment elle regarda la cour tranquille, le ciel pommelé de petits nuages et le voile verdâtre qui dissimulait les branches au-delà du mur de clôture. Quand elle se tourna vers lui il vit de nouveau son visage, parfaitement éclairé, et, comme dans une double vision, son impérissable beauté ainsi que les marques que le temps y avait déposées : le fier dessin des lignes de son cou allongé qui s'affaissait, les fils gris dans ses cheveux noirs, les rides qui s'amassaient autour de sa bouche et de ses yeux, les veinules sur ses joues, jadis de la couleur de l'ivoire le plus pur. Mais elle était forte, elle ne renoncerait pas de gaieté de cœur à son emprise sur ce monde qu'elle ne quitterait pas sans combat. Elle vivrait longtemps, luttant pied à pied contre l'incessant assaut de la vieillesse jusqu'à ce qu'enfin la mort triomphe d'elle et lui soit une délivrance. De par son caractère, la pénitence d'Adélaïde était assurée.

— Non ! scanda-t-elle, abrupte, impérieuse, autoritaire, comme s'il lui avait proposé quelque chose qu'elle ne pouvait tolérer. Non, je ne veux pas d'avocat. Personne ne me privera de la moindre parcelle de ce qui m'appartient. S'il y a quelque chose à raconter, c'est à moi seule de m'en charger et à personne d'autre ! Maintenant, si vous ne m'aviez pas approchée, vous qui étiez toujours prêt à soutenir Haluin au premier faux pas, vous et votre regard tranquille qui me restait indéchiffrable, j'ignore si je me serais décidée à parler un jour. Qu'en pensez-vous ? Mais cela n'a plus aucune importance à présent. Ce qui reste à accomplir aujourd'hui, c'est mon affaire à moi.

— Ordonnez-moi de partir et je m'en irai, prononça Cadfael. Vous n'avez pas besoin de moi.

— En tant que défenseur, sûrement pas. En tant que témoin, peut-être ! Oui, c'est cela ! lança-t-elle, enthousiaste. Accompagnez-moi, vous verrez comment se termine l'histoire. Je vous dois bien cela, comme je suis redevable d'une vie à Dieu.

Il chevaucha à ses côtés, ainsi qu'elle l'avait décidé. Pourquoi pas ? Il lui fallait retourner à Farewell, pourquoi ne pas passer par Vivier ? De plus, une fois qu'elle avait décrété quelque chose, il fallait s'exécuter sans traîner ni tergiverser.

Chaussée de bottes munies d'éperons, elle montait comme un homme alors que dans ses déplacements, ces dernières années, elle s'était contentée de s'installer dignement en croupe, derrière un palefrenier, ce qui était nettement plus conforme à son âge et à sa position sociale. Elle se tenait en selle aussi sûre d'elle qu'un chevalier, très à l'aise, très droite, sans remonter sa main de bride. Elle maintint une allure vive, régulière, sa défaite ne semblant pas avoir plus d'effet sur elle qu'une victoire.

Cadfael, qui la suivait exactement, ne put s'empêcher de se demander si elle n'était pas tentée de garder pour elle une parcelle de vérité et de couvrir les traces de son ultime trahison. Mais le calme brûlant de ses traits était une réponse à cette question. Non, elle ne chercherait aucune forme d'excuse. Elle revendiquerait ses actes passés dont elle parlerait sans détours. Et Dieu seul saurait si elle s'était repentie ou non.

CHAPITRE TREIZE

Ils franchirent les portes du manoir de Vivier une heure après midi. Elles étaient restées ouvertes et l'agitation qui régnait à l'intérieur s'était calmée pour ne plus laisser que les allées et venues ordinaires dans la cour. Il était évident que le message de l'abbesse avait été reçu et considéré comme digne de foi et, quoi qu'il pût en penser, Cenred avait accepté de respecter le désir de Hélisende de rester tranquillement au monastère, au moins dans l'immédiat. Maintenant qu'ils étaient rassurés sur ce point, les hommes d'Audemar allaient pouvoir se consacrer à la recherche d'un meurtrier… qu'ils ne découvriraient jamais ! Dans la nuit et la neige, y aurait-il eu quelqu'un dehors pour assister à ce crime accompli dans les bois et mettre un nom ou un visage sur l'assassin ? Et quand bien même il y aurait eu un témoin, qui, à part un membre de la maison d'Audemar, aurait identifié un palefrenier de Hales qui était au diable Vauvert ?

L'intendant de Cenred traversait la cour

quand Adélaïde arrêta son cheval. Reconnaissant la mère du suzerain de son maître, il s'empressa de venir l'aider à mettre pied à terre, mais elle ne lui laissa pas le temps d'arriver jusqu'à elle. Laissant retomber ses jupes, elle regarda autour d'elle, en quête d'un des hommes de son fils. Cadfael avait constaté que les rabatteurs n'étaient pas rentrés à Elford, et ils étaient tout aussi discrets ici. Pendant un instant, elle fronça les sourcils, s'impatientant à l'idée de devoir attendre et garder ses révélations pour elle. Maintenant qu'elle s'était décidée, il lui déplaisait qu'on la contrarie dans ses intentions.

— Votre maître est-il chez lui? demanda-t-elle, avec un coup d'œil vers la grande salle, négligeant la profonde révérence du serviteur.

— Oui, madame. Voulez-vous vous donner la peine d'entrer?

— Et mon fils?

— Il est là aussi, madame. Il est revenu il y a quelques minutes à peine; ses hommes sont encore avec les nôtres, ils enquêtent partout dans le voisinage.

— C'est une perte de temps! s'exclama-t-elle, se parlant plutôt à elle-même qu'à eux, et elle serra les lèvres pour ne pas avoir à s'expliquer avant de reprendre : Eh bien, tant mieux s'ils sont là tous les deux. Non, non, inutile de leur annoncer mon arrivée, je m'en charge. Quant à frère Cadfael, il est avec moi cette fois, il n'est pas venu comme hôte.

L'intendant avait-il seulement jeté un regard

au second cavalier avant ce moment ? On pouvait en douter. « Mais il ne tardera pas à s'étonner, se dit Cadfael, que l'un des bénédictins fût revenu si vite et surtout sans son compagnon. » Mais le temps pressait, Adélaïde avait commencé à monter l'escalier d'un pas vif, respectueusement suivie de Cadfael, qui aurait presque pu passer pour son chapelain, laissant derrière elle l'intendant tout étonné qui y perdait son latin.

Dans la grande salle, le repas de midi était terminé et les domestiques s'activaient à débarrasser les plats et à empiler les tables sur le côté. Adélaïde passa devant eux sans un mot, sans un regard, et se dirigea droit vers le cabinet dont la porte était protégée par une tenture. Des murmures, étouffés par la tapisserie, venaient du dedans ; la voix basse de Cenred se distinguait aisément de celle, plus haute, plus jeune, de Jean de Perronet. Le soupirant ne s'était pas retiré, il attendait obstinément, sinon patiemment, son heure. « Au fond, cela vaut mieux », songea Cadfael. Cet homme avait le droit de savoir quel obstacle formidable allait se dresser sur son chemin. Chacun avait droit à la justice et comme Jean de Perronet n'avait pas démérité, il convenait de se montrer honnête envers lui.

Adélaïde écarta sèchement le rideau et ouvrit la porte à la volée. Ils étaient tous là, réunis en conférence, condamnés à la frustration et à l'impuissance, forcés à l'inaction, dans la mesure où envoyer des hommes sur les traces d'un assassin sans visage ne pouvait que s'avérer inefficace. Si quelqu'un, dans la région, avait été au courant de quoi que ce fût il aurait parlé depuis longtemps. Et si, par extraordinaire, Audemar avait envisagé de compter les serviteurs de sa mère au nombre des suspects et de regarder la disparition de deux d'entre eux d'un drôle d'œil, elle s'interposerait, immuable, entre eux et lui. Où que puissent être Luc et Lothaire et quel que puisse être son dégoût pour ce qu'ils avaient cru de leur devoir de faire pour elle, elle refuserait obstinément de les voir payer ce qu'elle considérait comme ses propres dettes.

En entendant la porte s'ouvrir, tous se retournèrent pour voir qui entrait car il y avait dans ce geste trop de confiance abrupte pour qu'il pût s'agir d'un domestique. Adélaïde parcourut des yeux le cercle des visages stupéfaits. Audemar et Cenred étaient attablés, une coupe de vin devant eux, Emma s'était mise à l'écart avec son canevas de broderie, qu'elle négligeait manifestement, attendant très nerveusement que les événements prennent une tournure un peu plus favorable et que la vie redevienne ce qu'elle était auparavant. Et puis il y avait l'étranger — Cadfael se rendit compte que c'était la première fois qu'Adélaïde rencontrait Jean de Perronet. Elle prit son temps pour le dévisager attentivement, comprenant qu'il s'agissait du fiancé. Ses lèvres esquissèrent un bref sourire sans joie, avant de passer à Roscelin.

Le garçon était assis dans un coin de la pièce d'où il pouvait avoir toute la compagnie sous les yeux ; il donnait l'impression de se préparer à un combat imminent, pour lequel il se tenait aux aguets, tout raide sur son banc appuyé à la tapisserie du mur, la tête droite, les lèvres crispées. Très à contrecœur, il avait accepté de ne pas courir rejoindre Hélisende à Farewell, mais il n'avait pardonné à aucun des conspirateurs d'avoir arrangé ce mariage dans son dos, le privant du même coup de l'espoir pervers qui l'animait. Sa rancune envers ses parents s'était étendue à Perronet, par contrecoup, et même à Audemar de Clary chez qui ils l'avaient expédié pour qu'il ne contrecarrât pas leurs plans. Comment pouvait-il être sûr qu'Audemar n'avait pas sa part de responsabilité dans son exil, et même pire ? Son visage, naturellement franc, ouvert, agréable, était à présent fermé, soupçonneux, hostile. Adélaïde le dévisagea plus longtemps que les autres : encore un adolescent qui était trop beau, attiré par un amour malheureux comme une abeille par les fleurs.

Peu à peu, l'assistance revint de sa surprise. Toujours hospitalier, Cenred sauta sur ses pieds, tendit la main pour prendre celle de son hôtesse et la conduire à un siège à leur table.

— Soyez la bienvenue dans ma maison, madame. C'est un honneur pour moi !

— Qu'est-ce qui vous amène en ces lieux, madame ? interrogea Audemar, mi-figue, mi-raisin.

En vérité, il jugeait préférable que sa mère, qui ne manquait certes pas de caractère, se fût exilée à Hales où elle résidait ordinairement, à bonne distance de chez lui. En les voyant face à face, Cadfael trouva qu'ils se ressemblaient beaucoup. Ils se portaient manifestement de l'affection mais le fils avait grandi et maintenant, il devait être difficile pour ces deux-là de vivre sous le même toit.

— Il ne fallait pas vous donner la peine de venir jusqu'ici. Je ne vois pas en quoi vous pourriez être plus efficace que nous, grommela-t-il.

Adélaïde s'était laissé persuader par Cenred de venir jusqu'au centre de la pièce, mais elle refusa d'aller plus loin et s'arrêta net pour rester seule, exposée à tous les regards. D'un geste autoritaire, elle libéra sa main.

— C'est bien ce qui vous trompe, répliqua-t-elle, fixant chacun à tour de rôle. Vous constaterez que je ne suis pas seule. Frère Cadfael a accepté de m'escorter. Il vient de l'abbaye de Farewell pour laquelle il repartira quand il nous quittera.

Elle considéra l'un après l'autre les deux jeunes gens, le fiancé chanceux et l'amant malheureux. Tous deux la couvraient d'un œil inquiet, conscients qu'elle avait des révélations à faire, mais incapables de deviner comment les choses allaient tourner.

— Je suis heureuse de vous voir tous réunis, parce que je n'ai pas du tout l'intention de revenir sur ce que j'ai à vous dire.

Cadfael eut le sentiment qu'il ne lui avait jamais été difficile de capter l'attention quand elle entrait quelque part. Dès qu'elle imposait sa présence dans une pièce quelconque, chacun n'avait d'yeux que pour elle. Elle dominait tout le monde. Il en était ainsi, cette fois : tous demeuraient suspendus à ses lèvres, silencieux.

— Il m'est revenu, Cenred, commença-t-elle, il y a deux jours, que vous comptiez donner votre sœur — ou plus exactement votre demi-sœur — en mariage à ce jeune gentilhomme. Il y avait des raisons en suffisance, vous auriez eu l'assentiment du siècle et de l'Église, car tous savaient qu'elle était devenue trop chère à Roscelin, votre fils, et qu'il nourrissait les mêmes sentiments. Une union qui l'emmènerait loin d'ici abolissait l'ombre d'un inceste sur votre maison et votre héritier. Pardonnez-moi si je n'y vais pas par quatre chemins ; il est trop tard pour m'exprimer en termes choisis. Étant donné ce que vous craigniez, il n'y avait rien à vous reprocher.

— Puis-je savoir ce que tout cela signifie ? demanda Cenred, abasourdi. Soyez directe, ça me convient parfaitement. Quant à leurs liens de parenté, vous les connaissez comme moi, enfin ! N'auriez-vous pas pris les mêmes dispositions pour éviter un tel malheur à votre petite-fille que moi pour ma demi-sœur ? Elle m'est aussi chère que mon propre fils et elle compte autant. C'est votre petite-fille. Je me souviens très bien du second mariage de mon père. Je revois le jour où il nous a amené son épouse, et la fierté qu'il a éprouvée lorsqu'elle lui a donné un enfant. Puisqu'il nous a quittés depuis longtemps, je dois me comporter comme un père envers Hélisende, et pas seulement comme un frère. C'est vrai, j'ai voulu les protéger, elle et mon fils. Et c'est toujours mon vœu le plus cher. Le seigneur de Perronet n'a pas changé d'avis et il a toujours ma bénédiction.

Audemar s'était levé. Il se dressait là, immobile, à regarder sa mère, plissant les paupières, impassible.

— Où voulez-vous en venir au juste? interrogea-t-il d'une voix égale sous laquelle perçait le doute, le déplaisir, voire une forme de menace qui aurait arrêté n'importe qui, mais pas cette femme-là. Elle lui rendit son regard, inébranlable.

— J'y arrive. Sachez, Cenred, que vous vous inquiétez à tort. Il n'existe aucun obstacle entre votre fils et Hélisende, sauf celui que vous avez créé de toutes pièces. Il n'y aurait pas inceste s'ils étaient mariés et partageaient le même lit cette nuit. Hélisende n'est pas la fille de votre père, Cenred, ni votre sœur. Pas une goutte du sang des Vivier ne coule dans ses veines.

— Mais ça ne tient pas debout! protesta Cenred, secouant la tête comme pour refuser ces propos incroyables. Tout le monde l'a vue naître dans cette maison. Ce que vous prétendez est impossible. Pourquoi nous raconter ces contes de bonne femme alors que tous ici peuvent témoigner qu'elle est la fille de l'épouse légitime de mon père, qu'elle est née dans leur lit conjugal, sous mon propre toit?

— Mais elle a été conçue sous le mien. Je ne m'étonne pas qu'aucun d'entre vous ne se soit donné la peine de compter les jours. Je n'ai pas perdu de temps. Ma fille était déjà enceinte quand je l'ai conduite ici pour se marier.

Ils étaient tous debout, à l'exception d'Emma, recroquevillée sur sa chaise, affolée par les cris de colère et d'incrédulité qui fusaient de partout et s'entrechoquaient autour d'elle, comme des vents contraires. Cenred était resté sans voix, mais de Perronet hurlait que cette dame était folle et que tout cela n'était qu'un tissu de mensonges. Roscelin haletait, prêt à se battre avec lui, furieux, tenant un discours incohérent, passant de son rival à Adélaïde, la suppliant, la sommant de n'avoir pas menti. Soudain Audemar abattit son poing sur la table, exigeant impérieusement que chacun fît silence. Pendant ce tollé, Adélaïde n'avait pas bougé. Très droite, ferme comme un roc, elle laissait passer la tempête sans y prêter attention.

Le silence s'établit enfin, on respirait à peine, tous avaient les yeux fixés sur elle comme s'ils pouvaient lire sur son visage si ses paroles étaient ou non l'expression de la vérité, à condition de se tenir coi le temps qu'il faudrait.

— J'espère, madame, que vous mesurez la gravité de vos affirmations, dit Audemar d'une voix redevenue basse et mesurée.

— Oh! ne vous inquiétez pas, mon fils! J'ai encore toute ma tête, et je connais le sens du mot vérité. J'ai gardé en mémoire toutes mes actions, je sais à quel point j'ai mal agi. Je n'ai besoin de nul d'entre vous pour me l'apprendre. Seulement voilà, ce qui est fait est fait et on ne peut pas revenir en arrière. Oui, j'ai trompé le seigneur Edric, oui, j'ai imposé ma volonté à ma fille, oui, j'ai amené un bâtard dans cette maison. Ou, si vous préférez, j'ai pris des mesures pour protéger la réputation de ma fille et lui assurer une position honorable, exactement comme Cenred entend se comporter à l'égard de sa sœur. Edric a-t-il jamais eu l'impression d'être dupé ? Cela m'étonnerait. Cet enfant qu'il croyait sien l'a-t-il rendu heureux ? J'en suis convaincue. Pendant toutes ces années, j'ai laissé les choses en l'état, mais aujourd'hui, Dieu en a décidé autrement, et je ne le regrette pas.

— Si c'est vrai, hasarda Cenred, aspirant profondément, Edgytha était au courant. Elle est arrivée ici avec Bertrade. Si vous ne mentez pas, maintenant, quand il est presque trop tard, elle devait savoir.

— En effet, elle savait, répondit Adélaïde un ton plus bas, et maudit soit le jour où j'ai refusé de dire la vérité alors qu'elle m'en priait instamment. Ce qui me désole le plus est qu'elle ne soit pas là pour me servir de témoin. Mais il y a quelqu'un ici qui le peut. Frère Cadfael vient de l'abbaye de Farewell où se trouve Hélisende en ce moment. Elle y a rejoint sa mère. Et par un hasard étrange, poursuivit-elle, son père y est également. Il n'y a plus moyen à présent d'échapper à la vérité. Je le déclare à mon grand dam.

— Vous nous l'avez cachée assez longtemps, à ce qu'il semble, madame, remarqua sévèrement Audemar.

— Je l'avoue, et je ne tire aucune gloire de la révéler maintenant, alors qu'elle est déjà sortie de son puits.

— Vous prétendez que le père de Hélisende se

trouve là-bas, à l'heure qu'il est... avec elle, prononça lentement Cenred, après un silence bref mais intense. Il est à Farewell avec elles deux ?

— Ce que je dis, répliqua-t-elle, vous n'êtes pas obligé de le croire. Mais écoutez frère Cadfael.

— Je les ai vus tous les trois, affirma ce dernier. C'est la pure vérité.

— Dans ce cas, qui est-ce ? demanda Audemar. Qui est son père ?

Adélaïde reprit son récit sans baisser les yeux.

— Ce fut jadis un jeune clerc qui servait chez moi, il était de bonne famille et il avait un an de plus que ma fille. Il m'a priée de bien vouloir lui accorder sa main ; j'ai refusé. Ils ont essayé de m'imposer leur désir. Mais peut-être suis-je injuste envers eux, peut-être n'ont-ils rien calculé et le désespoir les a-t-il poussés à agir ainsi, car ils étaient éperdument amoureux l'un de l'autre. J'ai chassé le jeune homme de ma demeure et elle je l'ai amenée ici en toute hâte pour la donner au seigneur Edric, qui la voulait pour femme depuis un an au moins. J'ai menti à son amant en prétendant qu'elle était morte. Je lui ai raconté des choses horribles, que ni la mère ni l'enfant n'avaient survécu après qu'on a essayé de supprimer le bébé. Il a appris ces derniers jours seulement qu'il avait une fille.

— Je ne m'explique toujours pas, intervint Cenred, qu'il n'en ait rien su avant et qu'il l'ait rencontrée dans un endroit aussi invraisemblable. Toute cette histoire est tirée par les cheveux et me paraît peu plausible.

— C'est bien le tort que vous avez, rétorqua-t-elle. La vérité est la vérité et personne n'y peut rien. Je suppose que Dieu, dans sa miséricorde, est intervenu. Qu'est-ce qu'il vous faut de plus ?

Agacé, Cenred se tourna vers Cadfael.

— Vous avez été mon hôte pendant plusieurs jours, mon frère. Que savez-vous de cette affaire ? Contient-elle une part de vérité, après tant d'années ? Peut-on vraiment croire que ces trois personnes aient fini miraculeusement par se retrouver ?

— Oui, puisque c'est vrai. Ils se sont réellement vus et ont parlé ensemble. Il les a retrouvées toutes les deux car, croyant que celle qu'il aimait était morte, et ayant lui-même failli mourir il y a quelques mois, cela l'a amené à méditer sur sa fin dernière. Il a pensé que puisqu'il ne la reverrait jamais en ce bas monde, il devait se rendre en pèlerinage sur sa tombe afin d'y prier pour le repos de son âme dans l'au-delà. Comme elle ne reposait pas à Hales, où elle aurait dû être, il est venu à Elford où sont enterrés les membres de votre famille, seigneur. En rentrant, par la grâce de Dieu, nous avons demandé l'hospitalité pour la nuit à Farewell, où la dame qui fut votre sœur sert à présent en tant qu'instructrice pour les novices dans la nouvelle fondation de l'évêque. Or c'est également là que Hélisende a couru se réfugier pour échapper à ses tourments. Et voilà, vous savez tout.

Audemar intervint après un moment de réflexion.

— Oui, je commence à comprendre. Vous

nous avez presque tout dit, mais pas exactement. Nous ne savons pas encore comment il se nomme, le véritable père. Nous vous écoutons.

— Il est entré au couvent il y a bien longtemps. Il sert avec moi à l'abbaye de Shrewsbury. Vous l'avez vu, seigneur. Il était avec moi à Elford et se traînait sur des béquilles. Il est moine, prêtre aussi, c'est à lui, seigneur Cenred, que vous avez demandé de marier Hélisende et celui que vous aviez choisi pour elle. Il s'appelle Haluin.

Abasourdis, ils admettaient peu à peu qu'ils venaient d'entendre la vérité, même s'ils n'en discernaient pas encore pleinement les implications. Le regard égaré, ils comprenaient tout juste les changements qu'ils allaient devoir affronter. Roscelin, frémissant, rayonnant comme un flambeau nouvellement allumé, encore tout étourdi, se sentait libéré de son fardeau de culpabilité et de souffrance. L'espoir et la joie qui se lisaient dans son regard le rendaient comme ivre et l'empêchaient de parler. Perronet découvrait sans plaisir excessif qu'un formidable rival lui barrait la route et menaçait d'anéantir ses projets. Raidi dans son orgueil et sa détermination, il était prêt à lutter de toutes ses forces pour garder ce qu'il avait considéré comme sien. Pour Cenred, il s'agissait de remettre au point tous ses liens familiaux, de considérer son père comme un peu rabaissé, voire sénile, victime d'une tromperie à laquelle il n'avait vu que du feu ; sa sœur était devenue une étrangère qui n'avait plus aucun droit chez lui. Silencieuse, effarée dans son coin, Emma ressentait durement le tort causé à son époux et la perte de celle qu'elle considérait presque comme sa fille.

— Elle n'est pas ma sœur, prononça Cenred, d'un ton lourd, se parlant plutôt à lui-même avant de répéter la même phrase d'une voix furieuse.

— Non, répondit Adélaïde, mais jusqu'à aujourd'hui, elle n'en savait rien. Ce n'est pas sa faute, vous n'avez rien à lui reprocher.

— Elle n'est pas ma parente. Je ne lui dois rien, ni dot, ni terres. Elle n'a aucun droit sur moi, s'écria-t-il, plus amer que vindicatif, désolé de voir se rompre un lien auquel il tenait tellement.

— Mais elle est ma parente à moi, lança Adélaïde. Les terres que sa mère a eues en dot sont revenues à Polesworth quand elle a pris le voile, mais Hélisende est ma petite-fille et mon héritière. Les terres que je possède de plein droit lui reviendront. Elle ne sera pas malheureuse, précisa-t-elle en regardant Perronet avec un sourire en coin.

Elle ne comptait pas rendre les choses trop faciles aux deux amants en dépossédant la jeune fille qui deviendrait du coup moins intéressante aux yeux du rival de Roscelin.

— Vous vous méprenez, madame, répliqua Cenred, se contenant difficilement. Cette maison est la sienne depuis toujours et elle l'a toujours considérée comme telle. Que lui reste-t-il d'autre ? C'est nous qui avons l'impression d'être orphelins à présent. Sa mère et son père se sont retirés dans un couvent, et je voudrais bien savoir ce que vous lui avez apporté comme présence. Famille ou pas, elle est ici chez elle.

— Mais il n'y a plus rien qui m'interdise de lui parler à l'heure qu'il est ! s'écria Roscelin, exultant. Aujourd'hui, plus rien ne s'oppose à ce que je demande sa main. Les obstacles qui nous séparaient ont tous été levés. Je pars la chercher sur-le-champ. Dieu merci, elle va revenir. Je savais bien qu'il n'y avait rien de coupable dans notre amour, poursuivit-il, ses yeux bleus rayonnant du plaisir d'être vengé. C'est vous et vous seul, monsieur, qui m'avez mis dans la tête que c'était un péché. Laissez-moi la ramener.

A ces mots, la fureur gagna Jean de Perronet qui s'embrasa et s'avança de deux pas pour venir se dresser devant son adversaire.

— Vous confondez vitesse et précipitation, jeune homme. Vos droits ne sont pas meilleurs que les miens. Je ne retire pas ma demande, bien au contraire, je vais m'employer de toutes mes forces à ce qu'elle aboutisse.

— Mais je n'y vois aucun inconvénient, répondit Roscelin, trop heureux, soulagé, pour se montrer mesquin ou se sentir insulté. Ce n'est pas moi qui vous le reprocherai, vous êtes libre, seulement nous sommes à présent sur pied d'égalité, comme tous ceux qui voudront tenter leur chance. Nous verrons ce que répondra Hélisende.

Mais cette réponse, force est d'avouer qu'il ne la craignait guère et sa certitude constituait une offense, ce dont il ne se rendait pas compte. Perronet avait porté la main à son poignard et il aurait utilisé des termes plus violents si Audemar n'avait pas tapé du poing sur la table en leur criant de se taire.

— Il suffit ! Suis-je le suzerain ici, oui ou non ? Ainsi cette petite n'aurait pas de famille ? C'est ma nièce, il me semble. Si quelqu'un en ces lieux a des droits envers elle et aussi des devoirs, c'est bien moi. Et j'affirme haut et clair que si Cenred le désire, il est on ne peut plus fondé à la prendre chez lui avec tous les droits qu'il a exercés sur elle en tant que parent. Quant à son mariage, nous verrons ensemble ce qui lui conviendra le mieux, mais nous n'irons pas contre sa volonté. En attendant, on va la laisser tranquille. C'est ce qu'elle a demandé dans l'immédiat et nous ne la contrarierons pas. Quand elle sera prête à rentrer, je lui trouverai une escorte.

— Je suis content ! s'exclama Cenred avec un profond soupir. Ah, ça oui ! Je n'aurais pas osé en espérer tant !

— Et vous, mon frère, écoutez-moi, dit Audemar, se tournant vers Cadfael maintenant qu'il avait la situation en main, que toutes les affaires concernant sa juridiction étaient réglées et que ses ordres seraient suivis à la lettre : finalement, il avait sauvé ce qui pouvait l'être, contrairement à sa mère qui elle n'avait songé qu'à détruire.

« Si vous retournez à Farewell, veuillez rapporter mes propos aux intéressés. Nous ne reviendrons pas sur le passé ; ce qui nous attend s'accomplira au grand jour. Roscelin, s'écria-t-il sèchement, veille à ce qu'on prépare les chevaux. Direction, Elford. Tu es toujours à mon service tant que je n'aurai pas décidé de me débarrasser de toi. Et puis, je n'ai pas oublié ton escapade, crois-moi. Ne t'avise pas de me donner d'autres sujets de mécontentement.

Mais ni la sécheresse de son intonation, ni ses paroles ni son regard ne purent assombrir la joie de Roscelin, tout heureux de se sentir libéré et qui, du coup, ne tenait plus en place. Il ploya brièvement le genou en signe d'obédience, indiquant qu'il avait compris et sortit d'un pas vif pour veiller aux ordres de son maître. Il partit si vite que la tenture s'agita comme sous un coup de vent qui se répandit dans la chambre, tel un soupir.

Audemar lança enfin un long regard à sa mère qui le dévisageait d'un œil sombre, attendant sa décision.

— Vous voudrez bien rentrer à Elford avec moi, madame. Vous en avez terminé ici, ce me semble.

Ce fut pourtant Cadfael qui se mit le premier en selle. Nul n'avait plus besoin de lui au manoir et, s'il ressentait une curiosité bien naturelle pour les dispositions qui allaient être prises en famille — et qui seraient peut-être plus difficiles à appliquer qu'à prendre —, il devait se résoudre à partir quand même, puisque, selon toute vraisemblance, il n'avait plus ici de rôle à jouer. Il reprit son cheval sans hâte, et, comme il se dirigeait vers le portail, Roscelin quitta le groupe des palefreniers qui préparaient les montures d'Audemar et courut vers lui.

— Frère Cadfael... commença-t-il avant de s'interrompre, tout à son bonheur teinté de stupéfaction avant de secouer la tête et de rire de son comportement. Dites-lui, je vous en prie, que je suis libre et elle aussi, que nous n'avons plus besoin de nous cacher et que l'horizon s'est éclairci...

— Mon petit, l'interrompit Cadfael, à l'heure qu'il est, elle en sait autant que vous.

— Dites-lui aussi que très bientôt, je viendrai la voir. Oui, je sais, ajouta-t-il voyant la mimique de surprise de Cadfael qui haussait un sourcil, mais je le connais, c'est moi qu'il enverra la chercher ! Il préférera un parent qu'il connaît et sur qui il peut compter, avec des terres jouxtant les siennes, à un hobereau qui habite au diable. D'ailleurs, est-ce que cela ne règle pas tout ? Il n'y a rien de changé, sauf ce qu'il fallait changer.

Cadfael songea qu'il y avait du vrai là-dedans en observant de sa selle le visage ardent du jeune homme. Ce qui avait changé, c'est que la vérité avait remplacé le mensonge et que, même si cela demandait une adaptation qui ne serait pas facile, c'était infiniment préférable. La vérité coûte parfois cher, mais en définitive, le prix qu'elle demande n'est jamais trop élevé.

— Et dites aussi à son père, ce religieux infirme, que je suis très heureux, conclut Roscelin, et que je lui dois plus que je pourrai jamais lui rendre. Et surtout, que l'avenir de sa fille ne l'inquiète pas, je consacrerai ma vie à la rendre heureuse.

CHAPITRE QUATORZE

A peu près au moment où Cadfael mettait pied à terre dans la cour, à Farewell, Adélaïde de Clary prenait place sur un siège, alors que son fils s'installait en face d'elle, dans ses appartements privés. Il y eut entre eux un long et profond silence. L'après-midi tirait à sa fin, la lumière baissait et il n'avait pas demandé de bougies.

— Il y a un point, commença-t-il enfin, sortant de son pesant mutisme, que nous n'avons pratiquement pas abordé. C'est vous, madame, que cette vieille femme est venue voir. Et vous l'avez renvoyée chez elle sans un mot ou presque. Et elle en est morte ! Par votre ordre ?

— Non ! répondit-elle sans se formaliser.

— J'éviterai de vous interroger sur ce que vous savez de cette affaire. Mais pourquoi tout cela ? Elle est morte. N'empêche que je n'aime pas bien votre façon de voir les choses et que je ne veux plus être mêlé à cette histoire. Demain, madame, vous repartirez pour Hales. Le manoir pourra vous servir d'ermitage. Mais ne remettez jamais les pieds à Elford, car vous y trouveriez porte close. Et il en ira de même dans tous mes autres domaines, à l'exception de Hales.

– Comme il vous plaira, ces conditions me conviennent, répliqua-t-elle, indifférente. Je n'ai pas besoin d'un palais et je ne pense pas utiliser longtemps votre refuge. Hales fera très bien l'affaire.

– En ce cas, madame, vous pouvez prendre congé quand vous voudrez. Je vous donnerai une escorte afin de vous éviter les mauvaises rencontres, lança-t-il d'un ton plein de sous-entendus, car je constate que vous vous êtes séparée de vos palefreniers. Je vous fournirai aussi un moyen de transport permettant de vous cacher le visage, si vous préférez. Comme ça, nul ne pourra affirmer que je vous ai laissée partir sans vous protéger, telle une vieille femme qui s'aventure seule, la nuit.

Adélaïde se leva de son siège et quitta la pièce sans relever cette perfidie.

Dans la grande salle, les serviteurs s'étaient mis en demeure d'allumer les premiers flambeaux et de les fixer dans les torchères, mais dans tous les coins et aussi parmi les poutres noircies par la fumée du haut plafond, l'obscurité s'amassait et tissait des toiles d'araignées dans l'ombre.

Roscelin tout près du feu, sur les pavés de l'âtre situé au centre de la pièce, attisait les braises de la pointe de sa botte pour les ranimer, maintenant que l'humidité tombait avec la nuit. Il avait gardé sur le bras le manteau d'Audemar dont le capuchon pendait dans sa main. Les flammes qui avaient retrouvé leur vigueur donnaient à son visage penché une couleur dorée, adoucissant le dessin de ses joues et conférant à son front un velouté presque féminin et une nuance ivoirine. Sur ses lèvres rêveuses flottait un sourire plein de charme qui témoignait de son bonheur profond. Ses cheveux très blonds balayaient sa joue, glissant de part et d'autre de sa nuque harmonieuse. L'espace d'un instant, Adélaïde demeura dans la pénombre à l'observer, sans qu'il l'ait remarquée, pour éprouver une fois de plus le plaisir mêlé de souffrance d'un attrait irrésistible, l'angoisse et la satisfaction qu'on a à contempler la jeunesse et la beauté, qui ne sont pas éternelles. Ce souvenir, qu'elle avait cru mort depuis des années, lui fut à la fois agréable et pénible, et ce qu'elle avait vécu semblait, tel le phénix, ressusciter de ses cendres par la grâce d'un autre couple, rouvrant une porte sur le passé et la forçant à affronter les ruines que le temps avait laissées de celui qu'elle avait aimé.

Elle passa silencieusement, pour qu'il ne l'entende pas et pour ne pas voir l'exaltation qu'exprimaient ses yeux bleus. Des yeux bruns, qu'elle se rappelait si bien, sous leurs sourcils noirs au dessin délicat, n'avaient jamais exprimé de tels sentiments pour elle. Quand elle était là, il les baissait souvent, par obéissance ou prudence.

Adélaïde sortit dans la fraîcheur du soir et se dirigea vers ses propres appartements. Eh bien, voilà, c'était fini. De ce feu dévorant, il ne restait que cendres. Jamais elle ne le reverrait.

— Oui, je l'ai vue, dit frère Haluin. Oui, je lui

ai parlé. J'ai touché sa main ; sa peau était tiède, c'était une main de femme, pas une illusion. La sœur tourière m'a conduit vers elle sans m'avertir de rien, je ne pouvais ni ouvrir la bouche, ni bouger. Elle était morte depuis si longtemps pour moi. Même quand je l'avais aperçue parmi les oiseaux, au milieu du cloître... Après, quand vous êtes parti, je me suis demandé si je n'avais pas rêvé. Mais la toucher, l'entendre m'appeler par mon nom... Et elle était heureuse...

« Pour elle, les choses ne se sont pas passées comme pour moi, mais il serait excessif, grand Dieu, d'affirmer que la vie a été plus clémente envers elle. Elle savait que j'étais vivant et où j'étais, que j'avais pris l'habit. Elle ne se sentait coupable que de m'avoir aimé. Et elle avait le droit de parler. Écoutez donc l'un des mots qu'elle m'a offerts, Cadfael : « Voici quelqu'un qui t'a pris dans ses bras, à bon droit. Toi aussi, tu peux la prendre dans tes bras ; c'est ta fille. » Vous vous rendez compte ? C'est un miracle. En prononçant ces mots, elle a mis dans la mienne la main de ma fille. Hélisende est ma fille — elle est vivante ! Et moi qui pensais avoir causé leur perte à toutes les deux, alors qu'elle est vivante, jeune, douce, épanouie comme une fleur. De son propre chef, mon enfant m'a embrassé. Et même si ce n'était que de la pitié — c'en était sûrement, comment pourrait-elle aimer quelqu'un qu'elle ne connaît ni d'Ève, ni d'Adam ? — même si ce n'était que cela, c'était un cadeau merveilleux.

« Et puis elle sera heureuse. Elle peut aimer qui bon lui semble et se marier avec celui qu'elle aime. Elle m'a même appelé « père » une fois, mais je pense qu'elle s'adressait au prêtre, car c'est ainsi qu'elle m'a connu d'abord. N'importe, c'était bon de l'entendre. C'est un souvenir que je chérirai.

« Cette heure que nous avons passée ensemble me dédommage de ces dix-huit années, bien que nous ne nous soyons pas montrés très bavards. Nous n'aurions pas pu en supporter davantage. A présent, Bertrade est retournée à ses devoirs. Et moi, il va falloir que j'agisse de même bientôt... très bientôt... demain...

Pendant ce long monologue, plein d'éloquence et de balbutiements, coupé aussi de longs silences durant lesquels Haluin semblait étouffer de bonheur, Cadfael était resté silencieux, immobile. Son ami n'avait pas soufflé mot du traitement abominable qui lui avait été infligé, par pure cruauté. La joie avait balayé cet épisode de son esprit et il ne voulait pas s'attarder à de vaines notions de reproche ou de pardon. Et ce fut le dernier jugement, le plus ironique aussi, porté sur Adélaïde de Clary.

— Si nous allions à vêpres ? demanda Cadfael. La cloche a sonné. Les moniales ont sûrement gagné leur place, à présent. On va pouvoir entrer discrètement.

Du coin obscur qu'ils avaient choisi Cadfael passa en revue le jeune visage ardent des religieuses, s'attardant longuement sur sœur Bénédicte, qui portait jadis le nom de Bertrade de

Clary. A côté de lui, d'une voix basse, heureuse, Haluin entonnait prières et répons, mais ce que Cadfael entendait dans son esprit, c'était la même voix dont les mots coulaient comme un flot de sang, dans la pénombre du grenier d'un forestier, avant la naissance du jour. Dans sa stalle, sereine, comblée, satisfaite, se trouvait celle qu'il avait tenté de décrire. « Elle n'était pas belle comme l'était sa mère. Elle n'avait pas ce sombre rayonnement, il y avait plus de douceur en elle. Il n'y avait rien d'obscur ni de secret en Bertrade, tout au contraire. Elle avait confiance en tout le monde. Elle n'avait pas été trahie — pas encore. Elle ne l'a été qu'une seule fois et elle en est morte. » C'était à peu près les propres termes de Haluin.

Sauf qu'elle n'était pas morte. Et il était sûr qu'en ce moment précis, pendant l'office qu'elle suivait dévotement, il n'y avait rien d'obscur ni de secret en elle. Son visage ovale rayonnait cependant qu'elle célébrait dans la joie la miséricorde divine après d'aussi cruelles années, sans se lamenter sur ce qui aurait pu être ; sa satisfaction était sans tache. Elle n'avait peut-être pas eu la vocation au départ, mais à présent, elle avait dû la découvrir dans toute sa plénitude et avoir la révélation de la grâce. Ce n'était pas aujourd'hui qu'elle lui tournerait le dos, même pour retrouver son amour d'antan. Cela ne lui était plus nécessaire. Il y a des saisons pour l'amour. Après avoir connu les orages du printemps et la chaleur de l'été, le leur avait pris la couleur dorée des premiers jours de l'automne, avant que les feuilles ne commencent à tomber. Tout comme Bertrade de Clary, frère Haluin semblait confirmé dans la paix de l'esprit, qui le rendait plus fort. A partir de là, ils n'avaient plus besoin d'être physiquement présents l'un à l'autre, et la passion n'avait plus de sens. Ils étaient libérés de leur passé ; du travail les attendait tous les deux dans le futur, et ils s'y mettraient d'autant plus volontiers que chacun savait désormais que l'autre vivait et travaillait dans le même jardin.

Au matin, après prime, la cérémonie des adieux terminée, les deux moines entreprirent leur long retour vers Shrewsbury.

Les religieuses étaient au chapitre quand Cadfael prit sa besace et Haluin ses béquilles pour sortir de l'hôtellerie, mais la petite Hélisende les accompagna jusqu'au portail. Cadfael eut le sentiment qu'il ne demeurait plus sur le visage du père et de la fille la moindre trace de doute ou d'inquiétude ; ils affichaient au contraire un air radieux, témoignant des événements heureux qui leur étaient advenus. A présent, ils ne pouvaient plus guère cacher qu'ils étaient de même sang car le visage de Haluin avait presque retrouvé le velouté de la jeunesse.

En prenant congé, Hélisende le serra dans ses bras, sans un mot, avec une ferveur timide. Ils avaient eu beau passer ensemble la journée précédente, échanger force confidences, cela ne suffisait pas pour qu'elle le connaisse par elle-même. Elle le voyait surtout par les yeux de sa mère, mais elle avait compris qu'il était plein de douceur et de bonté et qu'en surgissant dans sa vie de cette manière, il l'avait délivrée d'un cauchemar où se mêlaient la culpabilité et la frustration. Elle s'en souviendrait toujours avec un plaisir et une gratitude qui n'étaient pas tellement éloignés de l'amour. Même si elle ne devait jamais le revoir, c'était entre eux un lien indestructible.

— Dieu vous garde, père! dit Hélisende.

Ce fut la première et la dernière fois qu'elle s'adressait plus à l'homme qu'au prêtre, mais ce mot, qui lui alla droit au cœur, lui resterait éternellement présent à la mémoire.

Ils s'arrêtèrent pour la nuit à Harguedon, où les chanoines de Hampton avaient une grange, dans une région qui se remettait lentement des destructions qui avaient suivi la colonisation normande. Maintenant seulement, au bout de soixante ans, les terres arables renaissaient des jachères, un hameau s'élevait ici ou là à un carrefour ou bien une rivière permettait à un moulin de tourner. La sécurité relative apportée par les chanoines, l'intendant et leurs serviteurs avait amené d'autres personnes à s'installer à proximité. Une jeunesse courageuse arrachait quelques essarts aux bois jadis laissés à l'abandon. Le pays essentiellement plat et solitaire était encore relativement peu peuplé et plutôt mélancolique, dans la lumière du soir. Cependant au fur et à mesure qu'il avançait dans cette morne plaine, le visage de frère Haluin devenait plus radieux, son pas plus vif et son enthousiasme plus grand.

Par la petite fenêtre sans volet du grenier, il regarda vers l'ouest ; la nuit était criblée d'étoiles. Du côté de Shrewsbury, là où les collines commençaient à moutonner en se rapprochant des montagnes du pays de Galles, la terre et le ciel avaient la même grandeur harmonieuse, mais ici, la voûte céleste semblait immense et la terre des hommes petite et couverte d'ombre. La clarté des astres, la noirceur de l'espace qui les séparait indiquaient qu'il pourrait bien geler, mais promettaient une belle journée pour le lendemain.

— Et vous n'avez jamais éprouvé le besoin de regarder en arrière ? demanda Cadfael, d'une voix calme.

— Non, répondit Haluin sur le même ton. C'était inutile. Derrière moi, tout va bien. Tout va très bien, même. Je n'ai rien à faire là-bas, mais là où je vais, que de tâches qui m'attendent ! A présent, nous sommes frère et sœur. Nous ne demandons rien de plus, nous n'avons besoin de rien de plus. Maintenant, je peux me consacrer entièrement à Dieu. Je suis heureux au-delà de toute mesure qu'il m'ait ainsi abaissé pour me permettre de renaître grandi à son service.

Il y eut un long silence ininterrompu cependant qu'il continuait à regarder la nuit étoilée avec, sur le visage, une sorte d'avidité lumineuse.

— J'ai laissé un feuillet à demi achevé quand nous sommes partis pour Hales, murmura-t-il, méditatif. Je pensais être rentré pour le terminer bien plus tôt. J'espère qu'Anselme ne l'aura confié à personne d'autre. C'était un N majuscule pour le « Nunc Dimittis » auquel manquait encore la moitié des couleurs.

— Il vous attendra, votre N, le rassura Cadfael.

— Aelfric travaille bien, mais il ne sait pas ce que j'ai en tête, il risque de mettre trop d'or.

Sa voix était douce, pleine de bon sens et de jeunesse.

— Ne vous inquiétez donc pas, répondit Cadfael. Encore trois jours de patience avant de retrouver vos brosses et vos pinceaux et de reprendre votre ouvrage. Et moi, il faut que je m'occupe de mes herbes. Les armoires à pharmacie doivent être pratiquement vides par les temps qui courent. Allez, mon ami, couchez-vous et reposez-vous. Il nous reste au moins autant de chemin à faire demain, sinon davantage.

Une brise légère venue de l'ouest entra par la fenêtre ouverte. Haluin leva la tête, ses narines frémirent, comme un cheval de race qui sent l'écurie.

— Comme c'est bon de rentrer chez soi ! s'exclama-t-il.

Impression réalisée sur Presse Offset par

BRODARD & TAUPIN

GROUPE CPI

La Flèche (Sarthe), 39216

N° d'édition : 2199
Dépôt légal : septembre 1992
Nouveau tirage : février 2007

Imprimé en France